当代陕西文学评论文丛 | 编委会

主　编　贾平凹　齐雅丽

副主编　韩霁虹　李国平　李　震

编　委　（按姓氏笔画排序）

　　　　仵　埂　齐雅丽　李　震

　　　　李国平　杨　辉　段建军

　　　　贾平凹　韩霁虹

当代陕西文学评论文丛

接续中坚

多维视野中的小说面孔

周燕芬 著

陕西师范大学出版总社　西安

图书代号　WX24N2336

图书在版编目（CIP）数据

多维视野中的小说面孔 / 周燕芬著. -- 西安：陕西师范大学出版总社有限公司, 2025. 6. --（当代陕西文学评论文丛 / 贾平凹，齐雅丽主编）. -- ISBN 978-7-5695-4825-9

Ⅰ．I206.7-53

中国国家版本馆CIP数据核字第2024E91S43号

多维视野中的小说面孔
DUOWEI SHIYE ZHONG DE XIAOSHUO MIANKONG

周燕芬　著

出版统筹	刘东风　刘　定
策划编辑	马凤霞
责任编辑	马凤霞
责任校对	张　萌
封面设计	周伟伟
出版发行	陕西师范大学出版总社
	（西安市长安南路199号　邮编 710062）
网　　址	http://www.snupg.com
印　　刷	中煤地西安地图制印有限公司
开　　本	720 mm×1020 mm　1/16
印　　张	16.5
插　　页	2
字　　数	236千
版　　次	2025年6月第1版
印　　次	2025年6月第1次印刷
书　　号	ISBN 978-7-5695-4825-9
定　　价	59.00元

读者购书、书店添货或发现印装质量问题，请与本公司营销部联系、调换。
电话：（029）85307864　85303629　　传真：（029）85303879

文脉陕西，评论华章（序）

贾平凹

从延安文艺的烽火岁月，到新时代的文学繁荣，陕西文学以其独特的风格和深邃的内涵，赢得了国内外的广泛赞誉。在中国当代文学史上，陕西不仅拥有一支强大的文学创作队伍，同时也拥有一批占领各个历史阶段文学批评潮头的评论骨干。他们以敏锐的洞察力剖析文学现象，参与文学现场，解读作品内涵，为陕西文学的发展注入了源源不断的活力。在新时代文化浪潮中，文学评论作为党领导文学事业的重要途径和方式，作为文学繁荣发展的重要推动力和引导力，正凸显着越来越重要的作用。

为了贯彻落实习近平总书记关于文艺工作和文艺批评的重要论述，以及中宣部等五部门联合印发的《关于加强新时代文艺评论工作的指导意见》，进一步加强和改进陕西文学批评工作，打磨好批评这把利剑，把好文艺的方向盘，同时也为深入总结和发扬陕派文学批评的历史经验，全面呈现陕西当代评论家队伍及其丰硕成果，推动陕西文学批评再创佳绩，助力陕西乃至全国文学发展，陕西省作家协会精心策划并编辑出版了"当代陕西文学评论文丛"。

在选编过程中，丛书编委会始终遵循着精编细选的原则，力求每篇文章都能代表作者个人的最高水平，同时也能反映出陕西文学评论的独特风格和时代特征。所选文章以研究和评论承续延安文艺传统的陕西作家、作品为主，也不乏对中国文坛或域外文学研究的独到见解。丛书汇聚了三代文学批评家中三十位代表批评家的学术成果。他们或生于陕西，或长期在陕工作。他们以笔为剑，以墨为锋，用睿智深刻的见解，共同书写了陕西文学批评的辉煌华章。他们的评论文章，或激情洋溢，或理性严谨，或高屋建瓴，或细腻入微，共同构筑了这部丛书的独特魅力与丰富内涵。

丛书将陕西老中青三代评论家分为"笔耕拓土""接续中坚""后起新锐"三个系列。三代评论家有学术师承，亦有历史代际。每个系列都蕴含着不同的时代气息和文学精神："笔耕拓土"系列收录了陕西文学评论界先驱和奠基者的成果，他们如同手握犁铧的开垦者，为陕西文学评论的沃土播下了希望的种子；"接续中坚"系列展现了新一代批评家中坚力量的风采，他们的评论既有深厚的理论功底，又有敏锐的时代洞察力，为陕西文学评论的繁荣发展注入了新的活力；"后起新锐"系列则汇集了新一代批评家的文章，他们敢于创新，勇于探索，为陕西文学评论的未来开辟了广阔的空间。

"当代陕西文学评论文丛"的出版，不仅是对陕西文学批评历史的一次全面总结和回顾，更是对未来陕西文学发展的有力推动和期待。相信这部丛书的问世，将激发更多文学评论家的创作热情，使陕西文学创作与批评携手并进，比翼齐飞，为推动陕西文学批评事业的繁荣发展，为陕西乃至全国文学的发展贡献新的智慧和力量。

2024年11月8日

目　录

001　当代陕西长篇小说的代际衍变与艺术贡献
023　陕派文学与"五四"新文学传统之关系考察
　　　——兼论杨争光的小说创作
039　20世纪中国文学视野中的《创业史》研究
048　《创业史》：复杂、深厚的文本
057　杜鹏程：为伟大的文学事业燃烧的烈火
065　《保卫延安》的"史诗性"追求
078　王汶石《黑凤》重读
　　　——兼论陕派长篇小说创作诸问题
098　1980年代文学潮流中的路遥与陈忠实
112　《白鹿原》：文学经典及其"未完成性"
121　路遥《人生》爱情内涵新解
131　"阅读者"路遥的创作考辨及精神构建
　　　——以"阅读"为关键词进入路遥
142　论贾平凹与三十年中国文学的构成关系
151　《高兴》与《极花》：左翼传统下的另类"底层写作"
163　《暂坐》：女人与城的命运交响
172　方英文写作的轻与重
　　　——《落红》与《后花园》解读

185　从《盐道》看李春平的创作转型
194　成长到成熟的渡桥
　　　——周瑄璞中短篇小说观察
201　跨越代际的个人化抒情
　　　——《浮山》与《抒情时代》读记
214　浅议马治权长篇小说及其人物形象
220　西部文学视野中的女性写作
225　行走中的写作
　　　——叶广芩访谈录
235　"云上的房子"
　　　——王甜小说论

253　后记

当代陕西长篇小说的代际衍变与艺术贡献

在中国当代文学创作的整体格局中，长篇小说的创作占据着举足轻重的地位，某种程度上说，新中国成立以来的文学时代，就是长篇小说的时代。长篇小说的创作实绩代表着当代文学的主要成就，相应地，长篇小说创作上的局限，也是这一时代文学的问题所在。这就使得长篇小说的研究，成为中国当代文学研究的重要构成和途径。

中国幅员辽阔和多民族共存的状态自然形成了丰富复杂的多元区域文化，各种不同质态的区域文化又造就了各自不同的文学群落及其文学审美形态。客观说，各种区域文化在中华民族大文化中的构成性影响并不是平分秋色的，因此多样化的地域性文学的成就及其与中国整体文学的构成和影响关系也并不能等量齐观。相对来讲，以周秦汉唐博大精深的历史文化为源头，以发生在陕西境内的延安文艺为母体，陕秦文化滋养下的当代陕西文学创作，既表现出独具一格的地域性文化和审美特征，同时在中国当代文学迁延变化的几个历史时期，都带着更为典型的民族国家文学的总体思想气质和艺术特征。换句话说，中国当代文学之脉，始终强烈地跳动在陕西文学创作当中。陕西以群体的创作规模构成着当代文学的库容，推动着当代文学的进程；同时，陕西作家所创造的优秀文学作品，在当代文学不同的阶段，都相当程度地代表着时代文学的最高水平，特别是长篇小说创作。《保卫延安》《创业史》《平凡的世界》《废都》《白鹿原》《秦腔》等作品，在当代文学格局中居于重要的地位，产生了广泛的影响，陕西由此成为中国当代文学的重镇之一。陕西长篇小说创作具备着超越地域性的文化和审美品质，当代陕西长篇小说研究，既是对地域性文学研究的拓新和深入，也有超越地域性研究的递增价值和全局意义。

本文将陕西的长篇小说创作当作中国当代文学中具有典型意义的局部存在，以地域性的陕西文学为切入口，探讨中国长篇小说在新中国成立以来的几次时代变革，陕西长篇小说创作对中国当代文学的独到的艺术贡献，以及历史的局限、当下的困境和问题，进而引向对未来文学发展的预期性思考。

一

陕西作为当代文学重镇的地位和影响，与陕西长篇小说创作的持续走高有很大关系。如果以长篇小说的创作来看陕西作家的代际演变，柳青和杜鹏程代表的应该是第一代作家群体，他们以时代性的厚重卓越之作，居于中国当代文学史的显著位置，也持续影响了陕西的后辈作家。

当代陕西文学的直接源头是延安解放区文艺。从某种意义上说，新中国成立以后的当代中国文学就发端于解放区文艺，是解放区文艺直接的全面的延续。确切而言，陕西文学与延安解放区文艺曾经是一种互为滋养、水乳交融的关系。作为当代文学前身的解放区文艺，既在汉唐气象、古都傲气的氛围中振奋了民族自强自立的内在精神，又现实而具体地吸取了陕北民间艺术的精华，营构出新中国文艺的雏形面貌。早在延安时期，与赵树理创作的民族化、大众化追求相一致，杜鹏程、柳青等作家开始了自觉实践《在延安文艺座谈会上的讲话》方向的文学活动。柳青的前期小说《种谷记》《铜墙铁壁》就是新的文艺思想指导下的新收获，新中国成立后他的创作从文学观念到审美风格都与前期一脉相承，是这一基础上的提高和深化。

正因为陕西文学根植于解放区文艺运动的深厚土壤，与解放区文艺融为一体,所以,陕西文学得天独厚,承接延安文艺传统,顺应时代文学主流。在新中国逐渐一体化的文学环境中,陕西文学适应性强,成长迅速。杜鹏程和柳青以他们的长篇创作在新中国文坛上脱颖而出,都具有相当的历史必然性和合理性。

在"十七年"这一特殊时代估论文学成就,分量最重的无疑是长篇小说创作。如果以1956年为界将"十七年"小说创作分为两个阶段的话,1954年出版的杜鹏程的《保卫延安》和1960年出版的柳青的《创业史》(第一部),恰恰是这两个阶段最有代表性和备受关注的作品。《保卫延安》在中国当代文学起步阶段具有界碑性意义,以杜鹏程创作《保卫延安》为案例,至少有以下两个方面的关于中国当代文学的重要问题可以深入讨论。

首先从作家主体及其相关文学创作的发生与完成角度来看。杜鹏程代表的是新中国成立后居于当代文学首要位置的第一代作家,这一代作家大都经历了相似的生活和创作道路。他们都是早年投身革命,由于革命的需要而深入生活,体验革命人生,认识和理解革命思想,也积累了日后进行文学创作的宝贵素材。他们是为了革命拿起笔写作,进而萌发了终身从事文艺创作的念头。在中国革命取得胜利、中国共产党掌握政权之后,他们与时代精神相呼应的文学成就构成了新中国文学的主流阵营。因为特殊时代的关系,这一代作家普遍存在知识素养和专业训练欠缺的问题,比较幸运的是1942年开始,杜鹏程在延安大学有过三年集中和系统的读书生活,这对以后杜鹏程从事写作起到了非常重要的作用。而另一个对杜鹏程的革命思想和无产阶级世界观具有塑成作用的因素是此时发生在延安的整风运动。如果说在进入延安大学之前参加的革命实际工作,在杜鹏程来说还没有上升到从政治理性和创作源泉的高度去认识,自己还并不能深刻地理解投身伟大的群众运动的重大意义。那么,经过参加延安整风运动,经过对毛泽东《讲话》思想精神的理解和接受,杜鹏程的政治觉悟和文学意识大大增强,他的革命作家的独特的世界观和文学观也在逐渐形成,一个普通革命者到一个革命作家的角色转换也在有意无意之中开始了。1947年延安保卫战开始后，杜鹏程作为随军记者上了前线。那时候的随军记者，其实就是部队的成员，杜鹏程除了进行新闻采访，还一心想去体验战斗生活，为自己的创作积累战争素材。他选择到部队的最基层扎根落户，整个解放战争时期，都和指战员们生活在一起。就在与战士们相濡以沫的战斗生活中，杜鹏程写下了几十万字的《战争日记》，酝酿和准备着他的《保卫延安》。不待说小说所表现的延安保卫战是真实的战争事件，小说的发生背景，几位伟大历史人物的故事都是真实的记载，就连小说中周大勇连队的主要故事也是以这个连队为基础，周大勇、王老虎等主要人物形象，其原型也来源于此。毫无疑义，没有真实的延安保卫战，没有杜鹏程亲身经历过的部队生活，就没有小说《保卫延安》。《保卫延安》的成功创作，是那个时代阐释文学与现实、作家与生活关系最典型最有力的例证。从《战争日记》到《保卫延安》，告诉我们革命文学何以会发生，也告诉我们，"老杜绝不是文人意义上的作家，他是战士意义上的作家，是革命家"[1]。杜鹏程的人生道路与他的革命道路一致，他的生活实践与他的思想认识同步，也与他的文学创作经历同步，他是典型的在革命中成长起来的革命型的现实主义作家。探讨杜鹏程每一个单元的文学创作的发生，都不外乎"投入生活——认识生活——表现生活"三段式，这在"十七年"一代作家那里是非常具有代表性的。

其次从长篇小说《保卫延安》所具备的史诗品格讨论新中国文学艺术方向的确立。杜鹏程创作《保卫延安》，有一句很著名的作家自述："这一场战争，太伟大太壮烈了。随便写一点东西来记述它，我觉得对不起烈士和战争中流血流汗的人们。"[2]杜鹏程是带着一个伟大的文学梦想投入这场旷日持久的创作之中的，对于他来说，这也不啻一场艰苦的文学

---

[1] 晓雷：《别样的教科书——读杜鹏程〈战争日记〉》，见张文彬编《本质上的诗人——回忆杜鹏程》，陕西人民出版社，2001年，第652页。
[2] 杜鹏程：《〈保卫延安〉的写作及其它——重印后记》，载《延河》1979年第3期。

征战。不只是杜鹏程，一代共和国作家集体进入了一场新时代的文学征战，他们以文学的形式再次走入刚刚过去的血雨腥风的革命岁月，用他们激情的笔墨为共和国的诞生构筑文学艺术的"史记"，为新时代的开局和新政权的确立，提供了不可摇撼的历史合法性证明。《保卫延安》从面世到现在，人们最为关注和最多研究的，就是作品所具备的"史诗性"文学特征。最早从"史诗"角度评价《保卫延安》的是著名文艺评论家冯雪峰，他在《论〈保卫延安〉的成就及其重要性》的长文中指出：《保卫延安》"是够得上称为它所描写的这一次具有伟大历史意义的有名的英雄战争的一部史诗的。或者，从更高的要求说，从这部作品还可以加工的意义上说，也总可以说是这样的英雄史诗的一部初稿。它的英雄史诗的基础是已经确定了的"[1]。冯雪峰从《保卫延安》对时代精神的张扬、对英雄形象的塑造、对长篇小说史诗构架的初步探索，以及由此而显现的崇高文学风格等方面，进行了全面深入的论述，肯定了《保卫延安》在当代文学史上的重大开拓意义。《保卫延安》应合了时代对文学的期待和要求，全力写出时代必需的"革命英雄主义精神"，也探索性地构筑了"革命战争史诗"的艺术框架，确立了当代现实主义小说的基本范式，虽然仅仅是起步，但这一起步在当时还是令人满意的，其影响也是全方位的，它达到了时代所能允许的最高水准，使得《保卫延安》成为代表新中国成立初期社会主义新文学成就的一部佳作。

冯雪峰在总结了《保卫延安》之前十余年的战争文学后说，"真正可以称得上英雄史诗的，这还是第一部。也就是说，即使它还不能满足我们的最高要求，也总算是已经有了这样的一部。这当然是一个重要的收获"，它在"艺术的技巧或表现的手法上当然还未能达到古典杰作的水平"，"在艺术描写上留有今后可以一次一次加以修改和加工的余地"，"但是，即使再加工，也不是现在，应该在作者的才能更成长和成熟的

---

[1] 冯雪峰：《论〈保卫延安〉的成就及其重要性》，载《文艺报》1954年第14—15期。

时候。我们现在应该先满意于这样的成就"。①可见,冯雪峰在当年给予《保卫延安》高度赞赏的同时,也清楚地看到了作品存在的缺陷和问题。今天来看,在人物形象塑造上,英雄人物的理想化、反面人物的脸谱化等"十七年"小说普遍存在的弊端,在《保卫延安》中已经出现。在谈到杜鹏程塑造的彭德怀形象时,冯雪峰就说:"要把这样的高级将领的精神和性格,全面充分地描写出来,以造出一座巨大的艺术雕像,是只有天才的艺术大师才能办到的。作者当然还只是一个开始在成长的、尚未成熟的天才。"②冯雪峰反复讲到的人物塑造的"不充分"和作家艺术才能的"不成熟",意味着他清楚地看到了这部共和国初期的长篇小说存在着难以克服的艺术问题,更重要的,是批评家已经意识到这不仅是作家个体的写作能力的限制,也是特定时代的局限。作为一部战争小说,《保卫延安》明显缺乏对广博深厚的战争文化内涵的思考,正如陈思和所揭示的:"如果创作者不敢正视战争的残酷和非理性状态,从战争中生命力的高扬、辉煌和毁灭过程里揭示它的美感,把它转化成审美形态表现出来,那么,严肃的作家充其量只能达到《保卫延安》这样的高度而不能更前进一步,至于一般作家,就只能在战争背景下写一些传奇性的英雄故事而已。"③虽然1957年出版的吴强的战争小说《红日》,相比《保卫延安》取得了一些进展,但由于思想的禁锢和文学观念的限制,始终难有根本性的艺术突破。

《保卫延安》作为共和国童年时期的小说样本,标识着一个令人欣喜但也亟待成长的时代文学的新起点。1960年,柳青的《创业史》第一部问世,这部同样出自陕人之手而轰动全国的长篇巨制,与之前的《保卫延安》一起,分别以革命历史题材和农业合作化的现实题材,代表了新中国成立后长篇小说创作的两大题材类型。作品在对50年代震荡全国的农业合作化运动进程的全方位展开中,再次进入对中国农民人生命运的揭示和思

---

① 冯雪峰:《论〈保卫延安〉的成就及其重要性》,载《文艺报》1954年第14—15期。
② 同上。
③ 陈思和:《当代文学观念中的战争文化心理》,载《上海文学》1988年第6期。

考。小说一出版，就被称为当代农村题材的史诗性作品，引起广泛的关注和讨论。柳青模拟外在社会生活的文学思路，贯穿在写作中的自觉、明确和坚定的政治意识，塑造特定时代需求的"新人"形象，以及传达时代精神、负载作家的理性思考和政治激情的叙述方式，都显示着一种时代文学既定艺术规范的业已形成。《创业史》是"十七年"合作化小说的一个代表，也是"十七年"长篇小说艺术范式的一种标本性的证明。柳青的《创业史》之所以在五六十年代的长篇小说中成为翘楚并为主流文化所认同，首先因为作家积极主动地应合了时代的政治期许，实现了作家个体与时代社会的共一关系。在此前提下，还因为柳青最大限度地坚持了艺术上的独立精神，时至今日，人们依然肯定《创业史》的审美经验和艺术成就，比如塑造出既有历史内涵又具生活智慧和人性体温的梁三老汉等中国农民形象；比如柳青颇见功力的细节描写和心理刻画，让笔下的农村生活故事有着永不褪色的艺术感染力。这些都是柳青长年浸润"艺术的学校"磨炼功力而得来的。相对而言，柳青是"十七年"革命型作家群中具有良好的学识结构和艺术素养的一位小说家，《创业史》被认为是新中国成立后"新的文学话语和叙述方法的参与者和建构者"，是"革命文体"的创造者。[①]同时也要看到，柳青也是现代小说艺术在当代中国的传承和发展者，《创业史》发散出的中国传统文学与苏俄现实主义文学的气息，证明了柳青自觉吸纳和融合中外小说艺术经验的气度和能力，这大概是我们一直感受到的《创业史》之所以丰富和深厚之原因所在，也是柳青的艺术个性所在。"十七年"被集体信奉的作家"深入生活"，在柳青这里也表现出特立独行的姿态，他把自己安家皇甫村十四年艰苦的生活体验，当作"唯一适合我这个具体人的一种生活方式"[②]，既不动摇也不宣传，他将这种首创性的生活方式和认知生活方式，纳入了自我选择、自我适应的艺

[①] 吴进：《柳青的文学史意义》，载《文学评论》2013年第2期。
[②] 柳青：《关于我的思想和生活方式》，见《柳青写作生涯》，百花文艺出版社，1985年，第104页。

术个性之中，使之成为小说创造的有机构成部分。在时隔半个多世纪后再度评价《创业史》到底"写得怎样"？我们放不下和难以割舍的这本小说，其实是从多方面提供了今天我们还能引以为镜的艺术经验和启示意义吧。

从现代长篇小说艺术发展的角度看，上个世纪50年代末到60年代初，长篇小说呈现出情节结构与性格结构并存且二者相互结合、逐步转化的发展态势，情节线和性格发展线二者经纬相织，复线式立体式史诗结构俨然出现。严格地讲，《保卫延安》的侧重点仍旧是革命战争史，这是由英雄性格史的不成熟造成的。《创业史》则以英雄人物为中心来结构作品，并带动巨大的历史事件同时运行，从而把广阔的社会生活引入作品，形成庞大而深厚的艺术画面。柳青以立体网状结构突出作品的艺术整体性，营造宏伟的史诗巨著，显然代表了当代长篇小说的一次长足的进步。另一方面，在新的小说观念和小说艺术范式的形成中，当代文学中普遍存在问题和弊端，诸如小说对社会政治化主题的刻板演绎，"两军对垒"的模式化结构布局和类型化的性格塑造，都给小说真实性和人物生动性带来巨大损伤。这种以单一的意识形态视角观照社会生活所造成的一个时代文学的固有局限，在《保卫延安》和《创业史》中都表现得非常突出和典型，而且正因为这两本小说分别被当作当代文学的开端之作和成熟时期的范式之作，才更强烈和深刻地影响了当时和后来的文学风气，从而构成性地决定了当代小说的整体审美品格。甚至于，时至今日当代小说所面对的艺术限制，也常常能从共和国文学的发生时期，即那个时代所谓的"共同文体"或"既定常规"中找寻到一些因缘余绪。除过这些作品本身的文学史意义和经典性的讨论，文学基因的传承和突变及其之间的复杂关系，或许是我们回返文学历史现场更为深远的意义所在。

二

从40年代解放区文艺的实验性开拓，到1949年后中国当代文学体系的全新建立，置身于解放区地缘文化环境之中的陕西文学，顺应文学的时代主流，凸显文学的时代风格，在上个世纪五六十年代的中国文学格局中居于重要的地位。陕秦历史文化的深厚渊源，陕西文学与中国当代文学之间的生发和构成关系，持续影响和推动着陕西文学的发展。从"文革"结束到中国改革开放的新时期，属于一方地域的陕西文学尤其是长篇小说创作，继续彰显着强有力的艺术创造精神，以更具规模的群体性文学行动和昭然于世的创作成就，赢得读者和评论界长久的关注，甚至引发全社会的轰动，不断证明着陕西文学重镇的艺术创造实力。

1986年路遥的长篇小说《平凡的世界》问世，1988年贾平凹的长篇小说《浮躁》出版。从两位作家个人来说，这是他们在前期中短篇小说创作已经取得巨大成功的时候，第一次以长篇小说的艺术形式获得文坛和读者的广泛认可，其艺术反响持续至今。从陕西地域文学来说，"陕西作家群终于有了新时期以来的第一批长篇小说，而且一开始就达到一个比较高的艺术品位"[①]。陕西由此迈开了长篇小说创作热情而坚实的步伐，到90年代，确切地说到1993年，"陕西先后有京夫高建群鄙人（陈忠实——作者注）贾平凹程海五位作家的五部长篇小说在北京五家出版社出版，形成了这个群体创作大释放状态"[②]。这就是被评论界称为"陕军东征"的文学现象。陕西以集团军的阵势，推出陈忠实的《白鹿原》、贾平凹的《废都》、高建群的《最后一个匈奴》等长篇厚重之作，形成长篇小说的又一轮创作热潮。在文学史的视野中反观当时的中国文坛，陕西长篇小说的兴盛也反映了新时期中国文学演变到90年代的整体突进。变革时代的文学，大约会以十年为一周期迎来长篇小说收获的季节，"五四"之于30年代的长篇热，共和国成立之于50年代末60年代初的长篇热，以及80年代起始的新时期文学之于90年代初的长篇热，大致可以看出其一定的发展规律。

深厚的现实主义文学传统、"陕军东征"的斐然景观，以及"三驾马

---

① 陈忠实：《关于陕西长篇小说创作的回顾与展望》，载《小说评论》1995年第4期。
② 同上。

车"斩获茅奖，使得陕西文坛普遍存在着长篇创作的"优胜情结"，作家誓以一部长卷定天下，评论家也惯以长篇创作论英雄。新时期崛起于文坛的路遥、贾平凹、陈忠实，代表着阵容庞大的第二代陕西作家群体，除了领军人物路遥、贾平凹和陈忠实，还有赵熙、京夫、邹志安、文兰、王蓬、莫伸、李康美、高建群、程海、杨争光、冯积岐、方英文等，女作家李天芳、叶广芩、冷梦等，都纷纷推出了长篇作品。据统计，90年代以来，陕西作家群体每年都有十部以上的长篇小说出版，这种井喷状创作态势迅速掀起陕西文学的又一个高峰时期，也强力推进了新时期文学的长足发展。

陕西当代作家从第一代到第二代，既有文学精神和创作方法上的传承关系，同时又在突破与超越中呈现鲜明的"断代"特征。两代各有优秀的作家作为领军人物，分别形成颇为严整的群体阵势，取得了卓越的文学成就，他们所创造的优秀文学作品，在中国当代文学的不同阶段，都相当程度地代表着时代文学的最高水平。并且，已成共识的两代代际划分，为我们整体描述陕西当代文学创作概况及其特点提供了方便的切入角度，也使我们能够将具体的作家作品研究放置于不同的参照系中，使研究者取得历史的纵深眼光。

在80年代的文学环境中讨论路遥，核心命题就是对现实主义精神和方法的执着坚守。路遥对先师柳青有着自觉自愿的膜拜，构思《平凡的世界》时还在认真攻读《创业史》，他不但在文学观念，审美理想和创作题材、方法、风格等方面继承柳青的人格精神和艺术经验，而且一如柳青般为神圣的文学事业甘愿付出生命的全部。路遥创作《平凡的世界》之时，正是新潮文学汹涌澎湃、现代主义话题遍布文坛之际，路遥不可能熟视无睹，他后来说，"我当时并非不可以用不同于《人生》式的现实主义手法结构这部作品，而是我对这些问题和许多人有完全不同的看法"。理智清醒地告诉路遥"不能轻易地被一种文学风潮席卷而去"。[1]针对当时的

---

[1] 路遥：《早晨从中午开始》，西北大学出版社，1992年，第42页。

"现实主义过时论",路遥指出:"实际上,现实主义文学在反映我国当代社会生活乃至我们不间断的五千年文明史方面,都还没有令人十分信服的表现。虽然现实主义一直号称是我们当代文学的主流,但和新近兴起的现代主义一样处于发展阶段,根本没有成熟到可以不再需要的地步。"① 另一方面,任何一种旧的文学样式的存留和任何一种新思潮的产生,都不可能脱离特定的历史文化环境,这也包括读者的审美需求。因为路遥的早逝,这部用作家生命构筑而成的艺术长卷,成了路遥的巅峰之作。值得注意的是,这部在文学从业者通常看来创作方法早已过时的小说,在读者大众心中却从来没有过时,甚至因其强烈和持久的阅读效应而被称为"路遥现象"。路遥当年所判断的"一般情况下,读者仍然接受和欢迎的东西,就说明它有理由继续存在"②,已经为作品所经受的阅读考验所印证。因此,讨论新时期现实主义文学的发展和命运,《平凡的世界》越来越成为研究者绕不过去的作品。

回返80年代文学现场,现实主义受到现代主义的冲击,二者由理论上的矛盾对抗到创作实践中的并行不悖和相互渗透融合,在这个过程中,路遥所代表的是坚守传统现实主义的立场。路遥的成功基于两点:一是他正像前辈柳青一样,从一个作家的主体内在要求出发选择和坚持自己的生活和创作方式,因为这是一种主客体之间相互融合、相互适应得来的创作途径,所以非外力能够轻易影响和改变,我们知道,主客体的碰撞和融合正是艺术创造可遇而不可求的理想状态;二是路遥并没有僵化地对待传统现实主义,路遥艺术个性中具有强力地突入客观世界的主观精神,他用自己炽热的情感点燃笔下的土地,与中国农民和他们的苦难命运同呼吸共悲欢。《平凡的世界》出版后,被评论界普遍誉为"描写了中国农民的生活和命运,是一幅当代农村生活全景式图画",具有"史诗性的品格"

---

① 路遥:《早晨从中午开始》,西北大学出版社,1992年,第45—46页。
② 同上,第47页。

的"严格的现实主义作品"。①今天看来,《平凡的世界》能持续吸引读者,其经久不衰的艺术魅力,已经远远不是现实主义小说"表现历史与社会人生的广度与深度"方面的成就所能解释的。人们热爱《平凡的世界》,主要不是因为它"写了什么"和"怎样写",而是因为它是"路遥写"。"谁写"谁决定小说怎样,也决定他的现实主义或者现代主义怎样,路遥更多取胜于他的情感诚意和道德力量。他用艺术家的主观精神征服了小说,也征服了读者。所以路遥说:"从根本上说,任何手法都可能写出高水平的作品,也可能写出低下的作品。问题不在于用什么方法创作,而在于作家如何克服思想和艺术的平庸。"②路遥在上个世纪80年代自觉地以文学创造的强大精神效能,超越具体的艺术手段,何尝不是另一种对潮流的挑战?试想如果路遥当时追赶时髦勉强运用现代派手法,文学史上可能多了一部过眼烟云之作而不会有现在的《平凡的世界》。在中国文学史上,路遥不仅留下一部足以代表80年代现实主义水平的优秀之作,更以艺术家"直接面对读者"的独立精神,赢得后人的理解和尊敬,这也是前辈文学精神的血脉流传,于今天、于未来,都提供着一份特别有价值的经验。

《平凡的世界》带着非常浓重的时代印记,无论其所反映的那段变革时期的城乡社会生活,还是路遥面对生活的理性思考,也包括创作方法上近乎偏执的传统守成。成功和局限是《平凡的世界》的一体两面,黄土文化蕴蓄着强韧激越的生命原力和情感热力,同时,陕北也历史性地深陷封闭落后的经济文化形态的围困中,根深蒂固的本土思想观念带给作家的限制,并非一时的方法趋新所能弥补,相较而言,轻率丢掉人生本源和文学根系,带来的可能是更大的艺术损失,路遥对此非常清醒。路遥离世的第二年,陈忠实的《白鹿原》出版,作家在思想观念的彻底解放和艺术经验

---

① 曾镇南:《现实主义的新创获——论〈平凡的世界〉(第一部)》,载《小说评论》1987年第2期。

② 路遥:《早晨从中午开始》,西北大学出版社,1992年,第47页。

的多元融合中，实现了对传统的继承、整合和全面超越，《白鹿原》因此成为新时期现实主义小说的界碑性作品。我们不禁慨叹，在坚守到突破的过程中，所谓时代局限往往就那么短短几步。

谓为"陕军东征"而群体推出的这批长篇小说中，两位领军人物陈忠实和贾平凹创作的《白鹿原》和《废都》，引来社会上久违的文学轰动效应。时隔二十年再来考量这两部小说，不夸张地说，无论其思想力和审美力，都依然占据着当代文学的前锋，也依然提供着富有活力的思想艺术话题。

陈忠实与路遥一样喜欢《创业史》，崇拜柳青，他说："除了《创业史》的无与伦比的艺术魅力，还有柳青独具个性的人格魅力之外，后来意识到这本书和这个作家对我的生活判断都发生过最生动的影响，甚至毫不夸张地说是至关重要的影响。"[1]通过对柳青的影响的深析，陈忠实也表达了自己对那个时代的政治理念和政策路线的无条件信奉和遵从。80年代陈忠实亲历农村分田到户责任承包的社会变革，他不无震惊地看到："1982年春天我在渭河边倾心尽力所做的工作，正好和柳青五十年代初在终南山下滈河边上所做的工作构成了一个反动。完全是个反动。"[2]在农村集体所有制和集体化道路终被颠覆时，陈忠实意识到自己正遭遇"必须回答却回答不了的一个重大现实生活命题"。陈忠实把由此引起的思想震荡和心路历程称为"剥离"："是上世纪八十年代不断发生的精神和心理的剥离，使我的创作发展到《白鹿原》的萌发和完成。这个时期的整个生活背景是'思想解放'，在我是精神和心理剥离。"[3]《创业史》曾经筑起少年陈忠实美丽的文学梦想，走上创作道路后，陈忠实曾因小说被认为有"柳青味儿"而感到无比荣耀。冥冥之中像有一种力量在招引，《创业史》表现的合作化题材和现实人生发生了粉碎性碰撞，刺激陈忠实的同时

---

[1] 陈忠实：《寻找属于自己的句子》，上海文艺出版社，2009年，第92页。
[2] 陈忠实：《〈创业史〉对我的影响》，载《中国文化报》2010年5月9日。
[3] 陈忠实：《寻找属于自己的句子》，上海文艺出版社，2009年，第103页。

也把他推到了新的转机面前。正是对合作化问题以及乡村社会变革的再思考，让陈忠实开始重新面对中国近现代半个世纪的历史生活内容，对即将进入自己小说的中国农民历史命运进行前所未有的深刻反思，陈忠实最终用《白鹿原》回答了那个萦绕于心的重大命题，也实现了他期待已久的对现实主义美学新领域的征服。

陈忠实依然怀抱构筑艺术史诗的宏伟理想，依然秉持贴近历史真实、注重生命体验、传达人性关怀的现实主义精神，这些稳固的艺术基因证明了陈忠实依然是柳青的传人；另一方面，陈忠实更清醒地意识到："一个在艺术上亦步亦趋地跟着别人走的人永远走不出自己的风姿，永远不能形成独立的艺术个性，永远走不出被崇拜者的巨大的阴影。"[1]陈忠实痛下决心，自断与传统母体的"脐带"，让传统成为源头和背景，让自己成为独立的艺术生命个体，"什么时候彻底摆脱了柳青，属于我自己的真正意义上的创作才可能产生，决心进行彻底摆脱的实验就是《白鹿原》"[2]。这种"摆脱"包括上述的与旧的思想禁锢"剥离"，"打开自己"，迎接世界观、历史观乃至人生观的全面更新；也包括解除原有艺术系统和创作模式的束缚，不再人为地固执地排拒异域现代主义文学观念和叙述方式，而是吸收和融合四面八方的和文学发展各阶段的成功经验，重新熔铸自己独一无二的文学个性；最后归结为陈忠实很钟情的那句话——"寻找属于自己的句子"，这不仅指语言形式必须摆脱旧套，必须建立自己的语言结构形式，更进一步说，"寻找属于自己的句子"背后潜藏着陈忠实小说思想的一场深刻革命。一旦这场革命成功，宗师柳青和陕西地域文学乃至中国现当代文学的传统，都不再是遮蔽在作家头顶的巨大阴影，而是转化为作家攀登文学金字塔的雄伟底座。陈忠实用《白鹿原》实践了一个作家挣脱传统负累飞向艺术自由王国的艰难历程，这就是《白鹿原》超越《平凡

---

[1] 陈忠实：《关于〈白鹿原〉与李星的答问》，见《陈忠实创作申诉》，花城出版社，1996年，第34页。
[2] 同上，第35页。

的世界》之所在，也是陈忠实以"寻找自己的句子"名闻天下，不断影响文学后辈的原因所在。

新时期陕西文学的"三驾马车"中，贾平凹身上的地域性特征同样明显甚至典型，比如"农裔城籍"的作家身份、以土地为创作母体的文学信念、贴近现实把握时代脉搏的能力以及质朴醇厚的艺术个性等。另一方面，贾平凹又是陕西作家群落里面最另类的一个，也是创作最为变化多端的一个。在三十多年不间断的创作过程中，他一直以文学介入现实人生，承担着这一代作家的历史使命，但又比同时代作家更早、更自觉地意识到主观世界在艺术创造中的特殊作用，即使早年相对偏重于表现外部世界的作品，如《鸡窝洼人家》《腊月·正月》等中短篇以及长篇小说《浮躁》，所反映的社会生活的变动迹象，也一定是通过作家自己的心灵响应而折射出来，因而具有了与众不同的个人艺术气象。学者王富仁早已注意到，贾平凹"是一个会以心灵感受人生的人，他常常能够感受到人们尚感受不清或根本感受不到的东西"[①]。这其实说的是艺术创造中的直觉现象，贾平凹能够凭借直觉感受生活进入创作，所谓"天才型"作家也是就此而言。贾平凹得以三十多年驰骋文坛，不断有新的突破和超越，很大程度上依靠了自己强大的"内宇宙"。

虽然贾平凹的创作一直被归类和命名，比如曾被纳入"寻根文学"和"改革文学"的浪潮，但就贾平凹自身来讲，却一直努力着要挣脱潮流，艰苦地找寻和建造着自己的文学世界。1986年完成《浮躁》后贾平凹说："我由朦朦胧胧而渐渐清晰地悟到这一部作品将是我三十四岁之前的最大一部也是最后一部作品了，我再也不可能还要以这种框架来构写我的作品了。换句话说，这种流行的似乎严格的写实方法对我来讲将有些不那么适宜，甚至大有了那么一种束缚。""我真有一种预感，自信我下一部作品

[①] 王富仁：《〈废都〉漫议》，见《王富仁自选集》，广西师范大学出版社，1999年，第262页。

可能会写好,可能全然不再是这部作品的模样。"①贾平凹就此告别了过去,大举进行新的艺术突围,迎来90年代以来真正属于贾平凹自己的文学时代,当代文学因此有了《废都》到《秦腔》等一系列长篇艺术作品,也因此有了"贾平凹现象"这道夺目的文学景观。

从《废都》开始的贾平凹,不断地转移着小说的表现视野,也不断颠覆着既成的小说叙述方式,这些变革性艺术实践最终通向贾平凹自己提出的美学目标:要"以中国传统的美的方法,真实地表达现代中国人的生活和情绪"②。这一努力方向使得贾平凹在两个层面上进行了具有反叛意义的开拓。其一,他既不像路遥一样在传统现实主义格局中以主体的情感精神力量谋求突破,也不似陈忠实熔铸西方现代小说的艺术经验于对民族秘史的重新把握中,获取深厚和悲壮的史诗美学效果。贾平凹的审美理想原本就游离于中国现代小说传统,后来彻底甩开了长篇小说建构宏大叙事的固有模式,走上完全复原世俗生活原景的路子。这样,贾平凹的创作与时代社会就形成别一种的对应关系,如评论家所言:"贾平凹这个作家永远能和我们这个时代在出人意料的地方建立起一个非常秘密的联系,这种联系在十几年前我们在《废都》中就曾经体会过……这一部《秦腔》也是真正建立了一个非常准确而秘密的联系通道。"③长篇小说不再是对宏观历史进程和重大社会事件的模拟式描绘,作家也不再企图为时代精神和主流政治理想代言,小说的内容是不加择取的密密集集的俗常日子的自在呈现,这种"密实的流年式的叙写"中,弥漫着我们并不陌生的那种人性"常与变"的历史思绪,而那些让人不胜其烦的"鸡零狗碎",又一笔一笔地命中着这个时代的种种复杂问题。作家对家国命运的巨大忧思浸没在贾氏叙述的汪洋大海之中。那些在别的作家手里可能成为史诗性叙事的文

---

① 贾平凹:《浮躁》,作家出版社,1991年,"序言之二"第3—4页。
② 贾平凹:《平凹文论集》,青海人民出版社,1985年,第70页。
③ 《〈秦腔〉:乡土中国叙事终结的杰出文本——北京〈秦腔〉研讨会发言选摘》,见西安建筑科技大学中国现当代文学研究中心编《秦腔大评》,作家出版社,2006年,第40页。

学题材，在贾平凹的处理下完全是另一副文学面孔了。其二，从《浮躁》到《废都》再到《秦腔》，贾平凹一直在紧张地思考小说更理想的写法，2003年他自述说："我的小说越来越无法用几句话回答到底写的什么，我的初衷是要求我尽量原生态地写出生活的流动，越实越好，但整体上却极力去张扬我的意象。我相信小说不是故事也不是纯形式的文字游戏。我的不足是我的灵魂能量还不大，感知世界的气度还不够，形而上与形而下结合部的工作还没有做好。"他再一次强调："我主张在作品的境界、内涵上一定要借鉴西方现代意识，而形式上又坚持民族的。"[①]贾平凹90年代以来尝试创作"由琐细写实到意态生成"的系列小说文本，致力于中国小说传统的创造性转化与重构的艺术实践，他将此视为小说家的艺术使命乃至人生理想，因此有了不畏人言敢为人先的胆量和勇气。在上个世纪末《高老庄》问世时就有评论家说：贾平凹"实现了对现有小说范式的大胆突围，形成了一种混沌、鲜活而又灵动，具有很强的自在性和原在性的小说风格"[②]。从《废都》的创作转型至今，贾平凹在小说民族性与现代性结合方面的艰苦努力和带给小说艺术的"原创性贡献"，已经得到了评论界极大的肯定，也激发了人们对中国小说未来发展的全新思考。

在多元开放、雅俗互见的文学环境中，小说引起社会反响的原因自然是多方面的，曾经的热捧也罢，恶议也罢，都已随时光消散，重要的是，长篇小说能否穿过时光隧道经久存留在读者的阅读视野中，并且在评论界学术界的持续关注和研究中走向经典，陈忠实和贾平凹代表的陕西文学群落依然值得我们期待。

三

新中国成立后"十七年"到新时期文学，两代作家的层次特征比较明

---

① 贾平凹：《我心目中的小说——贾平凹自述》，载《小说评论》2003年第6期。
② 雷达：《贾平凹的〈高老庄〉》，载《小说评论》1999年第2期。

显，而80年代以来的陕西文学发展走向是不大容易准确划代的。一直活跃在文坛上的叶广芩、杨争光、方英文、马玉琛等作家，从年龄和创作资历以及创作观念和方法上，应该是属于第二代的，但他们显然已经淡化了第二代作家与柳青、杜鹏程们的那种深刻的艺术生命的联系，他们的生存方式和写作姿态显然大不同于前辈作家，他们在写作精神上更靠近第三代。可以称之为第三代代表人物的红柯、李春平、爱琴海、寇挥、秦巴子、鹤坪、安黎、高鸿、刘晓刚、杜文娟等作家，他们在"无名"化和个人化的创作路途中走得更远，他们以"反传统"的和更具旺盛生命力的写作，引起全国文坛的关注，他们进行的是更具当代性的写作，构成陕西文学的靓丽景观和新鲜活力。

从新世纪以来长篇小说涌现的庞大数量和艺术个性的丰富多样来看，陕西依然是生长长篇小说的一块沃土，长篇的丰收也带给陕西文学无限的生机和希望。而且，新世纪以来的陕西长篇小说呈现出令人惊异的新变，正在或者说已经打破了既往的创作格局和评价系统，于是，我们对陕西长篇小说创作现状和发展态势的考察和评判，就有了新的意义。

首先是地域性特色的淡化和隐失。评论和研究陕西长篇小说，一直有一个绕不过去的视界，就是文学的乡土性和地域性文化阐释。这一思路源自上个世纪80年代的文学文化学研究热潮一度成为流行，却也切近和吻合了陕西文学创作的基本状况。柳青、路遥、贾平凹和陈忠实这几位小说家的长篇创作，非常典型地体现出陕西文学以乡土叙事为主流的鲜明地域文化色彩，从乡土题材和地域文化的角度进入，很大程度实现了对陕西文学的总体观照，也相当有效地把握到了这一文学群落的文化审美特征。乡土写作曾经是陕西长篇创作的立足点和传统优势，而近年来除了贾平凹《秦腔》引起人们对"后乡土"叙事的关注外，其他乡土题材的长篇作品并没有产生什么特殊的影响，或者说，乡土叙事本身已经汇入了新世纪文学多元化的艺术表现之中，不再占领陕西地域文学的首席位置了。

陕西文学的乡村乡土式单色调局面在90年代就已经开始改变，愈到后来，作家涉足生活的领域就愈加宽泛，小说题材五花八门甚至令人眼花缭乱，越来越多的长篇新作，难以用农耕生活和地域文化来框囿。举出较有影响的几部小说：叶广芩的《采桑子》动用的是与中国历史变革有着千丝万缕联系的满族贵胄家族生活题材，且京味浓郁；红柯一直沉醉于边疆民族自然与人生状态的意象描画，长篇《西去的骑手》和《生命树》更为宏阔地展示了草原文化和异域风情，与他大量精美的写意性中短篇小说相比，红柯的长篇小说在继续发挥其丰富的想象力的同时，加强了小说还原现实的能力，标示着红柯走向虚实整合的艺术境界；杜文娟近期热衷书写旅行西藏的体验，纪实性长篇《阿里·阿里》带给读者的不只是西藏的神秘，更是阿里人真实的生存图景；方英文的《落红》和《后花园》表现都市世态人情和知识分子破碎零落的精神状态；马玉琛的《金石记》写长安城里古董界的奇人异事，小说中流溢着古往今来的传统文人气韵；李春平的《步步高》和《领导生活》涉笔"官场"，写出了"政治生活"的新气象；秦巴子的《身体课》是一部全新意义上的"身体写作"，诗性的身体语言和智性的哲学思考几近完美地融合于一体。在当代文学从"乡土"到"都市"的转移中，陕西文学算是比较滞后的，而一旦突破"写什么"的自我限制，对文学世界的全景展示就表现得相当出色。还比如近年崛起于文坛的一批新锐女作家周瑄璞、唐卡、王晓云等，几乎都是擅长都市题材的，她们笔下的"欲望都市"和深陷其中的女性形象，让我们完全读不出所谓的地域特色。超越陕西文学既成的高度，可能首先要面对飞速变化的外部世界和随之改变的人的内心生活，在文学发展新的生长点上出现的这些长篇小说，可能还没有抵达艺术自足的理想境地，但从中可以看到地域性文学新变的巨大的潜力。小说创作在淡化和隐去地域性标识的时候，也正努力走向更为壮阔地对世界和人类命运的关怀，以及更加深刻地对人的灵魂奥秘的揭示。也就是说，在更加自觉地追求长篇小说普世思想价值和艺术的个性化时，不自觉地进行了对地域文学生态的强力扭转。令人期待的是，这一文学的拓新群体，何时能够撑起真正属于自己的一片文学天空。

与"去地域性"相联系的另一重挑战，是长篇小说对"厚重"的"史诗性"艺术使命的卸除。"史诗性"追求是陕西文学最引以为豪的伟大传统，"去史诗化"意味着要比前一代作家更加彻底地摆脱文学宗师的影响，在"反传统"的路上走得更远。叶广芩的《青木川》试图拨开主流话语构建的"大写的历史"而寻找存活于民间记忆中的"历史真相"，她没有刻意于小说的"史诗性"营造，却在接近和走入历史现场的努力中，讲述那些纷繁杂乱而又逸趣横生的民间故事，发现其中人性的美好与幽暗。方英文和马玉琛的小说用不同的笔墨展示了当下文人普遍存在的回归古典、民间与故园的文化心理和精神取向，反拨了长久形成的知识分子以承载政治道德理想为文学诉求的小说传统。擅长写老西安的作家鹤坪，新近推出一本《民乐园》，满篇的市井男女与古旧风烟，他用百年西安的风俗民情构筑的"文学历史"，显然是更远离宏大叙事传统的。长篇小说的简约化和轻灵化是易引起文坛批评的一种创作倾向，对简与繁、轻与重和俗与雅的不同价值认定，反映的还是一个文学思想和小说观念问题。小说的"宏大叙事"和"史诗性"追求在百年中国历史文化的特殊语境中生成，负载民族国家复兴和社会政治变革使命的小说观念，长久地影响乃至决定着作家的艺术创造和读者评论家的价值评判。事实上，很多小说家离开传统而毅然转身，是中国社会再一次重大变革的力量推助而致。当我们身处自由、松散和满地文化碎片的多元化世界，小说为实现多种功能意义而选择不同的创作路向，也是一种必然。有意思的是，当小说背离了传统，开始亲近民间、认同世俗乃至走上市场化的道路时，却续接了中国小说传播"街谈巷说"意在娱乐消闲的"远传统"。到底什么是好小说？当然不可能再用同一种标准衡量五花八门的小说创作了。

"地域性"和"史诗化"中隐含着集约和趋同的意思，真正出色的小说家，即使以地域特色和史诗品格为标记，也一定要将不可复制的创造个性体现在小说当中。在陕西地域写作中，贾平凹是最出格、最另类也最多引起争议的小说家，如前所述，他是较早意识到传统的史性框架和写实方法对自己的束缚进而求新求变的，长篇《浮躁》完成后开始新的艺术突围，从《废都》《白夜》，一直到《秦腔》《古炉》和最近的《带灯》，贾平凹在自认为适合自己的路上坚定不移地走来，文学潮流不断更迭变迁，争议乃至批判持续存在。贾平凹不为所动的坚持，成就了他自己的文学风景。这应该也是贾平凹三十年处于文学主流的边缘而又三十年立于文坛前端的原因所在。贾平凹善于守着自己熟悉的生活领地，却开掘出一个全然异质的文学世界。贾平凹属于陕西地域，却也超越了一般意义上的地域文学。贾平凹作为一个典型案例，对陕西后代小说家如何走出一条自己的创作路子，应该有重要的启示作用。

是作家"去地域性"和"去史诗化"的自觉努力造成了陕西长篇小说的风姿不同和意趣各异，还是时代赋予的自由文化选择和个人化艺术追求，塑造出作家群体全新的个体形象，让陕西文学往日不可动摇的辉煌传统，成为渐渐远去的巨大背影？多向促进和全面生成应该是更客观更公允的答案。问题在于如何面对、如何衡量和作出评判。从新世纪以来长篇小说出版的数量和花样繁多的局面看，其实是超过了以往任何一个长篇小说的繁荣时代，但萦绕于我们耳际的，充斥于各类报刊的，更多的是质疑和批评，是失望的乃至悲观的声音。走出共名时代、难以找到主色调，乃至无法完成全面阅读的长篇小说发展现状，本身就形成了对批评家新的考验。就陕西文学，我们曾经热衷并自信的地域文化性把握和史诗性评判，对已经挣脱了地域限制的自由行走中的长篇小说创作，是否永远有效？当年几部轰动性的长篇巨制就可以证明一个繁荣时代来临的评判标准，可否依然适用或切合于当下的创作实际？当小说回到小说艺术自身，回到每个爱小说和写小说者的身边，小说世界却变得和以往如此不同。一面是长篇小说海量增加汹涌而至的现实景况，一面是小说艺术全面衰退、沉沦，乃至文学将要消亡的危机预言。是我们对小说的判断力出了问题，还是真的需要重新思考我们的小说观念以及价值认识系统？

陕西文学尤其是长篇小说的创作成就，曾经是当代现实主义文学主潮中强有力的一脉，今天陕西长篇小说创作的发展态势，也还是中国长篇小说时代变化中一个具有代表性的群体表现。无论数量上的逐年成倍上升和质量上的雅俗互见、参差共存，陕西文坛都可以折射到全国。地域性问题放大了讲就是文学的民族风格问题，对"宏大叙事"和"史诗性"追求的反思，也是回返中国百年文学和重估传统价值观念时难以回避的核心艺术命题。这样看，考察陕西地域的长篇小说创作群体，其意义就不仅限于陕西了。

原载《华中师范大学学报》2014年第1期

陕派文学与"五四"新文学传统之关系考察

——兼论杨争光的小说创作

一、四代磨砺：陕派文学的缘起与总体风貌

从大历史的眼光来看，陕派文学[①]其实有着久远厚重的文学传统，其源头，可以追溯到周秦汉唐。尤其是，汉代司马迁的《史记》，以宏阔、深厚的文学精神铸就辉煌风采，同时也标志着中国古典叙事文学的高起点。"秦中自古帝王都"，三秦古都长期以来是中国政治、经济、文化的中心，其文学成就具有全国性意义，陕派文学的渊源可谓博大精深。

自唐之后，随着中国政治、经济重心的变迁，陕派文学也逐渐走向沉寂。客观而论，这种沉寂状况，在"五四"以及二三十年代也没有得到根本性地扭转。虽然"五四"新文化运动也曾在陕西引起过反应，比如，陕西也出现了一些进步刊物（如《鼓昕日报》《启明日报》），也有白话诗、白话小说、新式杂文的问世，陕西易俗社还出现过一批优秀的秦腔剧

---

① 这里的"陕派文学"，并非纯粹地理意义上的划分，而是具有更宽泛意义上的所指。其主体部分当然是在陕的陕籍作家关于陕西地域历史文化的书写，但除此之外还应包括四种情况，即：在陕的非陕籍作家关于陕西地域历史文化的书写（如王汶石），在陕的非陕籍作家关于非陕西地域历史文化的书写（如叶广芩），在陕的陕籍作家关于非陕西地域历史文化的书写（如红柯），不在陕的陕籍作家关于陕西地域历史文化的书写（如杨争光）。

本编写者，乃至有一些陕籍作家参加了全国性的重要文学社团，如创造社中的郑伯奇、王独清，学衡派中的吴宓，左联中的冯润璋等，他们的文学创作也都是有特色有影响的，应该属于现代文学中的重要构成。[①]但是与京津、江浙、川皖、两湖等地区相比，落后是明显的。

陕派文学落后的原因应该是复杂的、多方面的。大致说来，在现代第一次国门洞开的时代，居于内陆的陕西偏远闭塞、交通不便，较少受新风气的影响，因此思想观念板结守旧，这是包括文学在内的文化变革来得相对迟缓的一个重要因素。20年代的陕西，军阀割据、政局动荡，也不利于新文化的传播与发展。此外，20世纪初发生的民国大饥荒，西北区域一直是重灾区，除了史书的记载，作家柳青和陈忠实也曾分别在两个不同的时代，在他们的小说《创业史》和《白鹿原》中提到发生在关中的"民国十八年年馑"。这场饥荒对陕西造成了毁灭性的破坏，导致经济文化诸方面远远落后于其他地区。所以，物质经济的落后所引发的文化教育乃至思想观念上的滞后，也使得陕西在现代文学的起步阶段无法与其他地区比肩。

近现代的沉寂之后，伴随着中国现代文学的时代转折，在40年代的陕北革命圣地，迎来了陕派文学全新的发端。可以说，当代陕派文学的直接源头就是延安解放区文艺。当然，深究起来，这二者其实有着密切的水乳交融的关系：一方面，战争时期民族精神的高扬，恰好吻合了深沉壮阔的三秦历史精神，而且延安解放区文艺有直接取法于陕北民间艺术精华的成分，比如《东方红》由陕北民歌加工而成，李季的《王贵与李香香》运用信天游的形式取得了巨大的成功。1949年之后新诗的民族化方向固有诸多失误，但它无疑是这一诗歌创作取向的自然延续。另一方面，在毛泽东《在延安文艺座谈会上的讲话》确立文艺的新方向之后，杜鹏程、柳青、王汶石等陕派作家即响应《讲话》精神，开辟了自己文学创作的一片新天

---

① 参见任广田：《陕西地区现代文学发展概述》，载《西北大学学报》1997年第4期。

地，比如柳青的两部长篇小说《种谷记》《铜墙铁壁》就是其贯彻实践工农兵文艺方向的较早硕果，它们也为柳青后来的史诗性长篇小说《创业史》提供了思想和艺术两个方面的经验与启示。可见，陕派文学有着承接延安文艺传统的天然优势，其起点高、成长快，在民族解放战争的历史舞台上，奏响了高亢嘹亮的时代主旋律。也正因此，陕派文学又重新焕发出夺目的光彩，从而成为中国当代文学的一方重镇。这一切，都带有历史的必然性和合理性。

陕派文学作为中国当代文学重镇的地位和影响，与各类文体中小说创作的出色表现和持续走高有很大关系。由今观之，当代陕派文学的磨砺与发展已有四代，已然蔚为大观，但同时也存在着"后继乏力"的隐忧。以柳青、杜鹏程、王汶石为代表的当代陕派文学的第一代作家群体，以其厚重的史诗性著作，在中国当代文学的整体格局中占据着显著地位，并在较长的时间里极大影响了陕派的后辈作家。以路遥、贾平凹、陈忠实为代表的当代陕派文学的第二代作家群体，努力在前辈作家丰厚实绩的基础上推陈出新，并以迅猛的井喷态势，形成了陕派文学的一个高峰，同时造就了声势浩大的"陕军东征"现象，有力推动了中国文学的前进与发展。相较而言，陕派文学从第一代到第二代，有着比较明显的承继关系，第二代陕派作家在前辈文学精神及创作手法的哺育下又酝酿并展露出自己推陈出新的博大气魄，且两代各有自己的领军人物，阵容严整强大，在一定程度上代表了同时期的中国当代文学所能达到的最高水准。而以叶广芩、杨争光、红柯、陈彦为代表的当代陕派文学的第三代作家群体，则开始淡化与第一、二代作家之间的那种深刻而浓厚的艺术承继关系，各自奋力寻找与开拓属于自己的文学新疆域，呈现出群星闪耀的格局，推动陕派文学走向更为丰富与多元的道路。当代陕派文学的第四代作家，则是更年轻的"70后""80后""90后"作家群，目前尚处于形成阶段。在全国范围内，陕西的"70后""80后""90后"写作虽然已经出现了个体性的不俗表现，但整体来看还是显得力量微薄，与陕派的前几代作家相比，第四代作家的创作更多地偏重个人体验与个人生活，而缺乏一种厚重的、具有穿透力的恢宏气象。当然，精神境界的不够高远和美学"新质"含量不足，应该也是当下"新人类"创作普遍存在的问题，更多地去倾听小草生长的声音时，历史车轮已然从每个人身边隆隆响过。

新的文学生长点的匮乏，一方面可能源自传统负荷的隐性存在，拘束了部分作家的思维与手脚。从历史沿革的角度看，柳青《创业史》之于延安解放区文艺是既承接又超越的关系，陈忠实们之于柳青《创业史》也是既承接又超越的关系。因此，当前的陕派文学要想脱颖而出，在对待文学前辈的丰硕成果方面既要"入乎其内"，又要"出乎其外"，而不能被前辈的巨大光影笼罩，显不出自己的文学姿态。另一方面，拓新力量的不足，也使得不少作家陷入各自创作的瓶颈。我们知道，文学的发展演变，离不开"新潮"的激活作用，但陕派文学由于偏居内陆，较之时代"新潮"在整体上往往存在着"慢半拍"现象，这可能会导致两种结果：一是陕派文学对外部世界和人的内心世界的急剧变化感应不足，对现代性成果的吸收也显得迟滞；二是在时间的沉淀与强大的思想或理论的支撑下，陕派文学反而存在着厚积薄发、后发制人的巨大可能。

回顾上个世纪八九十年代，在文学新潮争相竞放、大展光芒之时，以坚守传统见长的陕派文学选择了"全局保守、局部吸纳"的策略，最后也收获了巨大的成功。但是，"全局保守"的氛围无形中遏制了文学的创新意识，在一定程度上也制约了陕派文学的全方位发展。当下陕西文坛的持续沉寂与"青黄不接"的隐忧，可能正是当年排斥先锋意识所带来的负面效应。在这种情况下，恐怕只有那些具备自觉创新意识、具有强大思想或理论支撑的作家，才有可能成功突围，再登高峰。有一句话说得好，"时尚，永远是文学的双刃剑"，在传统与现代、历史与当下、继承与创新、镜鉴与拓展的互动中调整艺术表现的维度，愈来愈成为陕派文学走出困境、走向突破的有效思路。

二、资源镜鉴：陕派文学的多元资源取向

以久远厚重的周秦汉唐文化为渊源，以延安解放区文艺为直接源头的当代陕派文学，在不断探索和伸拓的过程中，也逐渐丰富着自己的资源镜鉴，逐渐走出了单色调的局面，走向了多元共生的"众声喧哗"。当然，值得注意的是，就具体的作家而言，其汲取的文学资源本身可能就是多元的，而且在不同的创作阶段其汲取的文学资源也会有不同的侧重，甚至会融汇并创造出属于自己的传统或资源。

杜鹏程的《保卫延安》和柳青的《创业史》主要秉承的是延安解放区文艺的传统，他们将个人的情感与时代民族的激情合二为一，在时代允许的范围内最大程度地发挥了自己的创造主体性，使其与那种完全政治化的书写有了区别。杜鹏程四年耕耘、九易其稿的长篇小说《保卫延安》，是新中国成立后第一次大规模地正面描绘解放战争的力作，以延安保卫战的宏大题材、高亢的革命英雄主义精神、一系列的革命英雄形象、情节和性格发展两条主线的经纬交织、崇高悲壮的美学风格，初步展露出深沉壮阔的"史诗性"品格。而柳青及其《创业史》的影响则更为巨大，因为柳青在秉承延安文艺传统的同时，还充分发挥了自己的艺术天分，进而形成了颇具魅力的"柳青传统"：文学神圣，紧贴时代；扎根群众，深入生活；注重细节，推崇写实；精益求精，追求史诗。柳青"60年一个单元""文学是愚人的事业"等名言以及"三个学校"的主张，再加上《创业史》的巨大魅力，如立体网状的结构、人物形象的真实典型（特别是梁三老汉）、叙述语言与人物语言的分立、宏伟而又细腻的艺术风格等，都对第二代的路遥、陈忠实等人构成了巨大的影响，而他们则在对柳青的或继承或剥离中建立起各自独特的文学个性，成功地拥有了属于自己的文学世界。

路遥在根本上痴迷于宗师柳青的人格精神和创作原则，继承了柳青的

大部分文学遗产，但同时又极大浸染了俄苏文学的道德诗意、苦难意识、人民立场和诗性气质。路遥深受柳青的影响，称柳青为自己的文学"教父"，在创作上基本沿袭了宗师柳青的路子，包括那种政治激情，包括在形式探索方面清醒而执着地做了时代大潮中的"保守者"，但路遥的在今天看来有限度的艺术探索——比如不再把正面人物塑造得"高大全"，开始注重主人公身上的个体意识，如通过高加林在事业与爱情上的痛苦抉择，表现传统道德与现代意识之间的剧烈文化冲突等等，在当时也代表着现实主义文学的重要突破。同时，俄苏文学对路遥的影响也是巨大的。路遥同情平凡世界里的小人物，尤其是那些挣扎在人生路途上的青年，他要通过小说来帮助读者认识和体悟社会人生，并充分发挥小说的人生启蒙作用和道德感染力量。《平凡的世界》中主人公面对苦难时的积极人生态度以及温馨的道德诗意，及其所构成的文本"励志型读法"，打动了无数的普通读者。

陈忠实早期的创作基本上也是在模仿柳青，作品带有明显的"柳青味"，到了80年代中期，陈忠实开始意识到：必须走出宗师柳青的巨大文学"荫影"。需要指出的是，陈忠实其实并未全然摆脱柳青，柳青以"人物角度"构架小说的方法始终让陈忠实无法割舍。广泛的阅读和虔诚的探索推动着陈忠实"剥离"旧我，李泽厚的"文化心理结构"理论更是让他洞悉"天机"，开始从文化心理的角度审视社会和人性，作品也有了质的飞跃，由《蓝袍先生》进而到集大成之作《白鹿原》。虽然《白鹿原》从整体上仍属现实主义范畴，但也大胆吸收借鉴了现代主义的一些表现手法和民间文化的鲜活内容：富有象征意味的"白鹿""白狼""鏊子"等意象的使用，为全书笼罩上浪漫的诗意和深邃的哲思，与法国象征主义有暗合之处；小说中奇诡怪异的梦境，又带有超现实主义和表现主义的色彩；丰富而久远的民间传说，大大扩展了小说的包容量；充满神秘色彩的鬼魂附体事件，则焕发出一种亦真亦幻的艺术感染力。民间文化元素和现代主义艺术的有效对接，熔铸出丰富深厚乃至复杂无解的《白鹿原》，小说极大超越了传统的现实主义,陈忠实借此完成了文学创作上的华丽转身。

相较而言,贾平凹的文学资源更为复杂多向。可以说,贾平凹是陕西最多变、最高产、最能持续制造话题的小说家。从《山地笔记》《商州三录》,到《鸡窝洼人家》《浮躁》,从《废都》到《白夜》《高老庄》《怀念狼》,从《秦腔》到《山本》,不断地图存思变。贾平凹曾自言,在不同的创作阶段承接过不同的文学资源,如中国古典文学、苏俄的现实主义、欧美的现代派和后现代派、"十七年"的革命现实主义。[1]如果说"寻根"早期的贾平凹,倾心于从文言小说、野史笔记(诸如《聊斋志异》等笔记小说)中汲取营养,而90年代的他又开始师法《金瓶梅》《红楼梦》等明清世情小说,到了《白夜》《高老庄》《怀念狼》则努力以老庄道法自然的"写意"灌注全篇,而2018年的《山本》又把"法自然"和"不隐恶"推向了极致。需要注意的是,贾平凹早年十分钟情沈从文和孙犁作品的清新雅秀并深得熏染,并经由这条与鲁迅等人的启蒙文学"判然有别"路径,走向了中国文学的"远传统"。

高建群的文学创作有三个"精神家园":渭河平原,新疆阿勒泰草原,以及陕北高原。与之相应,高建群的创作大多围绕新疆、陕北和渭河平原这三个板块展开:一是边关题材,如《遥远的白房子》《愁容骑士》《胡马北风大漠传》《大刈镰》等;二是陕北题材,如《最后一个匈奴》《古道天机》《统万城》《骑驴婆姨赶驴汉》等;三是书写自己家乡渭河平原的《大平原》《生我之门》等。相较而言,陕北黄土高原和塞北大地在高建群的生命与创作中占有更重的分量,他以高扬着的理想主义精神、民族文化大融合的独特视野、天马行空的多元叙述、浓厚的宗教意味及神秘色彩,追溯历史风云中的家族传奇,抒发抗争者的浪漫之歌,树立起古典崇高的美学追求,为人们提供了超越现实的激情和想象,为历史和社会提供一种摆脱现实围困的可能,引导人们重新找回辉煌岁月中的热血

---

[1] 贾平凹:《山本》,作家出版社,2018年,第524页。

和生机。

叶广芩独特的出身与丰富的经历，使得她的文学创作版图有别于本土的陕派作家，而显示出一种异彩纷呈的绚丽。清朝贵族的家庭出身，让叶广芩自小便习得了中国古典文化的精华；北京和陕西"两处故乡"水土与文化的滋养，让她对阳春白雪与下里巴人有了新的体悟；20世纪90年代初在日本的学习经历，又让她有了跨文化回望的全新视角；而2000年至2008年在陕西省周至县的挂职工作，又使得叶广芩开拓了秦岭生态文学的新领域。以《采桑子》《状元媒》为代表的家族题材小说，以《日本故事》《战争孤儿》为代表的中日战争题材小说，以《山鬼木客》《青木川》为代表的秦岭生态小说，共同构筑了叶广芩别样的文学版图。北京与西安，府邸与市井，中国与日本，城市与山林，叶广芩在与命运的搏击中抓住一次次机遇不断开拓新的创作题材，成就了丰富复杂的多重书写领域与文学境界。

红柯亦是陕派文学中的一个"变数"，他在青年时代远赴新疆，主动寻求异域风情的洗礼。十年天山漫游在他身上留下了火焰一样的痕迹，也赋予了他的小说一种与众不同的刚烈壮美。大漠、戈壁、绿洲、草原、骏马、山脉、雄鹰、狼群、远古传说、英雄史诗、跃马扬鞭、锐利刀锋，共同构筑起红柯独特的异域文学王国，也确立了他与主流陕派文学所不同的刚健浪漫主义抒情风格。从《奔马》《美丽奴羊》《金色的阿尔泰》到《跃马天山》《黄金草原》，再到《西去的骑手》《大河》《乌尔禾》《太阳深处的火焰》，红柯以西域大漠的雄健之风构筑理想的生命诗境，反思草原文明与农耕文明的文化内涵，并期望以此来重构民族精魂。异域文化资源带给红柯小说独具一格的艺术魅力。

陈彦的三部长篇小说《西京故事》《装台》《主角》，则集中体现了对中国传统叙事艺术的全方位继承——"第一个是现实主义传统，第二个是中国小说的传统，第三个是中国戏曲的传统"[①]。陈彦把对现实主义

---

① 马李文博：《第十届茅盾文学奖获得者陈彦谈如何构思〈主角〉中的人物——让每个人成为自己的主角》，载《中国艺术报》2019年10月16日。

传统的继承凝聚在对"普通人"的关注上,并进而辐射至其代表的整体人群,以此透视"普通人"的生存困境。而"说书人"的叙事口吻、自由切换叙述角度,以及对悬念氛围的有意营造,让陈彦的小说别有一番风味。此外,陈彦在创作小说之前有近二十年的现代秦腔戏创作经历,对中国戏曲的源流发展和创作模式了如指掌,因此传统戏曲因子在陈彦的小说作品中随处可见,不仅小说的主要人物和传统戏曲都有千丝万缕的联系,传统戏曲的经典剧目和名家传说也成为他的创作素材。小说中还大量穿插了戏曲唱词,同时陈彦也非常看重中国传统戏曲"高台教化"的传统,提示人们在泥沙俱下的时代洪流中,应坚守和高扬怎样的传统文化精神。

但是,若从承接"五四"新文学传统的角度来考察陕派文学,则会有一个耐人寻味的发现,那就是:虽然大多数陕派作家在不同程度或不同角度上都接受过以鲁迅为代表的"五四"新文学传统的影响,甚至在自己的某些作品中还有明显的印痕,但总体观之,以鲁迅为代表的"五四"新文学传统在陕派文学中仅处于潜流状态,未能得到充分展开。从作家文化性格构成的角度看,多少存在着资源性缺失的问题。虽然杜鹏程说过"在描写革命战争方面,既要求助我们当前已有的成就,而更多的是求助于以鲁迅先生为首的中国新文学,以及我国古典文学作品和苏联革命初期的文学名著等",但真正落实到作品中的时候,《保卫延安》却更多汲取了中国古典文学中的故事性、苏联文学中的外在战争描写手法,而并没有很好地继承鲁迅的传统。[①]倒是杜鹏程后来的中篇小说《在和平的日子里》,大胆揭露社会主义建设事业中的矛盾冲突,书写梁建这个官僚主义者形象,其中涌动着鲁迅先生直面现实的现实主义精神及原则。柳青无疑是受到"五四"新文学哺育的,他早期的短篇小说如《在故乡》《喜事》,潜隐着鲁迅式的启蒙意识,甚至在叙述模式上也颇为接近鲁迅的"归乡"与"看客"模式。小说虽涉及了农民翻身前后的物质生活对比,以此来凸显

---

① 李宗刚:《杜鹏程与长篇小说〈保卫延安〉》,载《文艺报》2017年6月23日。

"革命"的必然性和现实意义，但其中这种隐在的"观照"视角，却使得"革命"的另一重意义——相对于物质翻身的精神翻身——更为意味深长地被提出，这种隐蔽的启蒙立场，可以认作"五四"文学精神在柳青身上的历史延续。唯其如此，柳青在延安时期向革命话语的被动"转弯"和"脱胎换骨"的艰难过程，才会有更合理的解释。路遥曾自言"喜欢鲁迅的全部著作"，也曾从不同角度接受了鲁迅先生的影响，比如鲁迅融文学家与思想家于一体的哲人气度，鲁迅向下看取生活、于平凡人事中取材的方法等，但路遥创作中却少见鲁迅"国民性批判"的"冷峻"，而多渲染追求道德诗意和讴歌劳动奋斗的"热烈"。陈忠实在艰苦的自学阶段曾以鲁迅的名言"天才即勤奋"来勉励自己，"如果鲁迅先生不是欺骗，我愿意付出世界上最勤奋的人所能付出的全部苦心和苦力，以弥补先天的不足"[①]；在后来的访谈中他也曾指出鲁迅短篇小说《风波》中的"剪辫子的细节……已经进入了人物的心理结构深层"[②]；《蓝袍先生》通过徐慎行在四个时期的心路历程，对传统礼教、极"左"思潮以及人性弱点做了深刻描画；甚至整部《白鹿原》在反思中国文化方面也在一定程度上暗合了鲁迅"国民性批判"的主题，但那种矛盾的态度以及眷恋的情绪又让他与鲁迅区别开来。贾平凹迄今为止丰富的小说库容中，也不乏揭露国民劣根性、批判官僚主义和封建意识等带有"启蒙"倾向的小说，如早期的《夏家老太》《月夜》《瓦罐》《病人》《大碗"羊肉泡"》等一批寓言小说，揭露了普通民众阿谀奉承、趋炎附势、欺软怕硬、虚伪自负的奴性人格，而《阿吉》中的阿吉与《高兴》中的刘高兴，有着"阿Q"式"精神胜利法"的元素，《废都》和《古炉》中对人性病象的揭示可谓触目惊心。此外，陕派文学的其他作家，如高建群、叶广芩、红柯等，也都在不同程度或不同角度上对以鲁迅为代表的"五四"新文学传统有所承继。

---

① 陈忠实：《我的文学生涯——陈忠实自述》，载《小说评论》2003年第5期。
② 李遇春、陈忠实：《走向生命体验的艺术探索——陈忠实访谈录》，载《小说评论》2003年第5期。

相较而言，在陕派作家当中，真正自觉主动地将以鲁迅为代表的"五四"新文学传统贯穿自己创作始终的，是杨争光。杨争光可能是陕派作家中谈及鲁迅、镜鉴鲁迅最多的作家。当然，资源镜鉴并非简单的模仿，杨争光在承接鲁迅传统的同时，还紧贴社会现实做了进一步的延伸思考，同时还极大丰富和发展了包括西方现代派在内的一些表现技法，从而成为陕派文学的一道醒目风景。

三、醒目风景：杨争光及其小说创作

可以说，杨争光从一开始就走上了一条与绝大多数陕派作家都绝然不同的创作道路，那就是鲁迅等先驱者开辟的"启蒙"和"国民性批判"之路。当然，在此基础上，杨争光还有自己的独特思考与创举，比如，杨争光认为，"劣根性"的提法不够准确，准确地说应是"根性"，"根性既有劣的东西也有优的东西……关键是我们现在宣扬的，是不是它真正的优点"[1]，这在认识上显然更深了一层。再比如，杨争光指出，"中国是有城市，没有城市人，城市里住的都是农民……文明的成长和成熟需要几代人"[2]，则是对文明积淀规律做出的深刻洞察。这些因素，都极大强化了杨争光小说的"异质性"与"先锋性"。当然，这一切也都渊源有自。

杨争光1978年考入山东大学中文系，开始饱读中外名著，并在80年代的思想启蒙浪潮中与鲁迅"相遇"，逐渐培养了以"病理学"的眼光看世界的思维方式。而1986年杨争光作为扶贫干部，在陕北延长县的一条峁沟里住了整整一年，那片"前现代社会"土地上人们恶劣残酷的生存样态，极大地震撼了他，也直接催动他开始小说的创作。杨争光初期的中短篇小说主要是以陕北黄土高原为书写对象，但与陕派其他作家不同，他对黄土高原的呈现并非写实性的，而是印象化的。可以说，杨争光与陕北黄土

---

[1] 杨争光：《杨争光文集》第10卷，海天出版社，2013年，第38页。
[2] 同上，第37页。

高原的相遇，是现代主义与"荒原"的相遇，他以现代派的写作技法，直面穷乡僻壤之地的人们最本真的生存状态和文化心理。《从沙坪镇到顶天岇》《干旱的日子》《那棵树》《鬼地上的月光》《洼牢的大大》《他好像听到了一声狗叫》等短篇小说，展现了黄土高原的贫瘠荒凉、人们（尤其是女性）处境的艰难以及精神状况的扭曲；而《黄尘》《霖雨》《黑风景》《棺材铺》《老旦是一棵树》《驴队来到奉先畤》等中篇小说，则集中书写了那片土地上人们食与色的异化、荒诞的仇恨与暴力以及绝境之下的人性之恶。杨争光的三部长篇小说，则从不同角度和侧面，延续了对国民性问题的思考：《越活越明白》表面是写现代知识分子精神历程，拷问的却是中国人的文化基因；《从两个蛋说起》表面是以一个村庄来折射中国历史的变迁，实则是对国人生存本相与深层人性的逼视；《少年张冲六章》表面是探讨中国当下的教育问题，其实是借教育问题来把脉中国文化的病症。

从整体上看，杨争光是陕派作家中自觉继承鲁迅传统的作家，是充满创新意识的思想型智慧型作家，是横跨诗歌、小说、编剧诸多领域的"多面手"，也是中国当代文坛寂寞的"独行侠"。他的小说，不管是短篇、中篇还是长篇，往往都指向我们国家和民族的文化"根性"。从陕北梢沟到符驮村，再到《少年张冲六章》中的南仁村，虽然杨争光曾被称为乡村地理学和地域文化小说的代表，但他其实无意于地域文化的书写，如果说有，也可以放大理解为"中国文化"，作家引入他熟悉的或体验过的一个故事情境，聚焦点则是他想要刻画的"国人性格"。相较而言，长篇小说《少年张冲六章》最为典型地体现了这一点。

《少年张冲六章》是杨争光磨砺五年、借教育问题而进探中国文化内核的一部长篇力作，发表于《人民文学》2010年第3期，并荣获2010年"人民文学奖"优秀长篇小说奖。这部小说与一般意义上的成长小说或教育小说差别甚大。我们知道，一般意义上的成长小说包含着"成长"和"教育"两个维度，在"内心自我"和"外部规约"两种力量的作用下，主体经过一番切肤之痛的遭遇或精神危机,精神得以成长成熟,改变了自己的世界观和性格,最终在社会的整体秩序中认识到自己的位置和作用。[1]但是,杨争光《少年张冲六章》中的张冲,虽然也经历了一番切肤之痛的遭遇,对"外部规约"反感并以"另类"的姿态加以反抗,但他骨子里其实是认可现行标准的,只是自己无法适应,因而未能在社会的整体秩序中找准自己应有的位置。从表面上看,张冲是深陷教育的困局,但从更深层次上看,他其实是深陷文化的困局。从这个意义上说,《少年张冲六章》其实是一部"文化小说"。

《少年张冲六章》首先切入的是教育问题,是中国式教育的弊端。这教育问题的产生,既跟外在的环境土壤息息相关,也与内在的个体的精神选择密不可分。从外在的环境来说,父母、老师、同学、亲戚、邻居都是张冲成长的土壤与空气,"土壤和空气是既定的,不可能有利于所有的植物健康成长","有些植物能适应,有耐力,就长成了人中龙",而"张冲这样的植物就长成了张冲的样子"。[2]杨争光为我们展露了土壤和空气的病态一面,比如张冲的父亲张红旗望子成龙的过激手段,民办教师上官英文对学生的"变态的惩罚"等。当然,从内在的个体来说,张冲的青涩而盲目的反抗,也是存在问题的,比如张冲为了参加中考拿刀威胁校长,为了"匡扶正义"用小勺子剜了一个副局长的眼睛,从而构成犯罪。虽然,小说中的张冲只是一个极端的个案,并不是所有的学生都是问题学生,也并不是所有的问题学生最后都会违法犯罪,但这也启发人们进一步思考:现行的教育体制有着怎样的严重弊端?怎样改进现行的教育体制,以减少类似张冲这样的极端个案?

当然,仅仅看到《少年张冲六章》中的教育问题显然是不够的,小说的旨归其实落在了教育背后的文化困局上。细读文本我们会发现,小说中弥漫着几乎无处不在的困局:张冲的困局在于"内心自我"和"外部规

---

[1] 徐秀明:《成长小说:概念厘定与类型辨析》,载《新疆大学学报》2010年第3期。
[2] 杨争光:《杨争光文集》第10卷,海天出版社,2013年,第29页。

约"的无法调和,张红旗的困局在于"望子成龙"的期望与"子不成龙"的现状之间的巨大落差,李勤勤的困局在于力量绵薄的坚守与尽职难敌现实的复杂与残酷,王树国的困局在儿子文昭身上等。除此之外,小说中对文化的困局还有很多隐喻性、象征性的表达,比如县城东边广场上"后羿射日"的雕塑,苗苗用樟脑丸在地上划的那个圈住了几只蚂蚁的圆圈,以及张冲在学习小学六年级语文课文《螳螂捕蝉》时所写的日记:"我读了这篇课文。我想到了我。我是蝉。老师是螳螂。我爸是黄雀。拿弹弓的是谁我不知道。我想拿弹弓。"①这里的弹弓,其实可能正隐喻着困局背后的那只"看不见的手"——单一的功利型价值观。杨争光曾说:"我们的教育,'成人'似乎不是最终目标,'成龙'才是。成人自己也生活于其中,孩子的处境是大人的处境。这跟来路有关系,什么样的根须,带出什么样的泥水。"②以此对应到"人观",其实是"享受者光荣"而非"劳动者光荣";以此对应到孩子观,孩子是家长的"附属物"而非"独立人"。显然,这种单一的功利型价值观非但偏颇,其弊端也贻害甚重。"我真想说我们的文化很乱,我们都是病人。鲁迅说救救孩子,我其实不想说救救孩子,我想说的是救救我们。因为我们把我们救了,我们的孩子不用救他就好了。"③显然,杨争光这种指出文化病症、引起疗救注意的初衷与做法,是与鲁迅先生一脉相承的。

　　除此之外,杨争光在文体方面也明显受到了鲁迅先生的影响与启示,《少年张冲六章》的语言与结构,也非常明显地体现了这一点。"我记得鲁迅关于小说创作有过一句话:'用白描,有真意。'我所理解的白描,不是'描'到直白,'白'到乏味。"④杨争光主动摈弃了"形容词",而将鲁迅先生所推崇的白描,发挥到了一种极致状态,这集中体现在本色

---

① 杨争光:《杨争光文集》第3卷,海天出版社,2013年,第243页。
② 杨争光:《杨争光文集》第10卷,海天出版社,2013年,第54页。
③ 同上,第42页。
④ 杨争光:《杨争光文集》第9卷,海天出版社,2013年,第102页。

鲜活的对话与省净概括的叙述方面。有论者曾指出，"《少年张冲六章》很干净，干净得差不多只剩下对话了"[1]。诚如此言，杨争光赋予了对话以绝对的优势地位，主要通过对话来传神状貌，推动情节，给读者一种如临其境、如听其声的生动现场感，这殊为不易。至于叙述语言，除了精练的短句，杨争光还穿插使用了一些高密度的长句，与短句交相错落，伸弹有度，有效拓展了句子的容量和表现力。此外，杨争光在炼字炼词方面也下了极大的功夫，比如小说中二嫂"把她自己和整条村街都笑圆了"，一个"圆"字，让人想见二嫂笑的程度和笑的形状，是化听觉为视觉的奇妙通感；而"抗踹力"一词则将张红旗的"恨铁不成钢"与张冲的"死猪不怕开水烫"生动托出，引人深思。至于结构，杨争光也延续了鲁迅"创造新形式"的勇气与实践。杨争光采用了六面体的魔方式结构，从六个侧面去烛照张冲的成长，显得新颖别致又颇见功力。写《少年张冲六章》时，杨争光也曾考虑过各种写法，比如"一直跟着张冲"的写法，从出生写到"犯事"，但这样容易写成"一本账簿式的纪事"[2]。最后杨争光还是选择了"互现法"。这部小说一共六章，分别是"他爸他妈""两个老师""几个同学""姨夫一家""课文""他"。从六个不同的角度来观察张冲，且六个角度各有侧重，共同合成了一个全面立体的张冲。而同一个事件，也出现在不同的章节，互为呼应，互为补充。比如张冲"犯事"的缘由、经过、后续以及身边人对此事的不同反应等，就被分别放置在六个章节，经过六次的呼应和补充，此事的来龙去脉才真正完整立体起来，"打碎了故事，分离了时空，又要把它们组合成一个魔方一样的整体"[3]，如此剪裁，可见杨争光的苦心经营。

整体来看，杨争光对鲁迅传统的镜鉴与拓展，赋予了《少年张冲六

---

[1] 周立民：《青涩的形象与苍老的根系——杨争光〈少年张冲六章〉阅读札记》，载《小说评论》2010年第4期。
[2] 杨争光：《杨争光文集》第10卷，海天出版社，2013年，第20页。
[3] 同上，第36页。

章》深刻而诱人的魅力。正如杨争光在《少年张冲六章·作者备忘》及各类访谈中多次提及，少年张冲青涩的形象里"纠缠和埋伏着苍老的根系，盘根错节，复杂纷纭"，甚至"那些纠缠和埋伏在他青涩生命里的许多东西，比他更为重要"。①这"苍老的根系"意味深长，也强烈引发着人们的深度反思，不管是对切近的教育改革，还是对深远的文化建设，皆是如此。

结　　语

在20世纪初期和80年代的中国文学现代化转型的两个阶段，陕派文学的反应都不算迅速。这一方面是因为传统的负荷过于沉重，在面对新浪潮的冲击时难以快速展开飞腾的翅膀；但另一方面，陕派文学却在传统与现代意识的反复磨合之中蕴蓄着更为巨大的能量。事实证明，陕派文学的每一次崛起，都是以一种融合传统与现代精神的博大气度引起世人的注目。就资源镜鉴的整体格局而言，以鲁迅为代表的"五四"新文学传统在陕派文学中并未得到充分的吸收与转化，因此显得有些薄弱，而若有意识地将以鲁迅为代表的"五四"新文学传统纳入陕派文学的整体资源镜鉴当中，将其同样当作陕派文学创作的重要生长点，或许会催生出更加绚丽多彩的文学景象，更能推动陕派文学突破地域局限。关于此点，杨争光已经做了一个极好的证明。

原载《小说评论》2021年第2期

（本文系与朱文久合作）

---

① 杨争光在《少年张冲六章》末尾的"作者备忘"以及各类访谈中，曾多次提及"苍老的根系"。见杨争光：《杨争光文集》第3卷，海天出版社，2013年，第290页；杨争光：《杨争光文集》第10卷，海天出版社，2013年，第18、52、78页。

20世纪中国文学视野中的《创业史》研究

在20世纪中国文学的整体格局中，作为重要构成部分的现代长篇小说创作，走过了一条艰难生长和曲折发展的道路，形成了众所瞩目的文学景观。长篇小说创作及其相关的文学问题，无疑是20世纪中国文学研究中的一个显要对象，并且在相当程度上成为观照这一特定文学时代的重要途径。

以我们通常梳理文学史演进变化的时间线索看，20世纪中国文学中，可称之为长篇小说创作高峰的应该有三次：一是现代文学史上的30年代前后，以茅盾的《子夜》、巴金的《家》和老舍的《骆驼祥子》等为代表的现代长篇小说的第一次崛起，奠定了20世纪长篇小说发展的艺术基础；二是新中国成立以后的60年代前后，"三红一创、保林青山"[①]等一批长篇小说的集中出现，在当代文学阶段形成长篇小说的又一次兴盛；三是"文革"结束后的新时期文学经历十年的创新变革，迎来了90年代长篇小说艺术能量的群体性释放，莫言、张炜、王安忆、陈忠实、贾平凹、刘震云等80年代成名的一批实力作家，以他们各自的长篇力作跃上自己的创作高峰，也共同构成一个时代文学的整体高度。

1959年问世的长篇小说《创业史》，即所谓"三红一创"之"一创"，正居于20世纪长篇小说的第二个生长点上，作家柳青在陕西长安县皇甫村

---

① "三红一创，保林青山"指的是：梁斌的《红旗谱》，吴强的《红日》，罗广斌、杨益言的《红岩》，柳青的《创业史》，杜鹏程的《保卫延安》，曲波的《林海雪原》，杨沫的《青春之歌》，周立波的《山乡巨变》。

安家落户十四年，呕心沥血创作出这部表现渭河流域农村合作化运动的厚重之作。小说一经面世即引起文坛高度关注和热烈讨论，其影响持续至今。柳青的《创业史》发生在陕西境内，带着浓郁的陕秦地域文化和审美色彩，也带着更为典型的民族国家文学的总体气质和艺术特征。对后者，我们通常会从周秦汉唐博大精深的历史文化渊源、从决定作家的文学观和审美理想的延安文艺母体，探寻作品的民族性时代性表征及其生成原因。有关《创业史》的研究，从始至今都是超个体和超地域的，都是负载着对中国现当代文学的总体思考的，无论其创作经验和艺术贡献，还是相关的历史局限和时代问题，乃至对后来者的深刻影响以及与未来文学发展的关系等等，柳青的《创业史》，一直并且持续是研究20世纪中国文学的一个重要入口。

《创业史》第一卷单行本于1960年出版，一时迎来"广为称道"和"好评如潮"，旋即就出现了不同观点的争论，分歧主要表现在对小说中不同人物形象的不同评价。最引人注目的是严家炎讨论《创业史》的系列文章，严家炎提出梁生宝形象塑造上存在"三多三不足"，而对高度典型化的梁三老汉形象倍加推崇[1]，这些观点受到包括柳青在内的多数人反对。这次讨论看似关涉人物形象的美学评价，背后起驱动作用的却是政治力量，在"表现社会主义新生活本质"[2]的文学观念制约下，讨论实际上无法继续向前推进。第二次对《创业史》的集中讨论是在80年代，它的突破在于卸除了政治意识形态的直接干预，回归文学形象的美学评判标准，肯定梁三老汉这一复杂形象，深化了对文学典型的认识。而另一方面，中国农村政策的颠覆性改变，引发人们对《创业史》历史真实性的质疑，出现了另一种以历史失误来单向否定作品的倾向。第三次是在80年代末到90年代"重写文学史"的学术热潮中，再次面对曾经被视为经典的包括《创业史》在内的"十七年"文学。伴随着文学观念的激变，被再次审视的

---

[1] 参见严家炎：《谈〈创业史〉中梁三老汉的形象》，载《文学评论》1961年第3期；《关于梁生宝形象》，载《文学评论》1963年第3期。
[2] 冯牧：《初读〈创业史〉》，载《文艺报》1960年第1期。

《创业史》，凸显出无法回避的时代印痕和艺术局限，否定性批评异常尖锐，随之反驳和辨析的声音也参差出现。[①]进入21世纪，当与《创业史》所描写的时代社会拉开更大的距离，有关小说研究也逐步越过肯定与否定、成就与局限的两极批评模式，走向更加客观和理性、更加开阔与深厚。在新一轮渐次展开的学术研究中，《创业史》以及作家柳青，被赋予时代文学标本的意义，文本解读和艺术质地评析中的微观再考察，在同类题材、同代作家和地域文化群体中的比较研讨，放在新中国当代文学乃至20世纪中国文学的宏观视野中，探寻"革命文学"的生成轨迹、艺术样态、文化品格，以及带给后世的种种复杂影响，所有这些[②]，正形成《创业史》研究的新局面和新高度，也成为当下《创业史》研究新的学术起点。

柳青在新中国成立后的中国文坛脱颖而出，其《创业史》成为五六十年代的长篇小说中的翘楚，被当作这一时代文学成就和艺术高度的一个代表，原因是多方面的。从20世纪中国文学的历史流变与陕西地域文学的关系来看，从某种意义上我们已经认同，新中国伊始的中国当代文学发端于解放区文艺，是解放区文艺的直接和全面的延续。确切而言，二者曾经是一种互为滋养、水乳交融的关系。作为当代文学前身的解放区文艺既在汉唐气象、傲世古都的氛围中振奋了民族自强自立的内在精神，又现实而具体地吸取了陕北民间艺术的精华，营构出新中国文艺的雏形面貌。而陕西文学由于地缘的优势，直接生长和形成于延安解放区文艺运动之中。早在延安时期，与赵树理创作的民族化、大众化追求相一致，杜鹏程、柳青

---

① 这一时期有关《创业史》论争的代表性文章有：宋炳辉《"柳青现象"的启示——重评长篇小说〈创业史〉》，载《上海文论》1988年第4期；江晓天《也谈柳青和〈创业史〉》，载《文艺理论与批评》1990年第1期；罗守让《为柳青和〈创业史〉一辨》，载《文学评论》1991年第1期。

② 新世纪以来《创业史》研究的代表性成果有：刘纳《写得怎样：关于作品的文学评价——重读创业史》，载《文学评论》2005年第4期；萨支山《试论50年代至70年代"农村题材"长篇小说：以〈三里湾〉〈山乡巨变〉〈创业史〉为中心》，载《文学评论》2001年第3期；萨支山《当代文学中的柳青》，载《当代文坛》2008年第5期；吴进《柳青的文学史意义》，载《文学评论》2013年第2期等。

等作家开始了自觉实践《在延安文艺座谈会上的讲话》方向的文学活动，柳青的前期小说《种谷记》《铜墙铁壁》就是新的文艺思想指导下的新收获。新中国成立后，柳青的创作从文学观念到审美风格都与前期一脉相承，是这一基础上的提高和深化。正因为陕西文学根植于解放区文艺运动的深厚土壤，与解放区文艺融为一体，所以，陕西文学得天独厚，承接延安文艺传统，顺应时代文学主流，在新中国逐渐一体化的文学环境中，适应性强，成长迅速。此种历史和现实的合理性如果成立，那么杜鹏程和柳青以他们的长篇创作在新中国文坛上确立自己的位置，就有了一定的必然性。事实上，通常的文学史叙述在估论"十七年"这一特殊时代的文学成就时，在以1956年为分界的两个阶段中，作为分量最重的长篇小说，1954年出版的杜鹏程的《保卫延安》和1960年出版的柳青的《创业史》（第一部），被当作这两个阶段最有代表性的作品而备受关注。顺带指出，另一个与当代文学史叙述密切相关的话题是，《保卫延安》与《创业史》还分别以革命历史题材和农业合作化的现实题材，代表了新中国长篇小说创作的两大题材类型。这就使得我们对陕西作家这两部长篇小说的研究，超越了作家个体也超越了一般意义上的地域限制，延展至对20世纪中国文学生长演变的总体观照与质性反思。

《保卫延安》作为共和国童年时期的小说样本，代表着亟待成长的时代文学的新起点。而在新中国成立十年之际问世的《创业史》，则一直被当作新中国文学行进十年后的成熟和艺术上的标杆之作。新世纪以来的《创业史》研究成果表明，在20世纪中国文学演变发展的视野中考察柳青，他的《创业史》"在总体上是完成了意识形态对新中国文学长久的期盼"，不但表现在"主题的提炼"和"英雄人物的塑造"，更指向一种艺术形式的寻找，"一种并不属于某个作家的个别形式，而是属于某一时期文学的带有普遍性形式的寻找"。[①] 柳青在自己的文学时代受到认同获

---

① 萨支山：《试论50年代至70年代"农村题材"长篇小说：以〈三里湾〉〈山乡巨变〉〈创业史〉为中心》，载《文学评论》2001年第3期。

得喝彩,其"成功"就在于一种"共同文体"和"既定常规"①的最终建立,有研究者也将其称为"革命文学"或"革命文学的理想形态","它具有自己的文化品格","也代表了一种美学思想"。②如果从既往的文学理论话语中寻找关联,应该与曾经流行的"社会主义现实主义"原则具有某种同质性。如此而观,对《创业史》的研究,就有了更加重要和深远的文学史意义。

时代选择了柳青及其《创业史》,还因为柳青之为柳青的个体存在。《创业史》的成功和为主流文化所认同,固然是因为作家积极主动地应合了时代的政治期许,努力实现作家个体精神与社会政治功利的协调统一。表现在,柳青敏锐把握时代脉搏,在对震荡全国的农村合作化运动进程的全方位展示中,进入对中国农民人生命运的揭示和思考;柳青模拟外在社会生活的现实主义文学思路,贯穿在写作中的自觉、明确和坚定的政治意识,塑造特定时代需求的"新人"形象,以及传达时代精神、负载作家的理性思考和政治激情的叙述方式,都显示出作家与时代文学既定规范的共约关系。而在此前提下,柳青最大限度地坚持了艺术上的独立精神,时至今日,人们依然肯定《创业史》的审美经验和艺术成就,比如塑造出既有历史内涵又具生活智慧和人性体温的梁三老汉等中国农民形象;比如柳青颇见功力的细节描写和心理刻画,让笔下的农村生活故事有着永不褪色的艺术感染力。这些都是柳青长年浸润"艺术的学校"磨炼功力而得来的。相对而言,柳青是"十七年"革命型作家群中具有良好的学识结构和艺术素养的一位小说家,他作为"新的文学话语和叙述方法的参与者和建构者"和"革命文体"的创造者③,同时也进行了小说美学上的自觉探索和营构,为现代小说艺术在当代中国的传承和发展尽到了自己的努力。《创

---

① 刘纳:《写得怎样:关于作品的文学评价——重读创业史》,载《文学评论》2005年第4期。
② 吴进:《柳青的文学史意义》,载《文学评论》2013年第2期。
③ 同上。

业史》发散出的中国传统文学与苏俄现实主义文学的气息，证明了柳青自觉吸纳和融合中外小说艺术经验的气度和能力，这大概是我们一直感受到的《创业史》的丰富和深厚之原因所在，也是柳青的艺术个性所在。即就是"十七年"间被集体信奉的作家"深入生活"，在柳青这里也表现出特立独行的姿态，他把自己安家皇甫村十四年艰苦的生活体验，当作"唯一适合我这个具体人的一种生活方式"①，既不动摇也不宣传。他将这种首创性的生活方式和认知生活方式，纳入了自我选择、自我适应的艺术个性之中，使之成为小说创造的有机构成部分。我们知道，从战争岁月中成长起来的"十七年"主体作家群，大都是受火热的斗争生活触发而进入文学创作的，他们的文学成就相当程度上得力于深厚的生活积累，柳青属于这一群体也与之有共通性，但他愿意付出一生的时间和精力去固守他的生活基地，他对农村生活的熟悉和对农民问题的思考，显然又越出了一般意义上的"深入生活"。背倚同一时代，面对同样的现实，作家主体的生存方式、认识途径和思想修养等等，决定了其感受、理解和表现生活的深度、力度都不尽相同。柳青对此有清醒的认识，所以柳青不会简单地迎合时代风气，也反对青年作家跟风式地"机械地效仿"。由此而看，"深入生活"的时代命题与柳青的自我选择之间，并非简单的配合关系，其中蕴含的创作发生学与文学个性学等问题，值得我们继续深入探讨。

　　与柳青艺术个性相关的另一个问题是作家如何面对文学接受者，也即我们经常说的"为谁写"的问题。类似于"深入生活"，"为谁写"也是研究柳青这一代作家绕不过去但也同样不能整齐划一对待的问题。有论者在比较赵树理和柳青的创作时表达了这样的看法："虽然也是解放区出身的作家，但柳青并没有表示过对赵树理一派小说的兴趣，也没有谈过文学大众化的问题，他更感兴趣的是文学表达问题，文学接受基本没有进入

---

① 柳青：《关于我的思想和生活方式》，见《柳青写作生涯》，百花文艺出版社，1985年，第104页。

过他的视野。"①对于在延安时期已经全面接受毛泽东文艺思想的柳青来说，这样的判断看起来很难成立。无须论证的是，从延安时期走来的作家们首先考虑的是"为谁写"和"写什么"，在此前提下也大体规定了"怎样写"的创作模式，柳青当然不能例外。但换一种角度思考，柳青又可能是不能例外中的一个例外，因为柳青在《创业史》中所表现出的艺术自觉，无论小说整体性的史诗构建，还是淡化故事性主营人物性格的创作思路，对人物精神世界的深刻描绘，乃至柳青相当知识分子化的叙述语言，等等，都可以看出柳青有着更为宏远的艺术追求，这其实又是超越了聚焦于政治功利的"大众化和民族化"方向的。深入柳青的创作本身，他有对艺术独立精神的坚持和维护，而他对应的又是时代背景下急功近利的文学要求，这就造成柳青创作思想和实践中弥漫的两重性。这也再次启示我们，通过《创业史》的研究，不仅可以认识柳青，更可以触摸一个时代文学内外关系的复杂性和矛盾性，《创业史》的丰富和复杂，正可以引领研究者走进文学与政治相互缠绕从而造成作家自我难以解决的思想与创作的悖论情境中，这对于20世纪的中国文学来说，乃是发现和把握问题的关键。

　　进一步落实到《创业史》文本艺术的层面，尽管柳青主观上要求自己秉持历史的直笔，严格说《创业史》也只达到了局部真实而非全部真实，亦即一种被过滤和被规范的真实性。我们认为《创业史》是时代允许范围内真实性程度较高的作品，指的是柳青实现在作品中的对农村生活精确到位的描写，对特定时代农民复杂精神面貌的准确传达。柳青在努力协调认识与实践之间的矛盾时，往往会有出人意料的真知灼见透出笔端，而柳青对中国农民血肉疼痛般的情感灌注和创作中最大限度地个人表达，又使《创业史》聚散着更为浑朴温暖的人性情怀，激发起读者悲喜杂糅的复合情感。事实是，柳青偏重在时代精神理念层次上肯定和赞美梁生宝，表现着作家的价值倾向和政治热情；而梁三老汉的形象则多来自作家内心情感

---

① 吴进：《柳青的文学史意义》，载《文学评论》2013年第2期。

的认可，这种情不自禁地热爱潜在作品深层，但也时时泛出水面，而文学形象的生动与否，小说艺术感染力的持久与否，却更多取决于后者。在时隔半个多世纪后再度评价《创业史》到底"写得怎样"，我们放不下和难以割舍的这本小说，其实依然在文学的形象性和情感性这些本质方面，提供了今天我们还能引以为镜的艺术经验和启示意义。

中国现代小说艺术的发展走到上个世纪五六十年代，长篇小说呈现出情节结构与性格结构并存且二者相互结合、逐步转化的发展态势，情节线和性格发展线二者经纬相织，复线式立体式史诗结构俨然出现。严格地讲，共和国初期为数不多的长篇小说仍然侧重讲述革命历史故事，这是由英雄性格史的不成熟造成的。《创业史》则以人物形象为中心来结构作品，并带动巨大的历史事件同时运行，从而把广阔的社会生活引入作品，形成庞大而深厚的艺术画面。柳青以立体网状结构突出作品的艺术整体性，营造宏伟的史诗巨著，显然代表了现代长篇小说的一次长足的进步。从小说的艺术结构和文体形式方面讨论《创业史》，无论其价值贡献抑或艺术问题，都应该越出所谓"革命文体"的规范建造，被当作小说艺术史上的一份独特遗产来看待，这样才有可能立足于小说艺术本体来研究《创业史》的知识历史和后世影响。

当然，我们无法剥离政治文化的缠绕而在一个纯粹的小说艺术系统中研究《创业史》，这是《创业史》的宿命，也是20世纪中国文学的宿命。在一百年以来的小说观念和小说艺术范式的形成变化中，政治文化或直接干预或间接影响，已经成为文学存在中的"应有之物"。文学与政治的关系研究，也已经越过了外在力量的强加和附着以及创作上简单配合与形式演绎的层面，深入探照到艺术内部由政治侵蚀而带来的本体变异。属于这个时代的出色作家和优秀作品，因其代表这个时代的文学成就和群体特征，会更多地受到读者和研究者的重新审视，并由历史裁决其未来命运，《创业史》也概莫能外。20世纪文学中普遍存在的问题和弊端，诸如小说对社会政治化主题的刻板演绎，"两军对垒"的模式化布局和类型化的性格塑造，都给小说真实性和人物生动性带来巨大损伤。这种以单一的意识形态视角观照社会生活所造成的一个时代文学的固有局限，在《创业史》中表现得非常突出和典型，对此，研究者已经有了充分的揭示和阐释。如果更进一步把《创业史》作为"革命文学"的成熟之作和标本形态来看待，那么，柳青赋予《创业史》的鲜明政治倾向和小说的艺术魅力之间，是如何搭建起共赢之桥梁的？《创业史》内涵的思想矛盾和葆有的艺术张力，可否经得起超时空的阅读考验？概言之，20世纪时代背景下的"革命文学"创作到底有无建构经典的可能？倘若以作品持续具有的"再解读"性来衡量，关于《创业史》的接受和评价已然进入了现代学术史的研究视野，它正以经典的另一种存在方式昭示着自身的价值意义。

以柳青《创业史》为代表的一批长篇小说，曾被当作中国当代文学成熟时期的典范之作，这是不争的历史事实，唯其如此，才更强烈和深刻地影响了当时和后来的文学风气，从而构成性地决定了当代小说的整体审美品格。柳青及其《创业史》的影响研究，其意义已经超越了对作品本身的历史评判，延伸到对当下文学状态的考察和对未来理想文学的建造。在陕西地域文学范围内，如路遥、陈忠实和贾平凹的创作就和柳青形成各自不同的影响关系，他们在对柳青的继承、剥离和超越中建立起各自独特的文学个性，成功地拥有了属于自己的文学世界。一份真正有价值的精神遗产，或者从多方面为后来者提供经验教训，或者因其良好的再生性品质，不断起到导引和激发后辈的作用。乃至我们今天讨论当下小说所面对的艺术限制，也常常能从共和国文学的生长时期，即那个时代所谓的"共同文体"或"既定常规"中找寻到一些因缘余绪。研究柳青的《创业史》及其同时代的作家作品，除了这些作品本身的文学史意义和经典性需要讨论外，文学基因的传承和突变及其之间的复杂关系，或许是我们回返文学历史现场更为深远的意义所在。

原载《小说评论》2016年第2期

《创业史》：复杂、深厚的文本

对新中国成立后"十七年"所有文学作品的认识和评价，都在这一特定历史时代总体文学水平的限定之中，相对性地、参照性地进行着。由于社会政治因素的严重侵入损害了一个时代的文学语境，委顿了一代作家的艺术创造力，从而导致这一时代文学水准的低下，此观点已被人们普遍认可。于是，一旦谈及"十七年"文学作品的经典意义或永久魅力，难免令人感到可疑。

曾经被誉为经典的长篇小说《创业史》也难逃历史的无情审视，可以预见此种审视将反复和持久地进行下去。《创业史》置身于"十七年"的社会背景下，它反映的题材内容又是业已被历史否定的农业合作化进程，双重前提的制约，使《创业史》陷入批评的尴尬境地。从1959年《创业史》第一卷的面世，迄今已经历了四十年的阅读考验，其中也凝结着人们对"十七年"整体文学起伏变化和荣辱兴衰的再认识。20世纪末对柳青及其《创业史》的解读，无论如何该跳出肯定或否定、成就和局限的简单批评模式，变得复杂和深厚一些，这当然首先缘于《创业史》文本本身的复杂和深厚。

一

《创业史》是代表"十七年"文学实绩的一部作品。它属于"十七年"现实主义主流文学范畴，无论作品的题材内容、思想内涵，还是作家的情感状态、审美观念以及操纵文字的方式等等,都更属于那个时代、那个社会的文学表达。柳青与同时代很多作家一样,是以明确的政治学角度来描绘社会、状写人生的,《创业史》在此方面所达到的鲜明性和深刻性,使它成为"十七年"社会生活的一种标本和"十七年"文学创作的一种范式。

《创业史》被誉为"史诗",首先是缘于它的"史诗"内涵。作品揭示了中国社会历史变动中富有规律性的发展方向,展现农村乃至全国范围内阶级势力的消长变化及转化的必然性。柳青曾指出:"《创业史》这部小说要向读者回答的是:中国农村为什么会发生社会主义革命和这次革命是怎样进行的。"[1]就这一主题的社会广度与历史深度而言,确实具备了"史诗"的性质。毋庸讳言,当时中国广大的土地上发生的这场社会主义革命确实震撼了人们生活的各个方面和灵魂深处的各个角落,它发生的必然性潜存于中国几代农民不断要求并努力改变苦难命运的历史进程中。小说在不少地方表述了新中国成立前后农民运动、农民革命的承续性,特别是合作化运动对土地改革运动的衔接,指出在新的历史时期,"靠枪炮的革命"已经转变为"靠多打粮食的革命",意在说明合作化运动的必然性。遗憾的是,错误的政治导向和农民阶级过于急切的革命愿望使社会主义建设事业在整体上倾斜失重,蕴藏在农民身上的精神能量并没有真正用于改变贫穷落后的经济面貌,而是消耗于无端的虚妄的阶级斗争之中。当然,这样的反思和认识不可能发生在当时,而只能发生在现在。

柳青以现实主义手法,巨细无遗地勾画出当时农村阶级构成、阶级层次、阶级对抗的客观存在,其作品整体透出的思想倾向显然是时代赋予的,是社会的、政治的、公众的思想倾向的传达,迄今仍有重要的认识价值。同时,此种思想倾向在竭力贴靠和统一于时代政治背景时,其局限性也显而易见。《创业史》集中表现了阶级矛盾,而和平时期的阶级斗争显

---

[1] 柳青:《提出几个问题来讨论》,载《延河》1963年第8期。

然不比战争年代那么简单明了、两军对垒和针锋相对，它的复杂性、模糊性是不言而喻的。而新中国成立后特别是50年代末期以来，国内的政治分析恰恰又承续了战争年代敌我对立的阶级斗争格局，并且把明显是错误的思想认识推崇为"真理"，作家们一旦以"再现"此种"真理"为创作意图，文学作品的主题滑向偏颇乃至极端都在所难免。以前提的失误作为前提，柳青自然难以逃脱历史的局限。

任何一个作家，都是带着自己的政治倾向进入创作的，问题在于倾向性是否掩盖了生活的真实性，是否限制了深厚丰盈的文学精神的表达。对于优秀的作家和作品来讲，"倾向本是作家的整个人生体验的有机部分，它并未从作家灵魂中分离出来，抽象为简单的口号或教义；相反，它是与作家对宇宙、生命、世界的深挚感悟为一体的。所以，当作品成为作家灵魂的肖像时，人们固然可从肖像中看出政治神情，却无力辨析到底哪条皱纹、哪缕肌理是图解政治的，哪些却不是。真正浑然一体的艺术品是不允许作机械的政治穿凿的，这就使含有政治性的艺术品，同那些政治化的艺术赝品划了一道界线"[①]。"十七年"特定时代使然，现实主义文学创作严格地说是达到了局部的真实，亦即一种被过滤被规范的真实。《创业史》在倾向性与真实性关系的处理上并未达到令人满意的地步，它却是时代允许范围内真实性程度较高的作品，而且在人物形象的塑造方面，在发挥作家主体独特的艺术创造力方面，都取得了相当成功的经验。

在文学观念一体化的年代里，一个作家既要紧扣时代脉搏，又要坚持自己独立的位置，这自然是异常艰难。所幸在于，柳青提笔开始创作《创业史》的50年代，社会文化环境相对于以后还是比较开明和宽松的，作家基本上能够发挥自己的主观个性，对现实生活进行独到的开掘。也就是说，主客体的碰撞和基本上达到融合状态，是《创业史》成为有机统一的艺术整体的先决条件，那种对中国几代农民革命历程的理性认识，那种背

[①] 夏中义：《文学：作家的生存方式》，载《社会科学》1992年第2期。

负神圣的阶级使命而发自内心深处的政治热情，既属于时代社会，又属于柳青个人。通过柳青的《创业史》，我们可以看到"十七年"作家个体与时代社会的这种统一关系。时代生活特征与作家主体创造特征显示出前所未有的同向性与一致性，由此造成"十七年"文学异常鲜明突出的时代风格特征。

二

巨大深厚的社会政治内涵以及在此方面表现出的自觉史诗追求，已经让我们看到《创业史》对同类题材许多作品的超越和作家柳青创造性的突破。在此层面上阐释《创业史》应该是必需的，但又是远远不够的。在柳青最大限度地个人表达中，大部分认同于时代，但另有一部分却永远属于柳青个体，由此构成柳青文学性格的鲜明和丰富，同时也导致《创业史》在表层真实之外，蕴含着更为复杂更为深层的生活真实，聚散着更为浑朴更为阔大的人性情怀。

《创业史》中梁三老汉形象的真实性、典型性已远远超出一号人物梁生宝，成为代表《创业史》艺术水准的最成功的人物形象。在当代文学研究领域，这已成为公论。而事实上，英雄性格梁生宝是柳青最为倾力塑造的人物，而他之所以不及梁三生动感人，除了作家对人物不够熟悉，且有生硬拔高的迹象外，其深层原因应在作家主体情感内部探寻。公正地说，梁生宝的形象也融合着作家的主体情感，但更多地外化于社会政治，梁生宝身上寄托的恰恰是柳青不可抑制的政治热情，柳青对生宝的爱从某种程度上说不是爱这个人，而是爱他身上葆有的社会政治内容。虽然在"十七年"英雄人物画廊里，梁生宝形象的个性化程度比较高，因而与同类人物相比，显得较为真实和丰满，但毕竟他是柳青理性活动和政治激情的载体，在对梁生宝富有感情的赞美中，我们分明感到的是作者发自内心对新时代新社会新制度的赞美，所以梁生宝的价值更多地取决于他所负载的时代精神意义。

而对梁三老汉，作家则动用了最为深层内在的主体情感。梁三老汉是浸透了作家血肉疼痛的一个人物，他的所思所想，一举一动、一颦一笑，莫不熔铸着作家的切肤之爱。作家对梁三的同情、理解、宽容乃至带泪含笑的调侃，首先都源于主体情感，其次才辐射到理性认识。梁生宝作为"党的儿子"，似乎有点"虚"，有点不着边际，连梁三老汉都感到儿子和他有距离，未免有些失落；而梁三老汉实实在在是一位"父亲"，他穿着厚实的棉衣，那副笨拙的模样，让人领略着亲情和温暖，那是谁都难以割舍的一种生命联系和情感思绪。作家赋予梁生宝的思想内涵的重量压倒了情感体验，致使人物终究不能挣脱重负而飞翔起来，梁三老汉则从生命的感受出发向我们走来，作家放开笔墨，将人物描绘得随心所欲，出神入化，而在不自觉中却登上了理性的高度。正如评论家所说："由于这一形象凝聚了作家丰富的农村生活经验，熔铸了作家的幽默和谐趣，表现了作家对农民的深切理解和诚挚感情，因而它不仅深刻，而且浑厚；不仅丰满，而且坚实，成为全书中一个最有深度的，概括了相当深广的社会历史内容的人物。""作品对土改后农村阶级斗争和生活面貌揭示的广度和深度，在很大程度上有赖于这个形象的完成。"[①]有意思的是，柳青对梁三超越梁生宝的评论观点一直不予认同，或许是由于众所周知的政治原因，或许作家对梁三形象的艺术价值并无自觉意识。事实是，作家偏重于在时代精神理念的层次上认可梁生宝，表现出《创业史》的表层思想内涵；梁三老汉的形象则多来自作家内心情感的认可，这种情不自禁地热爱潜在作品深层，但也时时泛出水面。而文学形象的生动与否，却更多地取决于后者。

随着时间的推移，人们会愈来愈深地挖掘到梁三形象所蕴含的历史容量和理性意味，他身上涵盖着更为深广复杂的农村社会生活内容，表现着当代中国农民命运中更为本质的东西。在梁三身上折射出的创业的必然性

---

① 严家炎：《谈〈创业史〉中梁三老汉的形象》，载《文学评论》1961年第3期。

和合理性比梁生宝更有力度，或者说梁生宝的事业也是在父辈创业的梦想之根上衍发而来。梁三的痛苦与焦虑，是新旧交替时代中更为典型的农民情绪。梁三在他的困惑中思考得来的对农民前途命运的看法，虽简单粗朴却闪射着真理性光辉，今天读来莫不让人深思。

梁三形象的成功得力于作家理性与情感的高度融合，此种融合又是建立在柳青非同一般的生活体验之上，无论梁三还是梁生宝，他们身上所包含的农村生活内容、农民生活情调、个人性格气质，都构成形象特有的艺术魅力。柳青可称得上是一位能从宏观上把握历史和时代的大手笔，同时又是能精确到位地状写农村生活的行家里手，而现实主义的原生态描写本身就带来了有意无意中的多向度思考，也就是所谓的现实主义的胜利。

应当指出，《创业史》第一部所表现的内容是合作化运动的初级阶段，梁生宝们所采取的是团结互助、典型示范、耐心说服、真正自愿参加的方针。柳青在50年代初期相对宽松的社会背景下对特定时代农村各个阶层进行层层剖剥和入木三分的描写，准确地把握着特定时代农民人物的精神状态。也就是说，柳青能够用相对自由的心态去观察农民，描写农民，能够以农村现实生活为基准来有分寸、有节制地剖析农村各阶层，如对郭世富、郭振山这两个中农劳动品德的肯定，本身已体现出一种多向度的思考。作者在谴责郭世富的顽固自私之时，对其精明强干的素质不无欣赏，而郭振山在自发势力的驱动下"破命劳动"的情景，简直是作者对劳动美的由衷赞叹。这两个人物在作品中所表现的丰满鲜活远远超出了评论者对他们阶级层次的简单限定。《创业史》各个阶层各种类型的农民形象在柳青笔下各具光彩，然而作为农民，务实勤劳的基本品质又将他们作为群体纽结在一起。在此意义上，我们可以将这两个人物作为梁生宝、梁三老汉形象的补充，有了这两个形象，柳青对特定时代农民精神面貌的传达，对农村生活深度和广度的把握就接近圆满。

当国内政治路线逐渐"左"倾，表现为具体政策的盲目冒进时，亿万农民在强烈的改变人生命运的愿望中乱了方阵，柳青目睹这一现实，认识与实践相割裂的矛盾和痛苦常常缠绕着柳青，柳青不止一次地隐约流露过心灵的矛盾状态。在这种非自由的创作状态中，现实主义原则是作家创作中唯一可依靠的精神支柱。尽可能地坚守政治信念，却仍然依赖自己的独特生活体验达到自己的文学目的，柳青努力调整和处理主客体矛盾时，却往往会有出人意料的真知灼见透出笔端。在作者历史的直笔下和对生活冷静客观的思考中，《创业史》隐含着与时代精神的亮色主调不相和谐的某些独特思维认识，让我们感受到原色人生的复杂性、艰难性。当社会政治分析、阶级分析与客观存在相抵触、相背离时，作品单一明晰的主题就显出偏差，而那些客观描绘中的深层意蕴则闪现出哲理的思想光彩。于是《创业史》在整体思想价值取向和局部客观再现之间形成巨大的矛盾，具体表现为柳青的合于时代的思想认识与合于主体的独到认识的矛盾，柳青充沛的革命激情、阶级爱憎与他冷静地观照社会、哲理性地思考人生的矛盾。或许，《创业史》内涵的广博与深厚正体现在这些观念与认识的冲突和对立之中。共产主义理想固然异常诱人，但实现理想的道路并不是坦荡如砥的，无数的行进与反复，无数的肯定与否定，有所失落又有所收获，有的是喜剧，有的是悲剧。总之，复杂、丰厚应该更接近作者的"史诗"追求。

三

50年代进行的那场轰轰烈烈的农业合作化运动，曾经牵动了亿万人的心，对中国社会的历史进程形成巨大的影响，也使得一批作家在持续十余年的时间中潜心营构合作化题材的小说作品。从1955年赵树理《三里湾》的问世，到1964年浩然《艳阳天》的出版，众多长篇创作中，柳青的《创业史》获得了最高的声誉。它在同类题材的小说中气势最为壮阔，命题最为深远，加之作家精细的描写、哲理的思考和激情的表达，成为"十七年"叙述与阐释合作化运动的杰出代表。新时期以来的一些小说作品已经对合作化期间的农村生活进行了新的审视和突破性表达，可以想见，后来者还会在此基础上实现全方位的超越。但柳青以目击者和参与者的姿态所描绘的合作化面貌却成为永不复现的历史珍藏。对作家来讲，固然有近距离观照而造成的限制和弊端，但也有直接体验所带来的创作优势，那种体味的真切和情感的震荡，后人如何也无处寻觅，那种主体与生活深情拥合中酿成的创造佳境，后人更是无法企及。在我们看来，《创业史》文本的再认识中已经纳入了作家主体，柳青是那样激情不可抑制地闯入文本，时时处处显示着他的存在。既然将柳青的情感态度和理性思考视作《创业史》不可分割的构成部分，我们今天对合作化运动和表现合作化运动的《创业史》的反思和认识，也就变得更为繁复和深厚。

《创业史》作为复合状态的文学文本，已超越了合作化运动本身，将一种无限开阔的人生命题蕴含其中。在"十七年"文学中，《创业史》确实是经得起反复阅读的作品，人物性格多义多质呈矛盾交织状态，作家价值判断中的模糊不定和深层的矛盾冲突，都使《创业史》具备了艺术的弹性和张力。就《创业史》这一文本，后人当会有截然不同于前辈的全新解读，《创业史》具备了这一素质，它给读者提供了阅读再创造的很大空间。

一个时代文学总体水平的低下，并不能影响对这一时代所有文学作品的具体评价，《创业史》在写作上的成熟表现，并非用普遍水准能够解释清楚的。在人物塑造、生活场景描写和再现性文学语言操作等方面，柳青都表现出很高的艺术造诣，现实主义方法在他手中得以灵活自如和淋漓尽致地运用，而对史诗结构的营造则在艺术功力之外更显示出柳青的大家气魄。

从战争岁月中成长起来的"十七年"主体作家群，其文学创作得力于深厚的生活积累，相对而言，知识积累、艺术素养则普遍欠缺。他们的成功作品无一不是忠实于生活、真实反映现实斗争生活的结果，这一代作家确实尝到过深入生活的甜头。柳青是"十七年"执着于生活实践的代表性作家，十四年皇甫村艰苦的生活体验，奠定了《创业史》的生活基础。同时也应该注意到，柳青所谓的三个学校（"生活的学校、政治的学校、艺术的学校"）中的其他两个学校，对他创作的成功也起到了决定性的作用。从柳青生平和创作道路来看，他从未忽略过思想和艺术修养的任何一方。早年潜心读书，既有传统文学的长期滋养，又受益于扎实的外文功底而广泛接受外来思想艺术的影响。"十七年"革命型作家群中，具有良好知识结构和艺术素养的作家为数不多，而柳青却是其中突出的一个。《创业史》融传统、民间文学与苏俄为主的现实主义为一体，我们看到了作家的一种融合的气度，而贯穿在作品中的哲理议论又让人们领略了作家的哲学底蕴和思想光彩。在一个压制个性的年代里，柳青坚持思想和艺术上的独立精神，尽可能地发出属于自己的声音，寻找属于自己的叙述方式，形成《创业史》独特的艺术风貌。愈是生存在多障碍的文化环境中，才愈显示出作者在创造和突破中获取文学永恒意义的艰难与弥足珍贵。

特定历史条件对文学创作的制约，使得像柳青这样的具有大家潜质的作家没有充分施展他们的文学才华，也使得像《创业史》这样本该成为文学经典的鸿篇巨制留下了永久的艺术缺憾。但我们不能够因为社会政治的变化而简单地否定《创业史》的价值，也不能因为时代的局限而轻易地动摇柳青在文学史上的地位。毕竟，柳青以他的智慧和生命所熔铸的《创业史》显示了如此丰富复杂的精神内涵，以它为代表的一个时代的文学问题，也未被我们彻底挖掘和全面认识，是非曲直仍然有待后人继续评说。

原载《西安联合大学学报》1999年第3期

（本文系与杨东霞合作）

杜鹏程：为伟大的文学事业燃烧的烈火

在新中国成立后居于当代文学重要位置的第一代作家，大都经历了相似的生活和创作道路。他们都是早年投身革命，由于革命工作的需要而深入革命生活，体验革命人生，认识和理解革命思想，进而拿起笔开始创作，在中国革命取得胜利之后，以他们与时代精神相呼应的文学成就构成了新中国文学的主流阵营。杜鹏程就是其中的一位。

柳青说："不用和老杜交谈，看作品就知道作家吃了多少苦。"

杜鹏程出生于陕西韩城县苏村一个贫苦的农民家庭，少时体验了"饥饿比上帝更有力量"的悲惨生活。1934年杜鹏程离家读书，也开始独自在社会上寻求活路。这个时期他接触到不少左联作家的作品，听到了许多关于红军的"神奇传说"，也受到进步知识分子和地下党员的影响。杜鹏程在人生的启蒙时期开始接受后来决定他人生道路的革命理论，他自己曾说："我这穷人的孩子，除了投奔延安参加革命，没有别的道路可走。"[1]1938年，他和同学一起奔赴延安，开始了他所说的"真正的生命"。

初到延安的两三年，杜鹏程先在鲁迅师范学校学习，后被派到延川县

---

[1] 陈纾、余水清整理：《杜鹏程传略》，见福建师范大学中文系编《中国当代文学研究资料——杜鹏程专集》，1979年，第7页。

农村参加实际工作，开始更广泛地读书，更扎实更深入地进行革命实践，由此起步，学习和革命相结合的生活方式贯穿了杜鹏程的大半生。他在农村什么都干，完全与农民生活在一起。他坚持认为，没有这几年的生活基础，他是写不出《保卫延安》中陕北人民群众的形象的，也写不出他们的历史和生活状况，写不出他们的语言。

1942年杜鹏程上了延安大学，进行了从政治、经济、哲学到历史、文学等方面的较为系统的学习，知识素养和思想水平有了很大提高，对以后从事写作起到了非常重要的作用。而另一个对杜鹏程的革命思想和无产阶级世界观具有塑成作用的是此时发生在延安的整风运动。经过对毛泽东《在延安文艺座谈会上的讲话》思想精神的理解和接受，杜鹏程的革命作家的独特的世界观和文学观也正在逐渐形成，一个普通革命者到一个革命作家的角色转换也在有意无意之中开始了。1944年抗战胜利前夕，杜鹏程被调到延安的一个工厂当基层干部，这时候，他一边工作，一边有意识地观察人，做调查研究，并写些笔记材料。他为那些他所接触到的老红军老八路，几乎每个人都写了人物小传，这就为日后进行文学创作积累了宝贵的素材。也正是这个时候，杜鹏程内心萌发了终身从事文艺创作的念头。

1947年延安保卫战开始后，杜鹏程作为随军记者上了前线。那时候的随军记者，其实就是部队的成员，除了进行新闻采访，他还一心想体验战斗生活，为自己的创作积累战争素材，所以他选择了王震将军的二纵队，而且到部队的最基层四旅十团二营六连扎根落户了。整个解放战争时期，杜鹏程都和指战员们生活在一起。在连队依然是什么事情都干，替战士写家信，写决心书，教战士识字，讲政治课等。战士们把杜鹏程当作他们的一分子，愿意和他交心。就在与官兵们相濡以沫的战斗生活中，杜鹏程写下了一百多万字的《战争日记》，酝酿和准备着他的《保卫延安》。不待说小说所表现的延安保卫战是真实的战争事件，小说的发生背景，几位伟大历史人物都是真实的记载，就连小说中周大勇连队的主要故事也是以这个连队为基础，周大勇、王老虎等主要人物形象，其原型也来源于此。无疑，没有真实的延安保卫战，没有杜鹏程亲身经历过的部队生活，就没有小说《保卫延安》。《保卫延安》的创作初衷及其过程，是那个时代阐释文学与现实、作家与生活关系最典型最有力的例证。

杜鹏程这一代作家大都是"先上战场，后学打仗"的，几乎靠自学读完了艺术学校，于是，摸爬于生活这所大学，就成了这一代作家非常倚重的创作资源。而事实证明，最是这一代作家，尝到了"深入生活"的甜头。

《保卫延安》的成功使杜鹏程深切地体会到深厚的生活积累对创作的重要性。战争结束后，国家的重心转移到社会主义建设事业上来，对于杜鹏程来说，不过是换了一个战场，为了保持旺盛的创作力，他继续以一个革命者的姿态投入和平时期火热的经济建设生活当中。1954年以后的十几年时间，杜鹏程一直在几个大的铁路工地深入生活，同时兼任工程处和铁路局的领导职务。他相继创作了一系列短篇小说和散文作品，并于1958年发表了代表他第二阶段创作最高成就的中篇小说《在和平的日子里》。这些作品反映的新中国成立之初的工业建设生活，都是杜鹏程亲身经历的，其中的故事和人物也都来自生活，作品散发着高昂热情的时代精神。

作家叶广芩曾讲过一个小故事："我见过一名火车司机，他说他每次开车过灵官峡隧道时都想起杜老那篇文章。'灵官峡'几个大字是只有在机头司机的位置上才能看到的。他说真希望见过灵官峡工地的杜老能坐在火车头的位置看看今日的灵官峡。他读过杜老的文章，也很想面对面地看看杜老。"[1]写宝成铁路工地的短篇名章《夜走灵官峡》，曾被选入中学课本而广为传诵，可见当年杜鹏程的创作已深入人心。

杜鹏程是以随军记者的身份参加延安保卫战的，虽然当时已经立志要走文学创作道路，但在这个时期，他首先看重的是战争生活体验。记者身份是他走向作家的一座桥梁，正如作家晓雷所言："老杜绝不是文人意义

---

[1] 叶广芩：《我的老师杜鹏程》，见张文彬编《本质上的诗人——回忆杜鹏程》，陕西人民出版社，2001年，第203—204页。

上的作家,他是战士意义上的作家,是革命家。"[1]柳青曾评价杜鹏程的作品:"说他不隔,和生活不隔。"又说:"老杜的感情和战士不隔,世界观和战士不隔。"柳青还说过:"不用和老杜交谈,看作品就知道作家吃了多少苦。"[2]处理创作与生活的关系问题上,柳青可谓那个时代最有发言权的作家,他的评判应该也是最有说服力的。

"随便写一点东西来记述它,我觉得对不起烈士和战争中流血流汗的人们。"

散文家魏钢焰是杜鹏程的至交,他在1954年《保卫延安》刚问世时发表了长篇报告文学《〈保卫延安〉是怎样写成的》,为我们研究杜鹏程的创作历程留下了宝贵的一手资料。从中我们了解到,《保卫延安》是一部战争小说,而杜鹏程的创作过程也正如一场文学征战,是在历经了艰苦的思想与艺术的学习、探索和磨炼后获得成功的。

杜鹏程创作《保卫延安》,有一句很著名的自述:"这一场战争,太伟大太壮烈了。随便写一点东西来记述它,我觉得对不起烈士和战争中流血流汗的人们。"[3]杜鹏程是带着一个伟大的文学梦想投入这场旷日持久的创作之中的,对于他来说,这确实不啻一场艰苦的文学征战。《战争日记》是一份非常珍贵的实证材料,透过《战争日记》,《保卫延安》创作发生的缘由便会豁然于心。从另一层意义上说,《战争日记》又是等待作家进行艺术加工的丰富素材,是《保卫延安》的毛坯稿。

1949年末,杜鹏程所在部队进军至帕米尔高原,解放战争的战火还没有完全熄灭,他就着手写这部作品了。杜鹏程清楚地意识到创作主客观条

---

[1] 晓雷:《别样的教科书——读杜鹏程〈战争日记〉》,见张文彬编《本质上的诗人——回忆杜鹏程》,陕西人民出版社,2001年,第651—652页。
[2] 赵俊贤:《魏钢焰答问录:杜鹏程及其文学创作》,载《秦岭》2014年冬之卷。
[3] 杜鹏程:《〈保卫延安〉的写作及其它——重印后记》,载《延河》1979年第3期。

件的不足，要写出一部高质量的战争小说是何其艰难。他先以《战争日记》为基础，大约九个多月的时间，利用工作的间隙写出一百多万字的长篇报告文学作品，从延安撤退写起，直到进军帕米尔高原为止，记述西北解放军战争的整个过程。内容全是真人真事，按时间顺序把战争中所见、所闻、所感记录下来。他是背着一大包重重的书稿从新疆回到内地的。文坛上曾经流传杜鹏程视写作为生命的两个小故事。一次是在新疆，一度因为火灾频繁，杜鹏程出门经常背着书稿，有时候看电影也背着，担心书稿被烧。另一次是收到母亲病危消息后，杜鹏程背着书稿赶回阔别十几年的韩城老家，村里人以为杜家的独子终于发财回来，纷纷上前打探背包里装的是金钱还是粮食。杜鹏程摇着头回答："不是，不是，是书稿。"乡亲们跟着走到家，打开背包，才看到装的全都是用马粪纸写出的书稿。此时，他病重的寡母因等不及儿子，已经僵卧在炕上了。

在修改这部稿子的过程中，杜鹏程越来越清楚、越来越坚定地认识到："眼前的这部长篇报告文学稿子，虽说也有闪光发亮的片断，但它远不能满足我内心的愿望。又何况从整体来看，它又显得冗长、杂乱而枯燥。我，焦灼不安，苦苦思索，终于下了决心：要在这个基础上重新搞；一定要写出一部对得起死者和生者的艺术作品。要在其中记载：战士们在旧世界的苦难和创立新时代的英雄气概，以及他们动天地而泣鬼神的丰功伟绩。是的，也许写不出无愧这伟大时代的伟大作品，但是我一定要把那忠诚质朴、视死如归的人民战士的令人永远难忘的精神传达出来，使同时代人和后来者永远怀念他们，把他们当作自己做人的楷模。这不仅是创作的需要，也是我内心波涛汹涌般的思想感情的需要。"[①]

长篇小说《保卫延安》从1949年开始正式创作，四年后完成。回忆创作过程时，杜鹏程说："写着，写着，有多少次，遇到难以跨越的困难，便不断反悔着，埋怨自己不自量力。"然而，想起苦难的过去，想起死去

[①] 杜鹏程：《〈保卫延安〉的写作及其它——重印后记》，载《延河》1979年第3期。

和活着的战友,又鼓起勇气继续写下去。"这样,在工作之余,一年又一年,把百万字的报告文学,改为六十多万字的长篇小说,又把六十多万字变成十七万字,又把十七万字变成四十万字,再把四十万字变为三十多万字……在四年多的漫长岁月里,九易其稿,反复增删何止数百次。直到一九五三年终,最后完成了这部作品,并在一九五四年夏出版了。"[①]九易其稿的创作过程,在研究者看来,作品几乎不是"写"出来的,而是"改"出来的。对于一个作家来说几乎等于是白手起家,是在创作中自修读完了艺术学校。这也是一场漫长而艰苦的精神修炼和意志考验,如同爬山,从山底一步步苦爬而终至登顶。

《保卫延安》1954年出第一版,首印近百万册,是新中国成立初期引起巨大反响的长篇小说之一。1956年作者进行过一次较大的修改后出第二版。1958年在第二版的基础上又做了一些修改后出第三版。1979年人民文学出版社重印《保卫延安》,用的是第三版的本子,作者只做了校订。这一版印行的时候,作者把发表在《文艺报》1954年第14、15两期的冯雪峰的《论〈保卫延安〉的成就及其重要性》一文,以《论〈保卫延安〉》为题,放在小说的卷首,后附杜鹏程的《重印后记》。这两篇文章是研究杜鹏程及其《保卫延安》最重要的资料。

"超不过已出版的水准,同一题材我绝不去写。"

在《保卫延安》的创作和出版过程中,时任人民文学出版社社长的冯雪峰给予了热切关注。他曾反复审阅小说的初稿和清样,并约杜鹏程长谈数次,热情肯定了作品的价值,也提出了创作中存在的问题。小说出版后冯雪峰撰写了题为《论〈保卫延安〉的成就及其重要性》的长篇专论。冯雪峰敏锐地观察到,《保卫延安》的出现,是新中国成立初期战争小说同

[①] 杜鹏程:《〈保卫延安〉的写作及其它——重印后记》,载《延河》1979年第3期。

时也是长篇小说创作全新开端的标志性事件。冯文对小说的史诗性认定，是基于"作品所以达到的根本的史诗精神而论"。

《保卫延安》的史诗追求和所表现的崇高美学风格，对新中国文学特别是长篇小说创作的影响是巨大的，作为一部开拓性的作品，在某种程度上有着艺术上的奠基作用，其后我们的长篇小说一直追求着史诗化的审美品格，乃至逐渐形成一种长篇小说固定的美学规范。

对杜鹏程所在的陕西文学群落，《保卫延安》的影响作用尤为巨大。因为有了杜鹏程和柳青这样的文学传统，陕西当代作家多以营构长篇小说为文学的至高理想，有着浓厚的史诗情结，路遥、陈忠实等作家以他们各自的长篇力作，延续了构筑宏伟小说艺术世界的伟大传统。杜鹏程创作上的"正面强攻重大题材"、"直面严峻、尖锐的社会矛盾"、追求"深沉的历史感"等特色，都特别影响了后代作家。另一方面，从"十七年"到新时期，陕西当代文学取得的卓越成就，源自几代作家共同的艺术野心和不懈的创造性劳动。杜鹏程不满足于写生活小故事，为了写大作品，他把当年能找到的关于战争的书全读了，遇到克服不了的困难时，曾经怀疑是否"不自量力"，但从不轻言放弃。杜鹏程和柳青是同一代作家，他们对自己的创作都有很高的要求，也都愿意在对方身上获得新的启发。柳青在酝酿《创业史》时，试图改变之前写《铜墙铁壁》那种深思熟虑后才动笔的习惯，就是因为受了杜鹏程的启发，不怕写作时间长，也不怕反复修改，作品在从粗到细的不断加工打磨中才能得以完善和提高。而杜鹏程在进入新的创作征程时曾对朋友说："既然有《创业史》出版，又何必去写反映同一题材的。要是我个人，超不过已出版的水准，同一题材我绝不去写。"[①]他们都给自己立下更高的文学标杆，并且在相互砥砺中寻求艺术的突破。这种超越别人也超越自己的气魄和雄心壮志，在陕西作家身上是薪火传承、代代开花结果的。

---

① 赵俊贤：《魏钢焰答问录：杜鹏程及其文学创作》，载《秦岭》2014年冬之卷。

杜鹏程在创作上的拼命精神，令人想到陕西另一个为文学拼命的作家路遥。路遥在杜鹏程逝世（1991年10月27日）后的1992年初曾写过一篇题为《杜鹏程：燃烧的烈火》的怀念文章：他说："二十多年相处的日子里，他的人民性，他的自我折磨式的伟大劳动精神，都曾强烈地影响了我。我曾默默地思考过他，默默地学习过他。"[1]可见路遥对待文学"像牛一样劳动，像土地一样奉献"的献身精神中，也有杜鹏程文学精神的血脉承传。他们都是"燃烧的烈火"，都以燃烧自我生命为代价，成就了自己心目中最伟大的文学事业。杜鹏程身体后来垮得那么厉害，与他拼命有关；路遥则在与病魔的极限赛跑中，坚持完成了《平凡的世界》。就在杜鹏程逝世十个月之后，路遥也追随先贤而去，陕西两代作家之间的这种精神联系和命运的相似，真的令人万分慨叹。他们的人生是创造"英雄"的人生，也是自我成长为"英雄"的人生。此"英雄"准确地说是富有崇高感和悲壮感的"悲剧英雄"。

对文学创作来讲，视文学为神圣的事业而愿意为之奉献一生的一代又一代作家，在陕西乃至全国依然大有人在，从杜鹏程、柳青到路遥、陈忠实，再到今天更年轻的新生代作家群，文学之树生生不息和文学精神的代代相传，为中国当代文学带来了持久的生命力和巨大的精神荣耀。从这个意义上讲，《保卫延安》是永生的，作家杜鹏程也是永生的。

原载《光明日报》2018年12月7日

---

[1] 路遥：《追悼杜鹏程》，载《延河》1992年第1期。

《保卫延安》的"史诗性"追求

杜鹏程在1979年的《保卫延安》重印后记中自述道:"这一场战争,太伟大太壮烈了。随便写一点东西来记述它,我觉得对不起烈士和战争中流血流汗的人们。"[①]杜鹏程是带着一个伟大的文学梦想投入这场旷日持久的创作之中的,对于他来说,这也不啻一场艰苦的文学征战。延安保卫战开始后,杜鹏程作为随军记者上了前线,在与官兵们相濡以沫的战斗生活中,杜鹏程写下了几十万字的《战争日记》,酝酿和准备着他的《保卫延安》。不待说小说所表现的延安保卫战是真实的战争事件,小说的发生背景,几位伟大历史人物都是真实的记载。《战争日记》是一份非常珍贵的实证材料。透过日记,《保卫延安》创作发生的缘由便会豁然于心。1949年末杜鹏程随部队进军至帕米尔高原,解放战争的战火还没有完全熄灭,他就着手写这部作品了。杜鹏程清楚地意识到创作主客观条件的不足,要写出一部高质量的战争小说是何其艰难。他先以《战争日记》为基础,大约九个多月的时间,利用工作的间隙写出近百万字的长篇报告文学作品,"从延安撤退写起,直到进军帕米尔高原为止,记述西北解放军战争的整个过程",内容"全是真人真事,按时间顺序把战争中所见、所闻、所感记录下来"。在修改这部稿子的过程中,杜鹏程愈来愈清楚愈来愈坚定地认识到:"眼前的这部长篇报告文学稿子,虽说也有闪光发亮的

---

① 杜鹏程:《〈保卫延安〉的写作及其它——重印后记》,载《延河》1979年第3期。

片断，但它远不能满足我内心的愿望。又何况从整体来看，它又显得冗长、杂乱而枯燥。我，焦灼不安，苦苦思索，终于下了决心：要在这个基础上重新搞；一定要写出一部对得起死者和生者的艺术作品。要在其中记载：战士们在旧世界的苦难和创立新时代的英雄气概，以及他们动天地而泣鬼神的丰功伟绩。是的，也许写不出无愧这伟大时代的伟大作品，但是我一定要把那忠诚质朴、视死如归的人民战士的令人永远难忘的精神传达出来，使同时代人和后来者永远怀念他们，把他们当作自己做人的楷模。这不仅是创作的需要，也是我内心波涛汹涌般的思想感情的需要。"[1]

长篇小说《保卫延安》从1949年开始正式创作，四年后完成，1954年出第一版，首印近百万册，成为新中国成立初期引起巨大反响的长篇小说之一。1956年作者进行过一次较大的修改后出第二版。1958年在第二版的基础又做了一些修改后出第三版。1979年人民文学出版社重印《保卫延安》，用的是第三版的本子，作者只做了校订。这一版印行的时候，作者把发表在《文艺报》1954年第14、15两期的冯雪峰的《论〈保卫延安〉的成就及其重要性》一文，以《论〈保卫延安〉》为题，放在小说的卷首。《保卫延安》从面世到现在，人们最为关注和最多研究的，就是作品所具备的"史诗性"文学特征。而最早从"史诗"角度评价《保卫延安》的，正是著名文艺评论家冯雪峰的这篇长文。

《保卫延安》是当代文学中第一部大规模和正面描写解放战争的长篇小说。小说取材于1947年3月到9月的陕北延安战事，反映了延安保卫战的战斗过程，并辐射整个解放战争的总体历史进程。1943年3月，蒋介石调集胡宗南数十万军队进攻延安和陕甘宁解放区，企图消灭仅有三万兵力的西北野战军和中共中央首脑机关。在此严峻形势下，以毛泽东为领导的中共中央审时度势，毅然决策战略转移，主动撤离延安。彭德怀执行中央的战略思想，率领有限兵力在西北地区与敌军展开运动战，千里周旋，声东击

---

[1] 杜鹏程：《〈保卫延安〉的写作及其它——重印后记》，载《延河》1979年第3期。

西，步步为营，转被动为主动，最终取得以少胜多、以弱胜强的历史性胜利。作品从撤离延安开始写起，以周大勇连队的战斗生活为中心情节，描绘了延安保卫战中的几场著名战役：青化砭伏击战，蟠龙镇攻击战，陇东高原和长城线上的运动战，沙家店歼灭战。沙家店一战扭转了西北战局，人民解放军开始了收复延安的大反攻，解放战争从战略防御全面进入战略进攻，进入夺取最后胜利的新的历史时期。

冯雪峰在《论〈保卫延安〉的成就及其重要性》中指出《保卫延安》"是够得上称为它所描写的这一次具有伟大历史意义的有名的英雄战争的一部史诗的。或者，从更高的要求说，从这部作品还可以加工的意义上说，也总可以说是这样的英雄史诗的一部初稿。它的英雄史诗的基础是已经确定了的"。

史诗或英雄史诗这一概念，源自欧洲古典主义文学中的一种叙述诗的体裁样式，被定义为一种用诗体写成的关于英雄冒险事迹的叙述。后来把某些叙事文学也称为史诗，作为一种借代已为人们所接受。对中国当代长篇小说的"史诗性"特征，洪子诚曾在他的《中国当代文学史》中表述为"主要表现为揭示'历史本质'的目标，在结构上的宏阔时空跨度与规模，重大历史事实对艺术虚构的加入，以及英雄形象的创造和英雄主义的基调"。当代文学"十七年"的一批长篇小说，都显示出作家的这种"史诗性"追求。而《保卫延安》，可以称为新中国"史诗性"长篇小说的开拓之作，因此在文学史上具有特殊的价值意义。

《保卫延安》的"史诗性"品格

首先是史诗题材。题材作为文学作品中所包含的生活内容，对作品的史诗品格的形成，有着很大的制约作用，抛却"题材决定论"的谬说，还是要承认，"史诗"创作对题材确实有着特殊的规定和要求。《保卫延安》写的是延安保卫战的全过程，作者在整个广阔的解放战争历史背景下,全面再现这场在中国革命史上具有伟大历史意义的战争,应该是比较典型的英雄史诗题材。小说围绕人民解放军一个纵队在延安保卫战中的战斗生活展开笔墨,却时时与战斗的总体设计相呼应,通过周大勇连队,通过周大勇等英雄性格的成长过程,作者展示的是延安保卫战的全局风貌。从全局或整体的构思出发,要求题材不仅宏阔巨大,而且要丰富复杂,延安保卫战本身提供了这几方面的要求,提供了具有广度与深度的历史内容。作品以周大勇连的战斗历程为情节主线,并极力展开军队生活的丰富内容,同时又铺设了另外两条叙述线索,一是对李振德老人以及乡亲们在战争年代的生活遭遇和与人民军队的血肉联系的描写,另一则是对敌军营垒的描写,推出敌军由强到弱、由胜到败的溃灭过程。三条线索交错,展现出一幅真实生动的人民战争的壮丽图景,作者达到了以延安保卫战来艺术地概括整个解放战争历史的目的。

第二是小说所表现的"英雄史诗精神"。《保卫延安》以一种革命战争的伟大精神来提携全书的内容描写,英雄主义精神发散在作品的人物、情节、场面乃至细节描写当中,这对营造史诗作品是至关重要的。正如冯雪峰所评论的:"如果我们要求有描写这样的革命战争的史诗,那就必须描写出这样的革命战争的精神。""作家就必须真正掌握到对象的伟大精神,并且作家自己必须有足够的热情和英雄气概,才能描写出这样的战争,才能歌颂这样的战争及其英雄们。这种对于事件的正确掌握以及战斗性的歌颂态度,就是英雄史诗所必需的精神。"评论家强调,革命英雄主义,是人民战争"所以胜利的关键和全部力量",也是"英雄史诗所必需的精神"。[①]冯雪峰是明白地看到了,《保卫延安》应时而生,作品取胜于它昭示了这种契合于时代需要的"英雄史诗精神"。

"史诗精神"渗透在作者的叙述和描写之中,而且时刻与浓烈的情感交织在一起。作品中所谓英雄精神,更多地表现为一种爱恨交织的英雄

---

① 冯雪峰:《论〈保卫延安〉的成就及其重要性》,载《文艺报》1954年第14期。

情感，战争的动力来自对敌人的痛恨与对人民的热爱，拯救苦难的中国人民，是官兵唯一的信念，包括作者在内，不可能也无须去理性地分析这种精神的实质内涵，因为英雄主义精神不是靠理念传达的，而是融于战士的情感流动中，表现在战士们无私无畏的献身场面中。正是这种英雄主义精神和情感，成为赢取战争胜利的关键力量。《保卫延安》就是这样独特地显示出它的"诗性"。当代战争小说既是"史"，又是"诗"，一种崇高的思想情感贯穿始终，便完成了崇高意境的构造。写意，是"十七年"战争小说的整体艺术特征，其"意"即为精神，即为时代艺术的灵魂，它的开阔与深厚表现为对祖国的、阶级的、民族的、人民的前途和命运的关注，这是一代作家普遍所关注的艺术命题。

第三是小说塑造的一系列英雄形象。"十七年"文学在其史诗追求的过程中，同样赋予英雄人物以非凡的使命，塑造英雄人物，成为特定时代文学创作中带有根本性质的中心任务。《保卫延安》作为共和国初期的战争小说，首创性地塑造出一系列英雄官兵形象，其中突出的形象有周大勇、李诚、王老虎、孙全厚、宁金山等。

周大勇是作品中一号英雄，有着革命英雄所必备的高尚、正义和勇敢、坚定、无私奉献的精神素质。周大勇固然是"英雄史诗精神"的化身，是一个时代正义和先进的社会力量、阶级力量的代表，但杜鹏程在塑造这个人物的时候，却没有进行肆意的拔高和美化，作者首先把他当作劳动人民中一分子来看待。周大勇置身于时代洪流和民众、战士的包围中，他的爱恨，都不仅仅属于个人，而更属于时代和民众。在普通民众当中产生的英雄才能显示出征服民众的强大精神力量。另一方面，小说充分表现了这个英雄人物的成长历程，令人信服地将这个出身贫寒卑贱、思想简单透明的农家子弟，在革命队伍的大熔炉里经受锻炼和考验，逐渐成长为一个勇猛顽强的战斗英雄和出色的指挥员的艰苦过程呈现出来。周大勇性格的质朴和可爱，他灵魂的纯净和坚强，既是家庭出身使然，更是革命队伍中历练而成，当一个普通的农家子弟从事了他所信奉的伟大正义的革命事业，就能够铸造出英雄人物的崇高精神境界。周大勇和"十七年"文学中出现的其他英雄性格一样，他们都自觉地把个人的生命融于民族、国家、阶级的伟大事业之中，崇高的社会理想和宏远的人生目标使他们具备了足以战胜敌人也足以战胜自己的强大精神力量。这是一个时代的英雄所葆有的性格特质和灵魂影像。

政治委员李诚是顺应战争潮流而出现的政治鼓动家。这一形象蕴含着中国人民解放军政治建军的一贯思路。但难能可贵的是杜鹏程并没有把他写成一个政治思想的传声筒，除了智慧干练和严格坚定的军人特质外，李诚的性格开朗幽默，是一位非常机智和具有亲和力的政治工作者，在部队里深得战士的喜爱。他谙熟军事激励的心理和方法，将精神激励转化为战胜强敌的巨大力量，是军人形象画廊里别有意义的一位英雄。王老虎和孙全厚也是作品中塑造成功且各有特色的英雄形象。王老虎"静若处子，动如猛虎"，平时的温和敦实和战时的勇猛机智，形成了鲜明的反差，他在战场的神奇表现，让人想到了古典小说中的传奇性英雄人物，这种用动作来凸显人物性格的写法，应该说是作家深得传统文学熏陶而成。孙全厚则代表了无数像泥土一样的平凡质朴和无私奉献的中国式军人，他"悄悄地活着，悄悄地死去"的人生形式和性格品德，与其说是中国军人的，不如更准确地说是中国农民的，这一形象所承载的国家民族的深重灾难，普通民众抗争苦难命运的不屈精神和隐忍、牺牲的民族性格，不仅感人肺腑，更令人痛心悲叹。

宁金山是小说中联系着战争和人性思考的一个特殊形象。"十七年"战争小说的思想内涵总体上趋于单一纯净，而宁金山这个形象则多少让我们领略到一些战争的复合状态和人性的幽深地带。虽然在政治意识形态的规定之下，作家让宁金山这个人物很快完成了由怯懦到勇敢、由悲观到乐观、由卑琐到高尚的性格转变，但毕竟呈现出了战争中有关生与死、苦与乐的人性命题，笔墨探触到人物心灵的复杂的更真实部分。这可能就是我们研读"十七年"作品时要注意到的所谓"缝隙"，由此可以想象到被有意无意遮蔽和过滤掉的战争生活的原生形态，引发我们对战争本体及其价值意义的深入思考。

《保卫延安》中对彭德怀将军的形象塑造，是共和国文学的一次艺术开创。总体来说，小说对这位西北战场总指挥的形象描绘是成功的，有艺术感染力的。作家不仅写出了这位高级指挥官的军事智慧和大将风度，而且也视彭总为成长于劳动人民之中的普通一兵，表现出彭总本色、质朴的人格魅力。正如冯雪峰所言："关于彭德怀将军的这一幅虽然还不够充分，然而已经传达了人物的真实精神的生动的肖像画，是我们文学上一个重要的成就。"[①]在虚构性艺术文本中，将有影响的历史人物作为艺术形象加以正面表现，这在现代小说中并不多见，彭德怀形象的塑造是《保卫延安》备受人们关注的原因之一，作家和作品也因此在1959年彭德怀因言获罪后受到株连。这其实涉及创作中"生活真实"和"艺术真实"的关系问题，本不能简单对号入座，作家和作品因艺术原型而获罪实属荒谬。在艺术虚构和"生活真实"经常不被区分的年代里，作家的艺术"创造性"就潜隐着政治的"危险性"了。

第四方面是史诗结构。"十七年"这一特殊的时代要求文学反映中国革命和社会主义事业的巨幅画卷，以此为目的决定着作家的艺术构造，宏伟的史诗追求呼唤着宏大的史诗结构。典型的史诗结构一般设置两条主线，一为情节线，一为性格发展线，二者或经纬穿插如《保卫延安》，或交错并行如《创业史》，在不同作品中两条线索的侧重各有差别。从文学史发展的眼光看，当代小说的结构由共和国成立之初的注重情节向上个世纪50年代末60年代初的注重性格刻画转变。普遍而言，性格结构是文学创作艺术结构发展中的一个重要环节，在"十七年"，这一环节没有圆满完成就被"文革"政治运动干扰而停滞，以至于在新时期开初，性格结构的作品蓬勃而出，形成承续"十七年"性格结构的又一个高峰。"十七年"

---

① 冯雪峰：《论〈保卫延安〉的成就及其重要性》，载《文艺报》1954年第14期。

的小说创作呈现出情节结构与性格结构并存且二者相互结合、逐步转化的发展态势。杜鹏程的《保卫延安》、吴强的《红日》、曲波的《林海雪原》和李英儒的《野火春风斗古城》等一批长篇小说，开始从情节结构向性格结构推进。《保卫延安》成书早于《红日》，但已隐约显露出情节线索之外的第二条结构线索，即英雄性格成长线。以周大勇为核心的英雄形象体系是与战事交织存在的结构有机部分，由于开始注重性格的刻画，《保卫延安》成为比较典型的英雄史诗。作为战争史诗的初步尝试，核心人物周大勇的性格刻画稍显稚嫩，其个性的历史丰厚度和性格发展的现实依托都尚显不足，但性格发展史毕竟以完整的姿态与战争故事的叙述交织，二者经纬相织，复线式立体式史诗结构俨然出现。严格地讲，《保卫延安》的侧重点仍旧是革命战争史，这是由英雄性格史的不成熟造成的。但正是因为有了《保卫延安》和《红日》等作品的准备和过渡，共和国文学才在上个世纪50年代末60年代初迎来了长篇小说的第一次繁荣，《红旗谱》《红岩》《青春之歌》《创业史》等小说，就是以较为成熟的性格结构，成为时代文学的代表性成就。

最后是小说的艺术风格。《保卫延安》气势宏伟，笔调豪放，显示出杜鹏程雄伟、粗犷的艺术个性，也代表着共和国文学崇高、豪放的时代风格。战争题材的创作直接、正面地描绘大规模的军事行动，敌我正面冲突形成一种激烈、对抗的艺术场面，加之革命英雄主义精神与浓烈的阶级爱恨情感的烘托，使得《保卫延安》与生俱来地带上崇高悲壮的美学色彩。而从作家主观方面来说，故乡先贤司马迁的史家思想和气魄的熏染，身处伟大历史变革时代而领受了革命生活的锻炼，培养出杜鹏程宏伟高远的心灵世界，塑造出杜鹏程豪放坚强的人格气质。对革命战争生活的回首和对理想英雄人物的敬仰，激发起作家强烈的创作欲望，作家澎湃的激情和内心的渴念贯穿着整个创作过程。正如熟悉杜鹏程性格的评论家魏钢焰所言："他的作品显得大气，充满硝烟味，给人以大江东去的豪迈之感。老杜作品的特点是和他的为人一致的。"①大凡优秀的作品，无不表现着作家自我与文学形象之间的生命联系，杜鹏程也是一样，战争的素材积累已久，"英雄史诗精神"也在心底蕴蓄已久，一种合于内心渴望和性格要求的艺术创造，最后在战争场景的描绘和周大勇等英雄形象的塑造中得以实现。所以，《保卫延安》的崇高风格，是创作主客观遇合的结果。因为是在共和国初期，杜鹏程才能既面对刚刚过去的战争历史，又相对自由地表现作家"自我"，从而落成呼应着时代精神又吻合着作家主观审美追求的崇高艺术风格。

一个时代有一个时代的文风，立足于"十七年"独特的时代背景，崇高以它内容的庄严激烈和形式的巨大卓越而与"十七年"社会文化背景相适应，表现出一个新的历史转型时期实践主体对客观对象的征服，引起一种英勇的、振奋的、自豪的美感。崇高显示着健康、活泼、鲜明、生动的风格特色，满足了"十七年"间广大接受者的审美需求，并通过接受者这一审美中介完成其对社会的影响，以及对人生的教谕功能。但是，崇高风格的绝对化、人工化、社会化、工具化等又是显而易见的，文学发展中对崇高的无限制推崇与对其他风格的强力压制，造成时代文学风格的单一化，则从根本上影响了"十七年"文学的美学品格。作为当代文学发生时期的《保卫延安》，其美学风格的单一也曾经影响了后来的文学风气。《文心雕龙》所谓"文变染乎世情，兴废系乎时序"，可知时代局限是造成文学风格局限的最根本原因。

文学史意义和艺术局限

当代革命战争小说以《保卫延安》《红日》《林海雪原》为代表，《保卫延安》标志着新中国成立初期战争小说同时也是长篇小说的起点水

---

① 赵俊贤：《魏钢焰答问录：杜鹏程及其文学创作》，载《秦岭》2014年冬之卷。

平。冯雪峰在他评论《保卫延安》的长文中强调了两个方面的意思,一方面认为《保卫延安》是中国革命战争小说中"真正可以称得上英雄史诗的,这还是第一部。也就是说,即使它还不能满足我们最高的要求,也总算是已经有了这样的一部"。冯文对小说的史诗性认定,是基于"作品所以达到的根本的史诗精神而论"。另一方面也指出小说在"艺术的辉煌性上,还不能和古典英雄史诗并肩而立",小说在"艺术描写上留有今后可以一次一次加以修改和加工的余地"。[①]据作家自己回忆:"我的初稿曾经冯雪峰同志看过,他约我长谈数次,恳切地指出作品的长处与不足,并告诉我说,不要再改了,要改等以后再说。"[②]由此可知,通过讨论《保卫延安》的艺术成就和所存在的问题,冯雪峰意在中国文学发展的历史视野中讨论新中国文学的起步状态,既肯定"这部作品在英雄史诗上的成就在我们创作上就有一种新纪录的意义","说明我们的文学能力在逐渐成长起来",也明确了中国的文学在共和国初期只能达到这个水平,意识到任何个人都超越不了这个时代,所以说,"即使再加工,也不是在现在,应该在作者的才能更成长和成熟的时候。我们现在应该先满意于这样的成就"。[③]

冯雪峰在1954年回首以往十年的文学成绩,看到我们已经有了不少反映革命战争的作品,其中"有些是写得比较优秀的,也有写得极平常的",《保卫延安》以"称得上英雄史诗"的水平,刷新了已有的成绩,"是一个重要的收获"。以此衡量,《保卫延安》也初步显示史诗式结构追求,成为新中国成立后长篇小说结构的良好开端。但相对1957年出版的吴强的《红日》,《保卫延安》就显得单调了。与《保卫延安》相比,《红日》在思想艺术方面均取得了重大进展。小说战争生活视野开阔,整

---

① 冯雪峰:《论〈保卫延安〉的成就及其重要性》,载《文艺报》1954年第14期。
② 陈纾、余水清整理:《杜鹏程传略》,见福建师范大学中文系编《中国当代文学研究资料——杜鹏程专集》,1979年,第15页。
③ 冯雪峰:《论〈保卫延安〉的成就及其重要性》,载《文艺报》1954年第14期。

体把握的意识更强，初具现代战争小说的气势与规模，努力以宏大的结构和全景式描写展示了战争小说的独特魅力。人物形象塑造上，英雄人物的理想化、反面人物的脸谱化等"十七年"小说普遍存在的弊端，在《保卫延安》中已经出现。冯雪峰在谈到杜鹏程创造的彭德怀形象时说："要把这样的高级将领的精神和性格，全面充分地描写出来，以造出一座巨大的艺术雕像，是只有天才的艺术大师才能办到的。作者当然还只是一个开始在成长的尚未成熟的天才。"[①]冯雪峰讲到的人物塑造的"不充分"和作家艺术才能的"不成熟"，同样是因为他看到了这部共和国初期的长篇小说存在着难以克服的艺术问题。而到《红日》的时候，作家则开始意识到性格塑造的丰富性和复杂性，相当程度上避免正面人物理想化和反面人物的脸谱化、漫画化倾向。应该说，《保卫延安》当中国民党将领钟松形象的刻画也是比较生动的，而《红日》当中张灵甫的性格更注重个性描写，在性格的凶残、奸诈、顽固之外，也不回避表现其才干和谋略，形象相对更为真实立体。以单一的意识形态视角观照战争历史和人物，必然带来对小说真实性和人物生动性的损伤，这是一个时代文学的固有局限。

在"十七年"意识形态规范下的战争小说，其革命战争状态中体现的战争文化内涵，带有时代的固有政治色彩，具体表现为：阶级性、集体性、斗争性、思想性、人民性、意志性等，革命战争不仅在军事意义上锻炼了一支特别能战斗的兵团，更在政治意义上锻炼了一个新的国家政治主体。这种战争文化一直延续到1949年后，对和平时期的阶级斗争文化环境和战争文化心理的形成和恶化起到不可忽略的作用，虽然这不能归咎于战争小说本身，但可以由此探源。另一个更为深入的问题可以在中西战争文学的对比中展开讨论，战争是什么，战争对人究竟意味着什么？不同时代、不同民族的人们对战争有不尽相同的理解，站在个人的视角、民族的角度和人类的视角审视问题，也会得出全然不同的结论。以个体的方式体

---

① 冯雪峰：《论〈保卫延安〉的成就及其重要性》，载《文艺报》1954年第14期。

验战争，在人类追求和平的宏大视野中描写战争，会更多注目于战争中的复杂人性，对战争进行深刻的反思。相比之下，"十七年"战争小说的文化内涵较为稀薄甚至有明显偏执，对战争的复杂主题表现不足，对人类历史发展中的战争文化缺乏应有的思考，对人道主义视野中的战争灾难和反战意识，或者刻意回避或者予以简单狭隘的否定，使得此类战争文学很难引起世界范围内更广大的读者群的情感共鸣。

革命战争小说的思想局限说到底依然源自特定时代政治观念的限制，从根本上制约着作家的艺术创造。以杜鹏程为例，在他的创作自述中多次谈到自己思想能力、艺术表现能力以及艺术经验的缺乏。杜鹏程有战争体验，更有创作激情和雄心壮志。但他之前只写过一些短篇小说、短剧和通讯报告，从来没有写过长篇小说。他努力阅读了一切能找到的军事论文，读了可以找到的苏联战争题材的文学译本和中国近现代以来有限的战争小说，他把《战争与和平》重读了三遍，他前后一共写了九次，几乎不是"写出来"而是"改出来"的。他说自己"每每遇到难以越过的困难，就回想起那些活着的和死了的战友，从他们身上吸取力量"。即便如此，杜鹏程也知道写作单凭激情和毅力是不行的，他在晚年意识到《保卫延安》写得不是很好，它的价值在于"它是一种历史的记录"，他更深刻地反思道："作家和作品都是时代的产物，都不可能超越时代。"[①]而作家对时代、对战争、对历史事件的认识，制约着作品的主题思想，作家对生活认识的深度与广度决定了作品思想的深度与广度。站在战争的亲历者和写作者的立场反思"十七年"文学的思想和艺术价值，其在今天对我们依然有启示意义。

总之，《保卫延安》是当代文学史上第一部大规模正面描写解放战争的革命历史小说，是当代最早被评价为"史诗性"力作的长篇小说。《保卫延安》为新中国文学特别是长篇小说做出了开拓性的艺术贡献。《保卫

---

① 魏钢焰：《〈保卫延安〉是怎样写成的》，载《解放军文艺》1954年第12期。

延安》标志着共和国文学的起点水平，也反映出新中国成立初期文学发展所面临的困境，它的成功与局限都是与特定时代的社会文化密切相关的，它所反映出的文学问题可以引导我们进入对一个时代文学问题的深入思考。对当代战争小说这种特殊的小说品种，我们或许不必苛求太多。我们可以侧重在小说形式结构的角度，来考察战争小说在中国现当代小说发展史上的作用和价值，这是一种文体形式演变的考察，是一种文学史意义的考察，是更为本体的小说艺术考察。

原载《文艺报》2017年6月23日

王汶石《黑凤》重读

——兼论陕派长篇小说创作诸问题

"十七年"重要的小说家王汶石,以短篇小说的艺术形式致力于书写社会主义农村新生活,塑造新时代的农民新人形象,并以此奠定了他在当代文学史上作为短篇小说"行家里手"的地位。或许因为王汶石作为"短篇小说作家"更多为人们关注,使得他仅有的中篇小说《阿爸的愤怒》和后来创作的长篇小说《黑凤》,长期以来都没有得到足够的重视。检索《黑凤》发表和出版后为数不多的评论文章,竟然多把它当作一部中篇小说来讨论,而从单行本出版时的篇幅看,二十二万字的长度毫无疑问应该是一部标准的长篇小说了。

《黑凤》[①]是王汶石1959年开始创作的一部长篇小说,写作过程并不是很顺利,不但多次"废弃"、"变更"乃至"从头干起",中间还放下过三年。可见作家当年对这部长篇小说的艺术质量是有期许的。他一边写作,一边还到陕西农村各地参加"四清"运动,加之"反右倾"运动的高涨,直到1963年7月才搁笔完成。小说先在《延河》1963年第5—10月号上连载,其间作家边修改边发表,并于1963年9月在中国青年出版社出版了单行本。

---

① 王汶石:《黑凤》,中国青年出版社,1963年。以下小说内容均引自单行本。

《黑凤》的时代精神内涵与新人形象塑造

　　《黑凤》所写故事发生在1958年社会主义"大跃进"的历史时期。小说通过关中渭北高原的一角,反映了在1958年"大跃进"当中,我国广大人民群众意气风发的精神面貌。正如小说问世后《文艺报》发表的评论所言:"那是难忘的1958年,在三面红旗的鼓舞下,我国伟大的人民群众靠自己的双手迅速地改变着祖国一穷二白的面貌;而那日新月异的现实生活,又反转来激发人们的斗志,改变着人民的精神世界。"[1]王汶石以他一贯地写自己熟悉的生活和自觉充当"时代歌者"的创作姿态,以更高的创作热情,付出了更艰苦的创作劳动,努力去书写这场发生在中国大地上的轰轰烈烈的社会主义生产运动。从作家对现实题材的敏感和自觉把握,试图以更大的小说容量来反映农村生活的变动,以及描绘"大跃进"带给农民思想精神的新的冲击等方面,都可以看出《黑凤》是王汶石小说创作的一次重要拓展和突破。

　　《黑凤》是传统现实主义的小说结构。主人公黑凤的成长主线和"大炼钢铁"运动的情节线索交错并行,其中穿插着黑凤与生产队队长芒芒的爱情故事,与"资本主义娇小姐"李月艳的思想情感冲突,以及运动中各种不同的人物矛盾关系。小说既注重事件与场面的整体性效果,又偏重主要人物的性格塑造,算是当代文学中比较典型的性格结构小说。小说着力塑造的社会主义新人形象是农村知识女青年黑凤,作家把她当作一个女性英雄,在她的身上,显示出翻身解放成为国家主人的普通劳动群众在时代的感召下,朝着社会主义的理想目标奋斗的英雄主义精神。黑凤出身穷苦农家,从小被爹娘娇惯,性格单纯泼辣。成长中最早的革命启蒙来自她的八路军二舅和路过在她家歇脚的一个女战士,他们点燃了黑凤对外面世界

---

[1] 谭霈生:《进攻的性格——读中篇小说〈黑凤〉》,见高彬、晓渭主编《王汶石纪念文集》,陕西人民出版社,2008年,第512页。

的好奇和对共产党的向往。接受中学教育又让她的个人幻想转化为蓬勃的革命热情，决心要做个"生活在战斗中的女战士"。毕业回乡后，申请当兵入伍不成，听了总支书记对她说的话："只要有一颗红心，哪儿不能为革命献出自己呢？农村正需要知识青年，到农业第一线去吧！"于是决定"回到农村来实现她的革命理想，改变农村的旧面貌"。黑凤疾恶如仇，敢于斗争，不宽容一切落后的人和事。"她自告奋勇担任检查员这种得罪人的职务。她是铁面无私的，动不动就在群众大会上指名指姓批评那些小有缺点的人，或是把受批评者的姓名，用大字报写在村巷里的墙报上。第一个被她写上去的，不是别人，正是她自己的妈妈。她在自己妈妈的头上，开了第一刀。"村民们对她是"又爱又恨"，就连三福老爹和换朝大叔这样在村中颇有威望的老辈人，面对天不怕地不怕的黑凤，心里也有三分打怵，却又不得不服气这个"惹人怄气又干劲冲天，既不饶人又一刻也不为她自己打算的女孩子"。在黑凤的身上，闪耀着那个特殊时代的社会主义新人的性格光彩，她不困于自己的年轻和女性身份，以一种单纯坚定的信仰和无所畏惧的姿态，大胆抗争生活中的一切陈规旧习。除了铁面无私敢说敢干外，她骨子里还有股不服输的倔劲儿，在村里和老汉们比赛劈柴，在矿山上和葫芦等小伙子们比赛背石头。她不愿搞特殊，生了病还要扛到底，不愿拖集体的后腿。黑凤单纯、热情和果敢的性格，是她向上生长的基础和底色。作家没有将她写成一个静态的形象，而是伴随着故事情节的展开，让她不断受到外在各种力量的掣肘，在矛盾冲突中刻画人物个性。一方面，黑凤受到老革命、老领导和周围先进人物的精神引领，如和蔼可亲的县委陈书记对她的关心教导，身边战友王兴才不顾一切抢救炉膛的英勇行为，以及花甲之年仍坚持学习争取入党的老奶奶的积极心态，等等，都让黑凤的心灵受到了震动，也让她认识到自己思想上工作上的不足。黑凤逐渐领悟到革命人生的真谛，从一个天真稚气爱幻想的农村少女，成长为成熟稳健的社会主义新人。另一方面，作家还运用了对比衬托的手法来凸显黑凤的先进性。对黑凤的成长起着关键作用的人物中，最为突出的是芒芒、李月艳，还有她的二叔，农业队长丁世昌。复员军人芒芒任钢铁营副营长，也是"大跃进"中的积极分子，他与同为先进新人的黑凤相互映衬，代表着昂扬进取的时代主流，展示出社会主义主人翁的精神面貌。丁世昌代表的是乡村社会的传统保守力量，他既反对黑凤当"检查员"得罪人，又担心耽误地里的农活儿，明里暗里阻止抽调青壮劳力去支援"大炼钢铁"。另一个人物李月艳则与黑凤同为回乡女青年，与黑凤呈现出鲜明的对比，她在那个时代被视为自私自利、贪图享受的资产阶级小姐。她不像黑凤那样热衷于社会主义革命建设，她的人生目标是得到一段好的姻缘，让自己未来生活得舒适无忧。黑凤和月艳代表着泾渭分明的两种思想品质和人生态度。小说中的月艳对工作并不在意，一心想与芒芒谈情说爱；和黑凤一起背石头回营地时，为了减轻负担月艳会把背篓里的石头偷偷扔掉；在后勤保障跟不上时，黑凤把不多的干粮分给大家，月艳却一个人躲在帐篷里只顾自己吃。所有这些付诸月艳形象的笔墨，以及黑凤和月艳因为劳动和爱情所发生的矛盾冲突，无非是要以月艳的自私落后反衬黑凤这个新人的英雄性格，从而传达出符合时代政治道德标准的思想倾向。

今天我们重新来解读半个多世纪前的这部《黑凤》，在作家想要表达的时代思想精神内涵之外，其实在作家写实的笔墨中，在小说叙事的缝隙里，潜藏的历史原生态场景和人生内容，远比作家主观预设的单一主题更为丰富复杂。比如队长丁世昌这个人物，作家写他常"含有一种沉静的目光，像那埋在灰堆的不明不灭的余烬，又好像他整天不停地在独自想什么心思"。他"不喜欢这帮抢天舞地、丝毫也不循规蹈矩的年轻人。他不知该如何对付这班标新立异毫无畏惧的青年"。他批评侄女黑凤不踏实，"一味地爱胡思乱想，想个天花乱坠，根本不懂得一个麦颗是用一百颗汗珠子灌出来的"。这一切在黑凤的眼里，都是"思想不展开的明显表征"，"轰轰烈烈的群众运动把二叔惊呆了，搞糊涂了。黑凤深感这位做惯了小庄稼的毫无远大抱负的二叔，有跟不上时代脚步的沉重的痛苦"，她"想帮助他摆脱小手小脚的旧习惯,树立起一往直前的风格来,但是每一次二叔都给她碰了钉子"。小说写到这里,作者以叙述者的口吻说:"说句公道话,黑凤虽然有年轻人的一切长处,但她还没有足够的工作经验,来全面理解他的二叔。"显然在作家的笔下,队长丁世昌不是一个简单的"保守派"或"顽固派","在生产队的经营管理上,他实在是个好当家人",他在"惯于按照立春、惊蛰、芒种、白露等四时八节的顺序,平平静静地做庄稼"中积累的人生经验,确实不是年轻简单的黑凤所能理解的。作家写了丁世昌对"大炼钢铁"有疑惑有不满,实际情况是:"大跃进以来,特别是夏收以后,村里的壮年男子,一批又一批,离开了农田,到水库去了,到铁路去了,到工厂、矿山去了,很大一部分农活落到妇女和老人们肩上,由农业队长丁世昌指挥着。"他的不满情绪和消极应对的态度,反映出对违背生产规律、人为大搞"炼钢运动"的隐忧,这也是作家在当时的生活中感受到的真实的人物心理状态。作家并没有掩盖或过滤农民中的这种思想情绪,而小说结尾处,除了少数人还在坚持外,包括芒芒和黑凤等多数人都离开了炼铁场,回到了自己的村庄开展冬季生产,也暗示了这场运动的无以为继乃至指导思想上存在的问题。《黑凤》后半部分多写男女恋情,有意无意间淡化了"大跃进"运动这一事件线索,无疑也是一种比较稳妥的技术处理。

  小说中另一个比较"有意味"的人物是月艳。这个看似被贴上了"小资产阶级小姐"和"落后人物"标签的年轻女性,其真实形象也并非这么简单。作家在按照生活中本来的性格特征去描摹形象时,也并未将这个人物全然概念化,而是不时地让读者触摸到月艳性格中那些自然美好的、富有人性温度的东西。月艳身上表现出的很多所谓"毛病",在今天看来其实属于"人之常情",比如她的行为表现总会随着对芒芒的爱情而起伏变化,在爱的驱使下月艳也有热情和积极的时候;再比如月艳爱美、娇气,吃苦了会发牢骚,有时还有点"恋爱脑",这种女孩子特有的情绪流露,反而让读者觉得更真实和生动可爱。与人们期望中"完美的"黑凤相对比，月艳的性格有时显得更感性和更丰满一些。遗憾的是小说写到后来为了凸显两个女青年思想立场和人生道路的分野，作家人为加重了月艳性格的负面品质，概念化脸谱化的痕迹加重，就减损了人物性格的鲜活和生动性。

小说通过四个青年男女的爱情关系，来表达人物的思想冲突和对人生道路的不同选择。芒芒与月艳终因思想差异而分手，芒芒与志同道合的黑凤走在了一起，月艳则选择了在城里工作的曾被介绍给黑凤的相亲对象薛佩印。王汶石笔下这种爱情关系的重新配置，令人联想到陕西文学后辈贾平凹，他在1984年创作的中篇小说《鸡窝洼人家》中，讲述了两个家庭的破裂以及重新组合的故事，表现的是改革开放浪潮冲击下农民思想观念和精神世界发生的巨大变化。两部作品产生于完全不同的时代社会，却同样让人看到爱情关系背后时代思想风尚的巨大扭转作用，创作的互文现象也表明两代作家文学精神的互通。大凡爱情婚姻往往反映着一个时代的文化症候，是社会心理的晴雨表。《黑凤》通过爱情关系的描写，显然意在反映那个时代人们的思想价值观念，在整体上与小说歌颂"大跃进"、歌颂社会主义新人的主题也是完全一致的。但既写爱情，又是王汶石这样一位智者和深谙小说艺术规律的作家，他笔下的农村新人因为爱情关系展露出真实的内心活动，因而也折射出人性的光辉。黑凤身上负载着更多的社会政治内容和时代精神意义，这是"十七年"小说中正面形象的共性，但黑凤也是一个既单纯勇敢又心思细腻的姑娘，有对爱情温柔乡的渴望，也有面对心爱人时的手足无措。处于恋爱中的黑凤或许也是"不完美"的，却是更真实动人的。遗憾的是，当时的评论家却多把黑凤的爱情心理及其表现看成小说的缺陷，认为黑凤身上的"女儿气"有损人物性格的"英雄气"，类似以下评论：

> 暴风雨中，黑凤与芒芒一同下山。黑凤不由自主地身子靠在芒芒的臂弯里。"就在这一瞬间，她的心坎里，一个一向模糊的念头，忽然变得明亮起来。"黑凤主动陷入了一个爱情纠葛的矛

盾中，这是不可想象的。黑凤在这些方面的所作所为，只会有损于这个新人形象的思想高度，而不可能增加人物性格的丰富和生动性。①

以政治倾向为第一甚至唯一的批评观，导致文学批评的简单和庸俗化，其所带来对"十七年"文学作品的一些误读误判，是需要我们今天再批评的。

在陕西长篇小说的范围内，以柳青的《创业史》为参照来讨论王汶石的《黑凤》，也有特别的意义。柳青和王汶石同属陕西作家，他们的长篇小说都刊发和出版于上个世纪50年代末到60年代初——中国当代长篇小说第一个繁盛时期。毋庸置疑，无论从题材的重大宏阔、揭示农村生活面貌的深度和广度，以及小说"史诗性"结构的纷繁浩杂，《创业史》都是远远超出《黑凤》的。但我们在《黑凤》中也读出了作家创作思路上与《创业史》的相似之处：梁生宝一心一意投入"公家"的事业中，带领村民在合作化运动中奔向共同富裕的道路；梁生宝因徐改霞向往城市和大工厂而觉得她心思浮躁，最终选择了与他志同道合的刘淑良。王汶石笔下的黑凤，恰似性别翻转后的梁生宝，作家写黑凤反省自己早先"为什么没有挑选身边的农村青年，却把眼睛放在城市里，挑选遥远的薛佩印？""是不是也受了剥削阶级思想的影响呢？"作家既赋予黑凤以社会主义新人的性格特质，必然在描写她的爱情选择时，也要"彻底革自己思想上的命"，这同样源自特定时代的政治道德诉求，及其赋予作家的美学理想。所不同的是，作为新时代农村中的进步女青年，黑凤的性别特征也被人为弱化，英雄化的过程也是新型女性成长的过程。"十七年"的男女平等与女性解放，主要表现在女性走出自我、家庭走向社会，自我价值实现的空间更为广阔。《黑凤》以及王汶石的一批以农村新女性为主人公的短篇小说，都显示出女性挣脱传统观念和旧的生活方式的束缚，获得时代、社会也包括

---

① 方胜：《评〈黑凤〉的主题思想和主人公形象》，见高彬、晓渭主编《王汶石纪念文集》，陕西人民出版社，2008年，第536页。

男性世界认同的价值意义。但同时,"十七年"文学中将女性人格、自由和平等的追求,简单等同于向男性看齐、向英雄主义靠拢,以致文学作品中的"女英雄""女铁人"纷纷出现,走进女性解放和男女平等的误区。黑凤的形象无法抹去这种思想观念的影响,短篇小说《新结识的伙伴》中的吴淑兰、《米燕霞》中的米燕霞等形象也都类似,她们在"女英雄"和"为妻为母"的双重规约下,难以从根本上获得真正的人格自由和性别解放。女性英雄形象的男性化,实质上是女性被政治理念工具化的表现。纵使如此,作家在社会政治化书写中稍有触及女性的情感天性,仍会被批评家警觉,仍觉得"她"不够先进和不足以成为"英雄"。比较难能可贵的是,柳青和王汶石小说中有关女性及其情感世界的描写,基本上还属于塑造人物形象不可或缺的笔墨而非仅仅当作小说叙事的调味料。《创业史》几经修改,删减最多的便是生宝与改霞的爱情描写,生宝虽然"考虑到对事业的责任心和党在群众中的威信,他不能使私人生活影响事业"[1],到底还是克制住了内心的柔情,推开了改霞,选择继续为合作化事业而全力奋斗。但保留在小说中的改霞给予生宝的爱情温暖和生宝不时跳出心怀的情感波动,一直是《创业史》中最引人注目的精彩段落。《黑凤》也是一样,作者没有完全剔除这个社会主义新人身上的"女儿气",包括她在父母面前撒娇任性,以及恋爱中女孩子的愁思情态,都描写得很到位。在这一点上,王汶石其实是比柳青更会处理小说的情感节奏的,在一定程度上柔化了作为"英雄"的新人形象的坚硬质地,这或许也是王汶石小说为读者喜爱的一个重要原因吧。

有研究者在对1949年至1958年的学术文献的统计中,总结出频率最高的论题词是"深入生活""改造思想""工农兵""群众"和"写真实",1959年至1968年间出现的高频论题词则是"新人"[2]。论题词的高

---

[1] 柳青:《创业史》第1部,中国青年出版社,1960年,第488页。
[2] 丁帆、赵普光:《历史的轨迹:中国现当代文学研究七十年的实证分析——以论题词词频的统计为中心》,载《文艺研究》2019年第9期。

频出现与其背后的历史变动和社会政治情势密切相关，也集中体现着一代作家的文学观和创作思想。柳青与王汶石的长篇小说正处于后一个时间节点上，他们创造出"梁生宝""黑凤"这样的"社会主义新人形象"，回答了与主流意识形态高度契合的、对中国历史变动中新的社会发展的方向性指认。无论是《创业史》反映的合作化运动，还是《黑凤》中的1958年"大炼钢铁"运动，已经被历史证明了其错误和荒谬。但进入小说艺术中的历史生活，却因作家的真实复原和感性描绘，造就了文本可认识的表层意涵以及潜在的阐释空间。对于一个现实主义作家来说，他越是忠实于生活本身，越是将自己的生命体验投注于笔端，他的创作及其人物形象就越有多向度阐释的可能性。柳青已经被证明是这样的作家，王汶石一定程度上也应该是。

《黑凤》的艺术特色及其局限性

王汶石是在他的短篇小说集《风雪之夜》取得巨大成功和收获广泛影响之后，走入长篇小说的创作构思的。如上所论，作家选择"大跃进"题材和塑造"社会主义新人形象"，都受到当时社会政治运动和文学普遍风气的影响。除此之外，作家从短篇小说创作中一路走来，先期积累的艺术经验和形成的稳定个人风格，在《黑凤》中有着很自然的延续乃至集成性体现，尤其是他为人所称道的"戏剧化"小说手法，依然构成《黑凤》的主要艺术特色。

首先，与"十七年"农村题材小说常见的人物形象分类相似，《黑凤》中的人物也被鲜明地划分为几种类型：青年形象序列中，黑凤与芒芒代表的是社会主义新人形象，葫芦与东娃思想进步却性格急躁，李月艳则是农村青年中个人主义、投机取巧的代表；老一辈中有黑凤父母代表的老实忠厚的农民形象，三福老爹和换朝大叔是村里能干能侃能较劲的老汉，丁世昌则是谨慎沉稳而又传统保守的农村干部形象，还有作为黑凤的精神引路人的陈书记和老革命奶奶等。这些不同性格类型的人物形象，都负载着作家所要表达的对农村社会的思考，以作家对人物不同的价值评判来体现作品的主题思想。人物性格的对比映衬依然处处可见，如黑凤与芒芒——黑凤在工作中较为激进，处理问题常采用"大字报""编顺口溜"等形式，芒芒在类似问题的处理上就稳健成熟得多；黑凤与李月艳——黑凤为"炼钢"运动可以不吃饭不洗脸不打扮自己，而李月艳却十分在意个人形象，对"炼钢"运动并不热心；芒芒与葫芦——芒芒无论对待工作还是个人感情，都显得更成熟且十分谨慎，葫芦却总爱说些浑话，让人觉得好笑又可爱；还有黑凤的父母——老母亲不想让自己的独生女儿受苦，提及女儿上山总是哭哭啼啼，老父亲虽也舍不得，但还是摆出几分家长的威严，支持黑凤去山上锻炼。王汶石写人物还善于用环境烘托，如对芒芒家的描写，能看出芒芒的老妈妈虽贫穷朴素但非常热爱生活；写黑凤和月艳背石头回营地的路上遭遇极端天气，二人对外界环境的不同反应，凸显出二人性格的不同和思想境界的高下。

在塑造黑凤等人物形象时，王汶石将他以往创作的成功经验集中于此，除了我们重点分析的在矛盾冲突中塑造人物、性格的映衬对比、环境的烘托等方法外，人物的外貌、动作描写，细节描写，以及人物心理活动的描写，在小说中都运用得非常充分。尤其是对主人公黑凤心灵世界的生动呈现，是小说叙事中的一个亮点。黑凤的成长伴随着她对自己性格弱点的克服，比如在父母的溺爱下做事简单任性、性格急躁莽撞等，这一克服过程通过人物的心理斗争表现出来，当面对"一边是小家庭的温暖生活与和平，另一边是革命劳动的紧张与艰苦"时，"两种不同的生活在吸引她，争夺她"，在与安逸温暖生活的对抗中，革命英雄主义获得了胜利。小说后半部分写她与芒芒爱情的发生，也是通过大量的心理描写来完成，黑凤性格当中更多富有人情味的内容，丰富了这个人物形象。王汶石也是深受苏俄现实主义文学影响，托尔斯泰的"心灵辩证法"在他塑造的人物形象中时有体现。《黑凤》提供了长篇小说的容量，作家更能够舒展笔墨,心灵化的表达就更加丰富到位了。

此外,《黑凤》在章节和结构安排上十分紧凑,每一章都是一个小剧场,力图在短时间内交代出人物的性格与故事情节的发展。如第一章人物的出场地点设置在丁王庄西头——一株老槐树附近的关帝庙台上,随着两个肝火旺盛的老汉吵架愈演愈烈,女主角黑凤在老汉们的争执声中出场,她的阳光爽朗与现场剑拔弩张的气氛形成鲜明的对比,也为后文黑凤顺利解决矛盾埋下伏笔。小说中"演员们"你来我往的对话构成了生动的戏剧场景,黑凤显出她的机敏灵活、敢说敢做,换朝大叔与三福大叔的老当益壮、干劲冲天的精神面貌也印记在读者脑海中。再如第九章写黑凤告别父母,与李月艳赶往炼钢现场;第十章写路途中与芒芒偶遇,黑凤与李月艳二人对芒芒各怀心思;第十一章至第十五章中,直接将黑凤与李月艳放置于炼钢营地的艰苦环境中,为二人设置了各种考验与挫折,在面对困难、解决困难的过程中,李月艳表现出与黑凤不同的思想做派,芒芒也察觉出自己对黑凤的感情,二人爱情逐渐萌发。章节之间环环相扣,这种戏剧性地推动情节发展的笔法,很容易吸引读者一路阅读下去。

与故事情节线性发展相对应的是小说的场面描写。胡适曾说,短篇小说是"用最经济的文学手段,描写事实中最精彩的一段,或一方面,而能使人充分满意的文章",而"一人的生活,一国的历史,一个社会的变迁,都有一个'纵剖面'和无数'横截面'",将"横面截开一段,若截在要紧的所在,便可把这个'横截面'代表这个人,或这一国,或这一个社会。这种可以代表全部的部分,便是我所谓'最精彩'的部分"。[①]王汶石深谙这一艺术技巧,他的小说大多以新中国社会主义建设初期为故事背景,采取"横截面"的方式描写农村日常生活中"最精彩"的部分,其每部作品都在尝试不同的形式创新。在《黑凤》中,也时常可以看到作家把矛盾冲突中的人物放置在一个个"小剧场"中,故事发展波澜起伏,层

---

① 胡适:《论短篇小说》,见《短篇小说集》,胡适译,安徽教育出版社,1999年,第80页。

层推进。读者好像坐在台下的观众，人物的嬉笑怒骂都以最直观的方式呈现出来，加上生动幽默的生活化语言，每个人身上发生的故事和人物对话，不时让读者发出会心一笑。

由于一定程度上吸取了西方文学资源，特别是"戏剧化"的创作技巧，王汶石小说的个性特色强化了，但这一"创新性"也只是相较于同代作家而言，并没有从根本上解决存在于"十七年"小说中的普遍问题，即除了主题单一还有艺术手法的单一。王汶石的一系列谓之成功的短篇小说，以及之前的中篇《阿爸的愤怒》，之后的长篇《黑凤》，艺术风格上并未有明显的突破或转换，保持乃至固化了清新俊秀、细腻峭拔的风格基调，这使得他在同代同类小说家中有了属于自己的辨识度。

一种适合短篇小说创作的艺术手法，比如"戏剧性""场景化"和强化"性格冲突"等，运用在长篇小说中，对小说局部的精彩呈现依然有无敌的力量，但是对长篇小说所需要的丰富和深厚，甚至形成某种非确定性的艺术张力来说，仅有故事的跌宕起伏和性格的鲜明突出还是远远不够。《黑凤》中的故事发生在轰轰烈烈的"大跃进"背景下，"大跃进"运动从1958至1960持续了两年，小说内容又集中在1958年秋天到初冬这段时间，写丁王庄的秋收、秋播和秋翻地的日常农活与山上开展的土炉炼铁运动。以传统长篇小说而论，小说的题材内容似乎不足以支撑起一个深远和广阔的艺术空间，王汶石也没有像柳青那样给《创业史》设计了一个类似前史的"题序"，以造成小说深厚的历史感和整体性，单看《黑凤》的开局和主人公上场，即可看出小说格局的不同。此外，王汶石依然延续了自己所擅长的截取局部呈现故事，连缀诸多"戏剧化"的精彩场景，以展开农村新生活画面和描写新型的农民形象。有所变化的是，《黑凤》中的生活场域还是有明显拓展，村中和山上的故事两相照应，事件丰富，结构错落，人物形象也成系列化，但总的来说还是一种平面的、现在进行时态上的艺术运行。加上小说后半部分对人物处理比较仓促，比如重要人物月艳和丁世昌的性格发展都没有很好地完成，基本上是交代性地处理后戛然收尾,今天来看就是小说的延展性和从容度不够。从王汶石当时的创作自述中可以看出,他起先确实是将其当作一部中篇小说来创作的,写作过程中逐渐向长篇发展,最终还是形成了一个长篇小说的体量。①如果开始是中篇小说的预设,在反映生活的深广度上、结构框架的搭建上和形象序列的铺设等方面,可能就有了先天的局限,从而根本上影响了长篇小说的完成度。毕竟衡量一部成功的长篇小说,篇幅长度只是一个形式上的指标。从这个角度看,无论作家王汶石,还是后来的批评家和研究者,在对《黑凤》是中篇还是长篇的问题上没有达成一致的看法②,应该也与对长篇小说的内在衡量标准有关。

陕派作家的长篇小说情结与创作"未完稿"现象

早年全面综合研究王汶石创作的韩望愈在他所著的《汶石艺概》中论述到王汶石的短篇小说成就时,指出作家"没有去写长篇小说,而专攻短篇","是有自己的指导思想和追求的"。论及王汶石对鲁迅、契诃夫、高尔基短篇小说的欣赏,以及钟情短篇小说反映生活的及时便捷和"以一斑窥全豹"的艺术特点,都是令人信服的。③但这并不能证明王汶石没有写长篇小说的想法,实际情况是,在1958年的日记中,已经明白记载过他写作长篇小说的构思,并且"已经做好分章的提纲",准备写"三十章或三十

---

① 作者在1959年12月31日的日记中,记录了自己正在创作"中篇小说"的情况:"中篇小说,没有写完,只写了三分之一多些,而且可能要将它废掉。"在1962年4月26日的日记中又写道:"今天又开始写中篇。"见《王汶石文集》第4卷,陕西人民出版社,2004年,第361、467页。
② 谭霈生:《进攻的性格——读中篇小说〈黑凤〉》,见高彬、晓渭主编《王汶石纪念文集》,陕西人民出版社,2008年,第512页。此文称《黑凤》"这部二十多万字的中篇小说"。
③ 韩望愈:《汶石艺概》,陕西人民出版社,1986年,第140—141页。

节。三十多万字。"①1959年的日记中有了更大规模的长篇小说写作计划:

  从今年起到一九六九年,这十年内,除继续写短篇小说之外,计划写十部连续性的长篇小说,总名叫做《乡村风云录》:

  第一部《自由人》(写农民破产,一九四五年前后)

  第二部《铁权》(写农民自发的反抗、流亡,一九四六年前后)

  第三部《愤怒的枪弹》(写革命武装斗争,一九四七年)

  第四部《主人》(写土改,一九五零年)

  第五部《粮车》(写统购,一九五三年)

  第六部《穷汉们》(写合作化,一九五四年)

  第七部《最后一次寒潮》(写一九五七年春天的风波,一九五七年)

  第八部《万村灯火》(写大跃进与公社化,一九五八年)

  第九部《炼》(大办钢铁,一九五八年)

  第十部《路上》(写公社第一年,一九五九年)

  这十部书,从解放前一直到中华人民共和国建国十周年。每部十五万至二十万字,在广泛的基础上,概括这十几年,或者说是近代中国农村的重大变化。

  要完成这个巨大变化,需要一个既不远离农村而又相当安静的环境,实行深居简出,埋头工作。需要非常单纯而诗化的心境进行。这个环境,还得想些法子找一找。真难啊……②

  从这里引用的1959年8月20日的日记全文,可以见出王汶石当年是有相当宏伟的长篇小说创作构想的,试图以十卷本的长篇巨制全景式地表现20世纪中期中国历史发生的巨大变革,以及社会主义开创时期农民心理变迁

---

① 王汶石:《日记》(1958年3月9日),见《王汶石文集》第4卷,陕西人民出版社,2004年,第307页。
② 王汶石:《日记》(1959年8月20日),见《王汶石文集》第4卷,陕西人民出版社,2004年,第354页。

的完整过程。然而,这一宏大的愿望并未真正实现。

王汶石从1950年正式开始小说创作,第一部是中篇小说《阿爸的愤怒》,"原先想写八千多字,结果写了三万多字"。此时的他已经有了小说艺术的自觉性,总结第一次写作的经验教训时,考虑到人物的出场、对话,"结构上要讲究严密,特别是结束的时候",努力"克服写作中的盲目性"。[①]其后坚持阅读中外优秀小说作品,至1955年与中国青年出版社签订一部短篇小说的出版合同。当担负的组织管理工作与创作有冲突时,王汶石曾表示想集中力量创作。当时文艺界流行"让作品发言吧!"这样的口号,作为一名文艺领导者,也"必须写出东西来",作品有影响了,才能获得读者乃至组织的信任。1956年开始短篇小说创作计划,"打算写十个以上的短篇,一个戏。并开始写一个中篇。这个中篇我将使它的内容涉及农村各个方面"[②]。这个时期,参与火热的农村社会主义建设生活、强烈的创作冲动和长期的写作规划纠结在一起,王汶石既为自己没有写出一本成功的作品而焦虑,又不愿意太过冒失,他想"悄悄地写出一本书来","稳稳当当地打几个胜仗,才可以把自己的士气提高起来"。[③]短篇小说集《风雪之夜》中的大部分作品是在这个过程中得来的。除了短篇创作外,此期间的日记中也不时出现有关长篇写作的话题,以王汶石一贯行事风格看,即使已经开始酝酿长篇小说,也不会高调对外宣示。王汶石和同时代的杜鹏程、柳青一样,对长篇小说有着神圣的追求,他希望能写出像《静静的顿河》《苦难的历程》这样的史诗性作品,但对自己能否真正驾驭长篇艺术形式,并不是非常自信,在努力创作短篇小说的同时,也将其当作艺术的磨炼过程。这令我们联想到深受王汶石影响的后辈作家陈

---

① 王汶石:《日记》(1950年10月12日),见《王汶石文集》第4卷,陕西人民出版社,2004年,第1页。
② 王汶石:《日记》(1956年1月9日),见《王汶石文集》第4卷,陕西人民出版社,2004年,第277页。
③ 王汶石:《日记》(1956年1月28日),见《王汶石文集》第4卷,陕西人民出版社,2004年,第285页。

忠实，他描述自己在20世纪80年代中期准备写作《白鹿原》时说："长篇小说是一种令人畏怯的太大的事，几乎是可望而不敢想的事。我想唯一能使我形成这种敬畏心理的因由，是过去对诸多优秀长篇包括世界名著阅读造成的畏怯心理。我此时写中篇小说正写到热处，也正写到顺手时，我想到至少应该写过10个中篇小说，写作的基本功才可能练得有点眉目。"[①]陈忠实早年走上文学道路时，曾经受到"柳青的《创业史》和王汶石的《风雪之夜》的最直接启示"，"短篇小说集《风雪之夜》里的十几个短篇，作为范本不知读过多少遍了"。[②]可见，陈忠实准备走进长篇小说创作的敬畏心理，与前辈作家曾经的认真和审慎态度何其相似，也可谓之两代陕西作家文学精神传承的一种表现。

《黑凤》是王汶石从短篇小说向长篇小说进发的一次尝试，此时王汶石的短篇小说已经写得非常纯熟了，正是因为心怀构筑长篇小说的宏伟理想，使得这部小说的创作过程显得过于曲折漫长。用王汶石自己的话说："搞了几年了，草稿未成，便废弃了三次，腹稿也变更了几番。"到1962年4月"又从头干起"，"第一页就写了几十次开头，总不满意，总觉得文字的音调、节奏、平仄、字形等等，还没有达到高度的和谐与富有感染力"。"现在，第一页总算写下来了，还有不满意之处，只有日后再返回来修改。三百多字，整整花了一天时间，再加上晚间的三小时。"[③]1963年7月《黑凤》出版后，王汶石还反复修改过小说，后几章甚至是重新写过了。1964年《黑凤》重印后王汶石又进行了第五次修改，他在日记中记录说："最后五章改动很大，有一两章已经面目全非了。经过这一番修改，看起来比过去好一点，但还是不满意，故事发展，气还不顺，留待以后再改。"这一稿修改后，"月艳的结局变了，下一步很想再写一部书，

---

① 陈忠实：《寻找属于自己的句子》，上海文艺出版社，2009年，第2—3页。
② 陈忠实：《为了十九岁的崇拜——追忆尊师王汶石》，见高彬、晓渭主编《王汶石纪念文集》，陕西人民出版社，2008年，第36页。
③ 王汶石：《日记》（1962年4月26日），见《王汶石文集》第4卷，陕西人民出版社，2004年，第467页。

以月艳和她的丈夫（一个乡村青年医生）为主角，写他们献身农村，为人民服务的奋斗生活。这样一部书，可以和《黑凤》连接起来，发生横的关系。"①历史已经走到了1966年，中国青年出版社预约在这一年再版的第五稿最后并没有问世，甚至这部书的修改稿，也在政治运动中遗失。当年的责任编辑王维玲在将近半个世纪后写的追忆文章中说："他这次对《黑凤》的修改，肯定是花了很大心血和精力，下了功夫的。把黑凤与月艳这一对矛盾，从尖锐对立到缓和化解，表面看是小说情节和人物性格的变化，内核是当时政治公式和创作公式的突破。而且汶石还计划，以月艳为主角再写一部中篇小说，这应该看作他认识上的一个重要飞跃。可惜的是这个版本被'文革'扼杀，没能使《黑凤》写作和出版的历程画上一个圆满的句号。"②以月艳为主角的《黑凤》的姊妹篇构想自然也无法实施，1959年日记中规模宏大的长篇小说写作计划，更成了作家的梦中泡影。

不只王汶石，同时代陕西作家中以长篇小说创作名世的杜鹏程和柳青，也都留下了创作"未完成"的遗憾。1957年8月号《延河》发表的杜鹏程的中篇小说《在和平的日子里》，成为杜鹏程《保卫延安》之后最有影响的作品。这部中篇是杜鹏程当时正在创作的长篇小说《太平岁月》中的一章，因为《延河》向作协驻会知名作家约稿而拿出发表。杜鹏程一直梦想着像托尔斯泰一样写出《战争与和平》这样的史诗性巨作，1954年他以《保卫延安》完成了自己的"战争"书写后，继续以《太平岁月》书写"和平"。1963年《太平岁月》初稿完成，只是命运弄人，在后来的政治运动中小说手稿被查抄收缴，直至1978年才重新回到了杜鹏程手上，此时的杜鹏程决心对这部小说进行大幅度的修改，但饱受摧残的病体难以支撑他完成这样宏大的工作，《太平岁月》终于搁浅，成为杜鹏程晚年心中最

---

① 王汶石：《日记》（1965年12月30日），见《王汶石文集》第4卷，陕西人民出版社，2004年，第614页。

② 王维玲：《追忆汶石》，见高彬、晓渭主编《王汶石纪念文集》，陕西人民出版社，2008年，第123页。

大的遗憾。柳青的《创业史》也是如此，作家原本计划在1969年完成《创业史》四部，以写出合作化运动的全过程，但因1966年政治运动的来临而中断了写作。新时期柳青抱病修订了再版的《创业史》第一部，改定出版了第二部上卷和下卷前四章，计划中的四部巨著终未能完成，也造成柳青创作生命中无法弥补的遗憾。

  杜鹏程、柳青和王汶石，探究他们长篇小说的"未完稿"现象，时代社会悲剧带给他们的精神与身体伤害固然是最重要的原因，另一方面，也因为他们对自己的创作有更高的期许，立下了更高的文学标杆，至少要达到乃至超越自己已经问世作品的水准，才有出版的价值。而实际上，外在社会环境和自身的思想艺术局限又限制了他们向理想境界的攀升，于是在无奈和不甘中放弃，也更强化了这一代作家命运的悲剧色彩。柳青晚年拼尽全力修改出版的《创业史》第二部依然只是半部作品，而且内容上不可能改变过去时代打下的思想烙印，艺术上也存在着明显的缺陷，柳青没有来得及加工到位，就抱憾而去。对当时处于新的社会变革初期的柳青来说，"当现实的发展和变化超越了他的构想甚至想象时，当他的主观愿望与他所描写的客观生活发生了矛盾时，他下笔有些迟疑，思想也有些犹豫了"[1]。在刘可风的《柳青传》所记录的柳青晚年谈话中，可以触摸到柳青在新时期前思想发生的变化，他开始质疑并进入可能的理性思考，而这一切又与《创业史》单一明确的政治主题形成了一种矛盾纠结，导致在修改第二部时举步维艰，即使没有身体的原因，这样的精神状态也决定了《创业史》的后两部其实无法继续写下去。从柳青故去的1978年到1991年，杜鹏程比柳青多经历了十三年的改革开放的新时期，在晚年他从自己推及对"十七年"一代作家创作的反思："我们这一代对文学的理解很狭窄，这是相当普遍的。就我个人而言，学习文学的过程，就是不断破除对

---

[1] 邢小利、邢之美：《柳青年谱》，人民文学出版社，2016年，第153页。

文学狭窄理解的过程。"①当有十几家出版社找到他，说《太平岁月》不必大改，做些文字修订即可出版，但杜鹏程十分严肃地表示他不同意如此出版，"他说经过'文革'很多观念已有变化，要大改小说，乃至重新写过。后来的事实证明，他的这个宏图大愿只是一个乌托邦，他后来不只身体不允许，事实上，他的思想观念也与时代有了距离，晚年只得放弃这一计划"②。三位老作家中，王汶石是最后离世的，但他始终没有再续他的长篇小说写作梦想，除了晚年重病缠身以外，同样也困扰于时代变革和文学观念的抵牾。虽显得不合时宜，但王汶石一直坚守自己的文学信念，以塑造社会主义新人的艺术典型为至高理想。20世纪80年代中期，王汶石在书信中讨论当时的作家新作时，提到"人们都不喜欢'英雄'、'先进'这类字眼，也不喜欢这种观念，文艺界也同样如此，人们不相信现实中这类人物的存在"③，话语间不无失落与寂寥之情。直至1997年，王汶石还在给友人的信中说起小说《黑凤》："只可惜，这种全民土法炼铁，后来被证明是不成功之举，《黑凤》一书的命运也就受到了致命的影响。我不知当年的读者现在如何，而我的心头，至今还常常活跃着黑凤姑娘、芒芒、葫芦以及月艳们的身影。我是深深地爱她（他）们的。"④晚年回顾自己的写作生涯，想起《黑凤》下落不明的最后修改稿及其构想中的姊妹篇，还有早年宏伟的长篇小说创作计划，王汶石与杜鹏程、柳青一样，也给后人留下了英雄豪杰壮志未酬的遗憾与慨叹。

王汶石自己曾说过："人是跳不过自己的影子的，作家也难跨过自

---

① 赵俊贤：《杜鹏程、魏钢焰审阅〈论杜鹏程的审美理想〉初稿后谈意见》，载《秦岭》2017年春之卷。
② 赵俊贤：《〈在和平的日子里〉的文学史价值》，载《文艺报》2017年6月23日。
③ 王汶石：《关于〈跋涉者〉致焦祖尧信两封》，见《王汶石文集》第3卷，陕西人民出版社，2004年，第485页。
④ 王汶石：《致段国超信三封》，见《王汶石文集》第3卷，陕西人民出版社，2004年，第568页。

己的生活阅历。"①当年震动文坛的《风雪之夜》，让他几乎成了被公认的"中国的契诃夫"，熟悉他的诗人雷抒雁认为："比起那些低劣的应声随唱者，王汶石巨大的文学才华帮助了他，使他在文学史上还留下了一页。"②同时其生活与成长的时代社会的制约，以及自觉的"革命作家"的身份认同，使他和柳青一样没有充分施展自己的文学才华，但时至今日，依然没有人否认他们优异的文学潜质。一代作家在文学征程上盛衰沉浮的命运，浓缩着一个时代的文学的以及超出文学的重要话题，需要后人继续回返历史、深入探讨和细致评说。

原载《西北大学学报》（哲学社会科学版）2023年第4期

---

① 王汶石：《我从事小说创作之前》，见《王汶石文集》第3卷，陕西人民出版社，2004年，第127页。
② 雷抒雁：《一个优质作家与他的劣质时代》，载《小说评论》2007年第2期。

1980年代文学潮流中的路遥与陈忠实

在中国当代文学史的教学和研究中，我们常常看到将路遥和陈忠实的主要创作成就，分别放在上个世纪80年代和90年代这两个既相互联系又有显著区别的文学语境中进行讨论，更多看到他们的创作与这两个文学时代不同的互动关系。这种考察文学历时性变化的思路固然有其合理性，但我们往往忽略了一个事实，他们其实是在一个共时性的文学环境中走入各自的长篇创作的。关于路遥和陈忠实的创作比较，已在陕秦地域文化和柳青为代表的现实主义传统等视阈中，有了比较丰富和深入的探讨，本文从《平凡的世界》和《白鹿原》创作发生的时间为切口进行新的考察，试图对两位作家文学个性的形成与变化，从创作内外部因素及其作用上，有更为细致和深入的把握。

一、以1985年为入口

关于创作的发生，有如下的时间对比：

1983年春夏之间，路遥在《人生》产生的强烈而持久的轰动效应中渐渐冷静下来，他萌生了一个"大胆的想法"，"决定要写一部规模很大的书"。①经过紧张的准备，1985年秋天，路遥来到铜川的陈家山煤矿，开始

---

① 路遥：《早晨从中午开始》，西北大学出版社，1992年，第35页。

了《平凡的世界》的写作。

1985年秋天，陈忠实完成了八万字的中篇小说《蓝袍先生》，在这次思想的突破和创作的进步中，发生了陈忠实自己也始料不及的事，"《蓝袍先生》的写作，引发出长篇小说《白鹿原》的创作欲念"[①]。同样经过紧张的前期准备，1988年春天，陈忠实回到灞河西蒋村原下小院，开始创作长篇小说《白鹿原》。

《平凡的世界》开笔和《白鹿原》萌动，交集于1985年，是偶然，也有必然。同时期发生的另一个重要事件是，1985年8月，路遥和陈忠实共同参加了中国作协陕西分会在延安和榆林两地召开的"陕西长篇小说创作促进座谈会"。这个会议是基于当时陕西长篇小说缺失的状况而召开的，正如陈忠实后来所言："到了1985年，陕西尚未有一部长篇小说诞生，两次茅盾文学奖评选，陕西作协没有办法推荐一部参评作品。"[②]这次会议分析了陕西长篇小说落后的原因，并制定出三五年内陕西长篇小说创作发展的规划，相当于一次长篇小说创作的动员会。事实上，正是这次促进会两年后，路遥完成了《平凡的世界》第一部，贾平凹出版了《浮躁》，此后陕西每年都有不少数量的长篇小说出版，直至1993年"陕军东征"现象的出现，"形成了这个群体创作大释放的状态"[③]。所以，路遥和陈忠实进入长篇创作，既有着相似的谋图个人创作突破的诉求，也是中国当代和陕西地域文学群落整体突进的结果。

而文学史叙述中的1985年，正是中国当代文学的又一个转折年头。转折的到来，既有现实主义文学主潮经由回归、深化走向开放的趋势推动，更直接的催化力量，则来自1985年前后以西方现代主义为思想核心的新潮文学的冲击。所谓"85新潮"，在批评家的笔下被形容为"雪崩式的巨

[①] 陈忠实：《寻找属于自己的句子》，上海文艺出版社，2009年，第33页。
[②] 陈忠实：《关于陕西长篇小说创作的回顾与展望》，载《小说评论》1995年第4期。
[③] 同上。

变"①，其主要原因在于代表新潮流的现代主义文学向传统现实主义发起了前所未有的挑战，确切地说是"多样化文学的渴求向着单一化的模式的挑战"②。由此造成中国当代文学史上空前繁盛和复杂的创新态势，标志着一个文学自觉时代的真正到来。面对文学新潮的冲击，每一个有思想的作家都不可能熟视无睹，他们必然要对中国文学传统和现代主义创作经验及其复杂关系，进行新的深入思考。对于路遥和陈忠实来说，这也是他们思想最为活跃、最富创新意识的年头。

路遥曾经在他的长篇随笔《早晨从中午开始》中回忆，庞大的艺术创造工程一旦拉开序幕，首先遇到的问题就是："用什么方式构造这座建筑物？""这个问题之所以最先提出，是因为中国的文学形势此时已经发生了十分巨大的变化。各种文学新思潮席卷全国。"③在创作方法上如何选择？从《人生》到《平凡的世界》，守旧还是趋新？这是此时放在路遥面前的既迫切又决定胜负的严峻选择。陈忠实在他后来重要的创作手记《寻找属于自己的句子》中，特别写下"难忘1985，打开自己"的专题申述，他开宗明义地说："1985年，在我以写作为兴趣以文学为神圣的生命历程中，是一个难以忘记的标志性年份。"④陈忠实创作生命中发生的最重要的一次转折，同样不期然地撞在这个时间节点上。陈忠实一直记着1985年的一个细节：早春三月，中国作协在河北涿县（今河北涿州市）召开"农村题材创作"研讨会，"现代派和先锋派的新颖创作理论，有如白鹭掠空，成为会上和会下热议的一个话题。记得是在大会安排的发言中，我听到路遥以沉稳的声调阐述他的现实主义创作主张，结束语是以一个形象的比喻表述的：'我不相信全世界都成了澳大利亚羊。'"陈忠实则表示："尽管我没有任何改易他投的想法，却已经开始现实主义写作各种途径的

---

① 李陀：《往日风景》，见《今日先锋》编委会编《今日先锋丛刊》第4辑，生活·读书·新知三联书店，1996年，第126页。
② 谢冕：《通往成熟的路》，载《文艺报》1983年第5期。
③ 路遥：《早晨从中午开始》，西北大学出版社，1992年，第40—41页。
④ 陈忠实：《寻找属于自己的句子》，上海文艺出版社，2009年，第33页。

试探","我仍然喜欢现实主义创作方法,但现实主义写作方法必须丰富和更新,寻找到包容量更大也更鲜活的现实主义"。[1]这是路遥与陈忠实在共同面对新潮文学话题时,一次难得的现场交集和思想碰撞。此刻的路遥和陈忠实,毫无疑问是踏入了一个共同的文学时代。他们都在思忖自己的创作实际,作为曾经的现实主义写作方法共同的坚定的遵循者,路遥依然固执地坚守,而陈忠实却有所松动,不排斥自己会有试探的可能。

1985年前后,现实主义与现代主义交锋的时候,由"伤痕文学"深化而来的"反思文学"创作,正在向"寻根文学"推进。"寻根"的发生,一方面是反思文学更往中国历史纵深处开掘的趋向使然,另一方面也是追踪现代主义的结果。正是拉美魔幻现实主义给了中国当代作家回到本民族文化传统的启示,而西化思潮强势来袭所引发的"我们的根在哪里"的文化焦虑,也从反面促进了"寻根文学"的萌发。1985年的文学运动正可以视为新潮和寻根的一体两面。

作家韩少功在1985年发表了后来被称其为"寻根派宣言"的《文学的"根"》一文,他敏锐地注意到,在作家们如饥似渴地盯着席卷而来的海外新思潮的同时,"作者们开始投出眼光,重新审视脚下的国土,回顾民族的昨天,有了新的文学觉悟","十九世纪的俄罗斯文学以及本世纪的日本文学,不就是得天独厚地得益于东西方文化的双重双面影响吗?"[2]正是在现代主义和寻根意识相克相生、得失相成、阴阳相因的过程中,80年代中国文学发生了全面转折和深刻变化。这场文学运动超越"现代派"和"寻根派"文学本身的更大意义,在于中国当代作家对"自我"的发现,也正如韩少功所言:"万端变化中,中国还是中国,尤其是在文学艺术方面,在民族的深层精神和文化特质方面,我们有民族的自我。我们的责任是释放现代观念的热能,来重铸和镀亮这种自我。"[3]

---

[1] 陈忠实:《寻找属于自己的句子》,上海文艺出版社,2009年,第42—43页。
[2] 韩少功:《文学的"根"》,载《作家》1985年第4期。
[3] 同上。

在陕西作家群体中，通常被纳入文学史叙述中的"寻根派"作家是贾平凹。而这场汹涌澎湃的文学浪潮之于路遥和陈忠实这两位作家的冲击作用，则发生在他们全然不同的"自我"确认和个性重塑中。陈忠实成长生活的陕西关中，是儒家文化的重要发祥地，当他在现实变革的触碰下开始思想上旧的"剥离"与新的"寻找"时，卡朋铁尔走入海地"寻根"和由完全的"现代派"转而探索魔幻现实主义的创作道路启发了他。重新发现儒家文化以及沉入关中近百年历史文化文献的查阅，使陈忠实在自己的"寻根"过程中逐渐转换了创作思想。也就是在80年代的这场文化寻根热潮中，陈忠实深得李泽厚"文化心理结构"理论的启示，他服膺并实践此理论而创作的中篇小说《蓝袍先生》取得成功后，便以新的塑造人物途径走入《白鹿原》的创作，突破沿袭已久的传统"典型论"方法，真正找到了"属于自己的句子"。

陕北作家路遥脚下的文化岩层则完全不同，多种文化和文学思潮碰撞交汇的当口，路遥依然沉醉于黄土地的深情呼唤，选择了坚守自己的位置。他清楚自己已然是潮流的"反叛者"，他甚至设想"这部作品将费时多年，那时说不定我国文学形式已进入'火箭时代'，你却还用一辆本世纪以前的旧车运行，那大概是十分滑稽的"[①]。当新潮文学的"火箭"打乱原有的文学阵营、向现实主义发起挑战的时候，路遥的"旧车运行"则以反弹的力量制衡文学思潮，与其说新潮对路遥没起作用，不如说是更大的反作用成就了路遥，他代表着从未停息过的传统现实主义文学流脉。由此可观中国当代文学的发展态势，正从1985年走向自由多元和兼容并包的新阶段。

1985年的中国文学在"打开自我"后致力于"寻找自我"和"重铸自我"。路遥同样经历了深入的自我反思而重新确立了独一无二的"自我意识"。在多元和自由的文化环境中，不能将路遥的选择理解为简单的守

[①] 路遥：《早晨从中午开始》，西北大学出版社，1992年，第42页。

旧，而当看作别一种彰显"自我"的姿态。从"个我"觉醒的意义上看，路遥与1980年代的文学精神走向是一致的。

二、遭遇马尔克斯

路遥与陈忠实同为1940年代生人，他们都来自乡土，同属陕西的"农裔城籍"作家群。他们爱上文学、萌发创作冲动的时代，却因出身贫寒和遭逢文化专制运动，限制了本该获取的文学艺术的丰富滋养。即便如此，他们还是竭尽可能搜罗文学读本。正是早期有限的阅读打开了认识外部世界的窗口，也形成他们文学观念和审美意识的最初底色。经历了又一次历史巨变后的1980年代，路遥和陈忠实在面临创作新的突破时，依然凭借阅读资源进行又一轮的知识纳新和思想启蒙。所不同的是，居于前沿的世界文学经验和学术成果成为此时中国作家关注的重点，很多作家借此完成了思想观念和艺术思维方式的破冰之旅。

历史的机缘使哥伦比亚当代作家马尔克斯成为中国作家心目中最耀眼的文学巨星，路遥和陈忠实也是在马尔克斯走入中国时较早地阅读了他的作品。从个人阅读史看，陈忠实因年长路遥七岁，接触外国文学作品也早于路遥。陈忠实在中学时代就读了肖洛霍夫的《静静的顿河》，其后有雨果的《悲惨世界》、哈代的《无名的裘德》以及契诃夫、莫泊桑的短篇小说等世界名著进入阅读视野。如陈忠实自己所言："我向来是以阅读实现创作的实验和突破的。"[1]1980年代中期的阅读则主要针对正在构思中的长篇小说《白鹿原》，是一种"寻求艺术突破的'蓄意'阅读"[2]。自《白鹿原》面世以来，有关《白鹿原》与《百年孤独》的影响比较研究不时有见，"模仿"之说也不鲜听到。陈忠实自己则如是说：最早读《十月》上刊发的《百年孤独》，读得"一头雾水，反复琢磨那个结构，仍是

---

[1] 陈忠实：《寻找属于自己的句子》，上海文艺出版社，2009年，第37页。
[2] 邢小利：《陈忠实传》，陕西人民出版社，2015年，第123页。

理不出头绪,倒是忍不住不断赞叹伟大的马尔克斯,把一个网状的迷幻小说送给读者,让人多费一番脑子。我便告诫自己,我的人物多情节也颇复杂,必须条分缕析,让读者阅读起来不黏不混,清清白白",而在读了王蒙的《活动变人形》和张炜的《古船》后,则是"完全不同《百年孤独》的感受,不是雾水满头而是清朗爽利"。①于是得到了关于小说结构的启示,那不是一个简单的方式方法问题,"不是先有结构,或者说不是作家别出心裁弄出一个新颖骇俗的结构来,而是首先要有对人物的深刻体验,寻找到能够充分表述人物独特的生活和生命体验的恰当途径,结构方法就出现了"②。事实证明,至少在结构框架上,《白鹿原》几乎没有受《百年孤独》的影响,如作家自己所言:"在形式上,我也清醒地谢辞了'魔幻',仍然定位自己为不加'魔幻'的现实主义。"③如果说阅读《百年孤独》反而让陈忠实对长篇小说的结构有了自己的判断,那就是《白鹿原》必须有适合它自己的结构形式。那么,马尔克斯使陈忠实"整个艺术世界发生震撼"④的东西究竟是什么?我以为是陈忠实反复表述过的四个字——"生命体验"。他曾明确说:"《百年孤独》是一部从生活体验进入生命体验之作,这是任谁都无法模仿的。"⑤大凡作家都要在作品中表现自己的生活体验的,但仅止于生活体验则极有可能重复别人和落入俗套,写到底也只能是一个庸常的作家。《百年孤独》的阅读启发陈忠实更加专注于自己生活的这块土地,专注于比拉美文明史还要更加久远深厚的中国秦地上的昨天和今天。而作家一旦以自己的生命体验与曾经生息在这块土地上的祖祖辈辈建立起生命感应的通道,古老白鹿原上的历史人物就带着他们鲜活的人生故事纷至沓来,其中包括那些生命体验中的"非现实的一面",由此达到对民族历史文化新的理解。阅读马尔克斯让陈忠实领

---

① 陈忠实:《寻找属于自己的句子》,上海文艺出版社,2009年,第39页。

② 同上,第40页。

③ 同上,第45页。

④ 陈忠实:《关于〈白鹿原〉的答问》,载《小说评论》1993年第3期。

⑤ 陈忠实:《寻找属于自己的句子》,上海文艺出版社,2009年,第45页。

悟了只有在自己民族的土地上获得灵感，才能创造出属于自己民族的"秘史"。作家只有在生命实践的更高层面上才可能抵达文学创作的更高层面，其创作也才会带上作家不可复制的艺术个性。遇到马尔克斯与陈忠实此刻苦心孤诣要逃离时代共性的内心诉求碰了个正着，推动陈忠实更彻底地挣脱类型化的文学窠臼。正是在这个意义上，可以说马尔克斯对陈忠实造成了深刻的影响。

路遥为创作长篇小说《平凡的世界》所做的艰苦准备工作中，阅读经典也是最重要的环节之一。他曾给自己列了一个含近百部长篇小说的阅读书目。值得注意的是，路遥这个庞大的读书计划中，外国作品占了绝大部分，并且，除了中外文学史上那些伟大的现实主义小说，包括他第三次阅读的《红楼梦》和第七次阅读的《创业史》，现实主义以外的现代派文学同样在路遥的关注之列。他说："实际上，我并不排斥现代派作品。我十分留心阅读和思考现实主义以外的各种流派。其间许多大师的作品我十分崇敬。我的精神常如火如荼地沉浸于从陀斯陀耶夫斯基和卡夫卡开始直至欧美及伟大的拉丁美洲当代文学之中，他们都极其深刻地影响了我。"[1]"当我反复阅读哥伦比亚当代伟大作家加西亚·马尔克斯用魔幻现实主义手法创作的著名的《百年孤独》的时候，紧接着便又读到了他用纯粹古典式传统现实主义手法写成的新作《霍乱时期的爱情》。这就是对我们最好的启示。"[2]路遥所言的"深刻影响"和"最好的启示"，是指他在经过认真比较之后选择了传统现实主义的创作方法，这一选择既来自中外现实主义大师所奠定的文学基座，同时也来自现代主义潮流下的多元艺术比照。同样遇到了马尔克斯，陈忠实更多受到《百年孤独》的冲击，而路遥显然更钟情《霍乱时期的爱情》，而且，马尔克斯是在《百年孤独》面世十八年后，于1985年推出《霍乱时期的爱情》的。这就更加坚定了路遥的决心和信心，文学史并不是观念和方法简单趋新的历史，自己如

---

[1] 路遥：《早晨从中午开始》，西北大学出版社，1992年，第42页。
[2] 同上，第47页。

若一时头脑发热去追赶时髦,则极有可能写出一部速新速朽的作品,而这绝不是路遥理想中想要的"大书"。结论是:"我当时并非不可以用不同于《人生》式的现实主义手法结构这部作品,而是我对这些问题和许多人有完全不同的看法。"[①]

在很多人眼里,路遥是一个富有冒险精神的作家,是一个悲壮地倒在文学征战路上的文坛英雄。而实际上,路遥性格中潜藏的另一面是他有很强的理性控制力。他的作品大都是强烈情感冲动驱动下的写作,同时也是从反复思考乃至痛苦磨研中得来。他视古今中外一切优秀文学遗产为自己艺术创造的源头活水,尤为重视从前辈处得来的创作经验及这种经验对自己的适应性,在此基础上探寻新的创造空间,以保证自己的辛苦劳作是扎根在生活积累和艺术积累的深厚土壤之中。众所周知,《平凡的世界》带着非常浓重的时代印记,其成功和局限正相互依存于作品的一体两面。路遥清醒地意识到,轻率丢掉自己的人生本源和文学根系而盲目"赶时髦",极可能带来更大的艺术损失,"老实说,我不敢奢望这部作品的成功,但我也失败不起"[②]。这也是路遥在考虑创作方法时一个重要的心理动因。

路遥和陈忠实都在创作自己最伟大的作品之前,紧张和不无焦虑地思索着坚守与开放、继承与突破这一重大问题。从他们对马尔克斯的接受中可以看出,1980年代有关现实主义与现代主义的争论,在他们这里体现为现实主义守与变的不同,路遥是在坚守现实主义中寻求变化和突破,陈忠实则是在寻求变化和突破中坚守了现实主义。他们的思考路向看似相反实则相成,换言之,他们是在各自的探索路径上共同有力地坚持了现实主义,使之走向丰富、更新和发展的广阔道路。

---

① 路遥:《早晨从中午开始》,西北大学出版社,1992年,第42页。
② 同上,第48页。

三、读者，还是读者

与路遥当年在文坛的"孤军奋战"形成鲜明对比的是，《平凡的世界》面世后持续发酵和形成至今的"阅读热"，以致后来被命名为"路遥现象"而广受关注。批评和研究界曾经对路遥"固执的冷漠"正与路遥当年的"孤独"相关，是80年代中期"现实主义过时论"的影响所致，而普通读者对路遥"持续的热情"[①]，也正是路遥面向读者大众创作的文学价值立场所带来的阅读效应。路遥曾以现实主义的强大艺术生命力来反驳"现实主义过时论"，而另一重要的反驳依据就是读者大众的需求，他说："一般情况下，读者仍然接受和欢迎的东西，就说明它有理由继续存在。"[②]显然，路遥相信现实主义直接呈现的艺术力量，无论讴歌还是批判，都以现实主义的真实性和典型性得以抵达，只要读者能够读懂和感应生活本身，就可以顺畅地进入他的小说世界，从而实现他为最广大的读者群写作的至高理想。

除了文学观念和审美偏好，"为谁写"是路遥创作中考虑最多的问题，而"为谁写"的诉求其实也统一在他的文学观和审美观之中。从根本性而言，在一个纯小说形式技巧的层面讨论路遥的小说，本身就没有抓住理解路遥的关键。路遥从开始走上文学道路，秉承的是社会主义现实主义文学传统中的人民性美学倾向，如研究者所言："延续《讲话》以降，中经柳青实践的现实主义传统，属强调文学的经世功能，不为'自己或少数人写作'，而是把'全心全意全力满足广大人民大众的精神需要'作为写作目的的路遥的必然选择。""路遥的读者想象及其对'反潮流'的自

[①] 赵学勇：《"路遥现象"与中国当代文坛》，载《小说评论》2008年第6期。
[②] 路遥：《早晨从中午开始》，西北大学出版社，1992年，第47页。

我设定，无疑包含着对人民伦理的价值坚守。"①路遥因此而明确表示，"我们不能因此而不负责任地丢弃大多数读者不顾，只满足少数人。更重要的是，出色的现实主义作品甚至可以满足各个层面的读者，而新潮作品至少在目前的中国还做不到这一点"②。从"为谁写"到"靠什么赢得读者"，路遥在对现实主义的坚守中获得了思想艺术的内外自洽，从《人生》到《平凡的世界》，路遥创作所产生的广泛和深远影响，说明了在所谓"雪崩式"文学巨变发生的1980年代中期，普通读者的阅读行为仍然有效地续接着文学的过去、当下乃至未来。用理论话语来表述，就是在文学接受这一维度，仍然昭示着与文学传统的"一种深刻的同一性和连续性"③。

1985年以后文学思潮的多元分化过程中，作为文学活动中的接受主体之一的读者群，也越来越表现出前所未有的阅读自觉和自由选择意向，影响乃至支配着文学思潮的总体走向。当崇尚现代主义的作家们更多致力于"怎么写"的形式探索时，对"写什么"更有兴趣的普通读者则开始不动声色地撤离纯文学，而被市场经济推动下汹涌而至的通俗文学浪潮所吸引。这一方面给了路遥这样视读者为上帝的传统文学写作相当的发展空间，另一方面也使极端的先锋文学实验家们深感"高处不胜寒"，及至80年代末期，一部分先锋作家回眸写实传统的倾向已甚为明显。陈忠实正是在1986到1987年间，在文学思潮新旧杂糅跌宕多变的境遇中，开始构思他的《白鹿原》。

当《白鹿原》这部"头一回试笔的长篇小说快要定型的时候"，陈忠实又惊异地发现，市场这只看不见的手正在不经意间改变着旧的出版机制，随着政府补贴的取消，纯文学作品的出版遭到了"市场的冷脸"，

---

① 杨辉：《〈讲话〉传统、人民伦理与现实主义——论路遥的文学观》，载《中国当代文学研究》2019年第1期。
② 路遥：《早晨从中午开始》，西北大学出版社，1992年，第47页。
③ 恩斯特·卡西尔：《人论》，上海译文出版社，1986年，第186—187页。

"一些在文坛上颇得风光的作品,在非文学读者的更广大的读者群里不买账",总之纯文学的出版变难了。这就逼迫着陈忠实在思考长篇小说写法的时候,必须考虑小说的可读性和发行量,"你写的小说得有人读,你出的书得有人买"。唯一的出路是:"必须赢得文学圈子以外广阔无计的读者的阅读兴趣,是这个庞大的读者群决定着一本书的印数和发行量。"①于是,寻找一种既凝练准确又容易为读者接受的叙述语言,就成了陈忠实面临的关乎作品成败的又一个关键。

陈忠实经历了艰难痛苦的思想蜕变,他期望自己的《白鹿原》能彻底摆脱旧的思想禁锢和创作模式,在对小说超越性启示的探寻中重塑自己的艺术个性,其中也包括叙述语言系统的重新建立。为此他也曾自觉地学习西方诸流派艺术大师的叙述方式,思考他们对自己的可借鉴性。基于三个方面的原因可以判定陈忠实不可能改弦易辙走向先锋实验。一是他身上沉积着稳固的传统现实主义基因,痛断与传统母体的"脐带",是为了让自己成为独立的艺术生命个体,而非证明自己已经不是柳青的文学传人。二是他同样相信现实主义,尤其相信现实主义具有非凡的自我艺术调试能力,"在陈忠实看来,'放开艺术视野,博采各种流派之长'的现实主义,其强大的艺术表现力在于它仍然能够胜任个人化的叙事,仍然能够承载作家的异质性思考。"②第三个原因便是"读者",几十年间从一个小说读者成长为小说家,再到自己也拥有了不少的阅读追随者,陈忠实深知对一个小说家来说,读者群就是他的衣食父母。他熟悉中国老百姓的审美趣味和阅读习惯,当他试图在《白鹿原》中进行更新现实主义的艺术实验时,从未放下过对小说可读性的思考。诸如上文已经提到的,陈忠实在阅读《百年孤独》时,因读得"一头雾水"一时"理不清头绪",他便告诫自己:"我的人物多情节也颇复杂,必须条分缕析,让读者阅读起来不黏

---

① 陈忠实:《寻找属于自己的句子》,上海文艺出版社,2009年,第57页。
② 周燕芬、马佳娜:《〈白鹿原〉:文学经典及其"未完成性"》,载《西北大学学报》2018年第1期。

不混，清清白白。"陈忠实感应到市场和读者的接受力正在对文学发展起着前所未有的影响，他对小说叙述方法和语言形态的苦心经营，既为小说实现全新思想艺术突破之必需，同时也是追求大众阅读效应的自觉努力。《白鹿原》最终赢得了读者，它成为文学性与可读性结合的成功案例，为1990年代纯文学走向"曲高和众"、雅俗共赏的理想前景，提供了非常有价值的经验。

在《平凡的世界》和《白鹿原》之前，路遥和陈忠实都未曾写过长篇小说，他们分别以中篇小说《人生》和《蓝袍先生》完成了前半段文学人生的重大突破，达到了各自的文学成就的新高度，从而面临着对自己的再一次超越。在此期间他们都曾痛苦和焦虑，都曾意识到年龄的紧迫，也都自觉到即将进入的长篇创作对他们毕生的文学追求来说，意味着什么。路遥在思考能否逾越《人生》的艺术高度时，无数次地质问自己事业的顶点在哪里？他有过一个念头："这一生如果要写一本自己感到规模最大的书，或者干一生中最重要的一件事，那一定是40岁之前。"[1]陈忠实也曾说："我突然意识到50岁这个年龄大关的恐惧。如果我只能写写发发如那时的那些中短篇，到死时肯定连一本可以当枕头的书也没有。"[2]于是他产生了强烈的创作愿望，要写一本思考我们这个民族命运的大命题的书，而且必须在艺术上大跨度地超越自己。可以肯定的是，路遥与陈忠实都是带着营造经典的文学梦想进入长篇创作的，唯其如此，他们既不肯轻率地丢掉自己的文学根系，也没有因为文学新潮的来临而乱了阵脚。在1980年代那场空前的艺术革新运动中，路遥和陈忠实的想法与做法不尽相同，但都没有站在潮流的前端，都算不上是时代的弄潮儿。或许是这样的姿态和距离成就了他们，事实证明，两部长篇小说确实达到了他们文学事业的顶点，并且再无后续。迄今为止的时间证明，《平凡的世界》和《白鹿原》已成为20世纪八九十年代以来为数不多的畅销书和长销书，影响深远，并

---

[1] 路遥：《早晨从中午开始》，西北大学出版社，1992年，第34页。
[2] 陈忠实：《关于〈白鹿原〉的答问》，载《小说评论》1993年第3期。

且从读者的广泛接受和批评研究的持续关注来看，已经进入我们对20世纪中国文学经典的考察之列。未来无可预见，或如路遥当年所言，一切"也许是命运之神的暗示"，让我们且读且期待。

原载《文艺争鸣》2020年第2期

《白鹿原》：文学经典及其"未完成性"

　　陈忠实先生在他的长篇小说《白鹿原》问世二十三年之后辞世。这位文学成就卓越、人格精神高洁的作家却未能寿享遐龄，陈忠实的离去震动了中国文坛，让热爱他的读者倍感伤痛。鲁迅当年所言高尔基的"生受崇敬、死备哀荣"，用来形容陈忠实的生前身后可谓名副其实。更重要的是，因为有了《白鹿原》这样的作品存立于世，陈忠实物质生命的终结，却极可能意味着《白鹿原》艺术生命的又一次隆重开启。从这个意义上说，真正伟大的作家，他的精神生命是永远不会向人类谢幕的。

　　《白鹿原》的创作起笔于1988年，完成于1992年。1997年有过一次修订，之后获得"茅盾文学奖"。作家之死是一种标志，《白鹿原》已经从陈忠实的怀抱中飞离而去，汇入了中国乃至世界文学的浩瀚星空之中。大凡清醒的作家都知道，每一部作品都有自己的命运，而时间"老人"和作为"上帝"的读者，将是其最终的价值裁判。法国文学评论家罗兰·巴特认为，创作有"可读的文本"和"可写的文本"两种，"可读的"指封闭自足的文本，满足短期的阅读性消费，而"可写的"则指那些具有动态性和开放性的艺术架构，它召唤着读者和研究者不断进入"重读"，并完成思想艺术的再生产、再创造。[①]如果我们以"可写性"亦即"可重读性"的有无来衡量一部作品是否有经典价值，那么《白鹿原》迄今为止的阅读

---

① 罗兰·巴特：《S/Z》，屠友祥译，上海人民出版社，2012年。

史，或许只是一个开端，换句话说，由读者参与创造的《白鹿原》，还远远没有完成。

《白鹿原》产生于上个世纪八九十年代之交的中国，这是百年历史文化转型历程中的又一个节点，远传统的几经塌陷和近传统的价值失效，使得世纪末的知识分子再次站在中国现代文化建构的起点上。在价值多元与个人出位的文化语境下，90年代的文学创作呈现出前所未有的丰富驳杂，曾经最惹人眼球的是私人化欲望化写作的热闹景观，这股娱乐大众的商业化潮流绵延至今，成为文学自由的时代表征。而在纯文学领域，从80年代一路走来，创造了新时期文学首轮辉煌的一批实力派作家，在走进第二个文学十年的时候，普遍遭遇了思想价值系统的崩裂与重构，除了有些人选择职业转向，坚守文学园地的作家大都迎来他们文学历程中最深刻的一次创作变化，陈忠实也应该算作其中之一。

言说陈忠实与《白鹿原》，离不开八九十年代这一变革中的中国社会及其文化环境，但与同时代的作家相比，他的文学命运又显得如此不同。陈忠实出生于上个世纪40年代，文学创作起步于60年代，十年"文革"，正是陈忠实迷醉于文学、在文学殿堂门前狂热摸索的时期，这就决定了陈忠实比稍后成长起来的知青代作家，更直接地受到"左"倾时代风气的影响。或许，卸除历史重负和挣脱旧的思想牢笼，对他来说显得过于艰难和漫长。几乎整整一个80年代，尽管陈忠实已经有了丰富的艺术积累，有了相当出色的创作表现，但依然没达到让他自己满意的文学高度，直至长篇小说《白鹿原》出世，陈忠实才真正迎来属于自己的黄金时代。

陈忠实留下了《白鹿原》，也留下了一部宝贵的创作手记《寻找属于自己的句子》，为我们走进作家隐秘的内心世界提供了可能准确的途径。陈忠实在书中细致描述了由创作欲念的萌发，到开始酝酿写作，直至《白鹿原》完成的全过程，贯穿其中的一个最重要的主题词，就是"剥离"。这个在其他作家那里多被称为"自我斗争"或"自我否定"的心路历程，陈忠实为其找到了一个更恰当的表述，叫作"剥离"。这样的表述凸显了思想裂变中血肉疼痛的感觉，因为在陈忠实行将背离的文学传统中，有他一直视为文学教父的柳青。他说："除了《创业史》的无与伦比的艺术魅力，还有柳青独具个性的人格魅力之外，后来意识到这本书和这个作家对我的生活判断都发生过最生动的影响，甚至毫不夸张地说是至关重要的影响。"①通过与柳青的影响关系，陈忠实也表达了自己对那个时代的政治理念和政策路线的无条件信奉和遵从。"剥离"发生的背景是80年代的思想解放运动，陈忠实所表述的"精神和心理剥离"，也夹杂着矛盾和惶惑的情绪，类似孩子甩开大人的手独自走路时无法避免的摇晃及惊恐。当时的陈忠实被分派到农村督促和落实分田到户责任承包工作，他不无震惊地想到了柳青，想到读过无数遍的《创业史》，他说："一个太大的惊叹号横在我的心里，我现在在渭河边的乡村里早出晚归所做的事，正好和30年前柳青在终南山下的长安乡村所做的事构成一个反动。"②经历过阶级斗争年代的人大约都能体味"反动"一词的丰富含义，在农村集体所有制和集体化道路终被颠覆时，陈忠实意识到自己正遭遇"必须回答却回答不了的一个重大现实生活命题"。

《创业史》曾经筑起少年陈忠实美丽的文学梦想，走上创作道路后，因小说被认为有"柳青味儿"而感到无比荣耀。而这时，《创业史》表现的合作化题材和当下现实发生了粉碎性碰撞，刺激陈忠实的同时也把他推到了新的转机面前。陈忠实写《白鹿原》，动用的是1949年以前已经成为历史的关中乡村生活，但恰恰是对新中国成立后发生的合作化运动以及柳青创作《创业史》的再思考，让他开始重新面对中国近现代半个世纪的历史生活内容，对即将进入自己小说的中国农民历史命运进行前所未有的深刻反思。今天我们阅读《白鹿原》，为什么强烈地感受到陈忠实笔下的所有历史叙述与家国忧思，都指向现实生活，指向中国的当下和未来？因为作家是以他亲身经历的"1949年后"为出发点提出问题、再回溯历史的。

---

① 陈忠实：《寻找属于自己的句子》，上海文艺出版社，2009年，第92页。
② 同上，第91页。

酝酿《白鹿原》的过程，也是陈忠实迫切地"打开自己"的过程，他曾以自己小说中的人物"蓝袍先生"为参照，来"透视自己的精神禁锢和心灵感受的盲点和误区"，表现在他自觉地将西方现代文化纳入自己的思考系统，同时要在一个多世纪风云际会的开阔视野中，去探寻那些根本性和超越性的启示。陈忠实最终用《白鹿原》回答了那个萦绕于心的重大命题，完成了自己的历史反思。如果没有经历那种艰难的自我否定、自我斗争过程，如果没有足够强大的精神力量迎接痛苦的思想蜕变，进而激发出能动地反思中国社会历史的思想力量，陈忠实期待已久的艺术创新和自我超越很难如期来临。

之所以反复强调"剥离"对陈忠实不寻常的意义，是因为其决定着作家完成艺术突破的可能性，决定着《白鹿原》成为艺术经典的可能性。有意思的是，陈忠实写作《白鹿原》时已年近半百，而且算是一个相当成熟的小说家了，但他面对《白鹿原》这一巨大的艺术工程时，那种创作的冲动和情感的燃烧状态，那种重新打开与探问半个多世纪隐秘历史生活的急切愿望，令人想到文学历史中那些勇敢开掘未知世界而一举成名的青年作家。《白鹿原》对于陈忠实，确实是一次艺术生命的神奇再生，不同的是，作家遭遇新的变革时代，自己则如期走进了人生的思考季节，之前所有的思想积累和艺术经验，都将成为这座雄宏艺术大厦的坚实基座。对于一个作家，对于一部新开张的小说，我以为，所谓"天时地利人和"大概莫过于此了。

陈忠实想要重新书写历史，重新表达自己的历史观，也想重新寻找可以依靠的文化价值系统。重新来过意味着不能固守任何既成的思维定式，也意味着要将历史生活的全部丰富性、复杂性和矛盾性都纳入小说中来，这就使得《白鹿原》整体上处于一种思想艺术的开放状态，成为各种文化价值和思想观念冲突对决的战场。作家在小说卷首引用了巴尔扎克那句话："小说被认为是一个民族的秘史。"以此为基调，《白鹿原》在中国社会政治演变、道德文化传承和个体生命进程三个维度复原小说中的历史，对人性及其演变的深层揭示则贯穿始终，这样的艺术构想已然突破了简单明确的传统窠臼，作家对历史的理解与把握已胜人一筹。他笔下的历史是一种复合体，是偶然与必然、理性与非理性、有序与无序的交织物，如果读懂了《白鹿原》，读懂了陈忠实的文学世界，一定会惊异地发现，原来一部好小说涵盖的是人生的全部，包括对人的存在本源的探照和对理想人性的终极追求。同时，陈忠实又为这个纷乱的《白鹿原》世界安放了三块思想基石，以统摄全局，维护这一艺术系统的稳定性。这三块基石就是人道主义、儒家文化和现实主义。

人道主义在新时期的回归，带有历史补课的性质，由此再出发的新时期文学确乎在人性的深刻挖掘和宽广表现中，攀上了中国当代文学一个全新的高度。诞生于90年代的《白鹿原》是一部赤诚的生命写真，作家对各色人物灵魂样态的逼真描画和蕴含其中的忧患意识、悲悯情怀，既构成这部小说的人性底色，也对新时期文学中的人性书写进行了有效的突破。毫无疑问，这是我们衡量一部作品经典价值的基本标准。对《白鹿原》一直以来最大的争议来自小说中的儒家文化内涵，这几乎成了研究《白鹿原》绕不过去的一座大山。陈忠实在他的长篇创作手记中并没有留下多少关于儒家文化的思考文字，或许我可以理解为，于《白鹿原》中，陈忠实已经用小说的笔法把自己的儒家文化观写尽了，余下的是结论，这结论却是迄今为止我们依然没有结论。陈忠实对儒家文化的重新发现并将其奉为《白鹿原》的主要思想资源，从大的时代氛围来看，源自80年代中期以来文化寻根思潮引发的对传统文化的回视，而从作家自身分析，陈忠实生长的陕西关中平原，正是儒家文化的重要发祥地，作家浸润其中，自身的文化性格也形成于此，以儒学为小说的思想之本，在陈忠实这里是一种必然的文化选择。

《白鹿原》中的儒家文化，作为小说的血肉构成了陈忠实笔下的历史生活，但我们分明读出了作家以此对话当代中国社会的强烈冲动，作家急切地想通过儒家文化由古至今的历史变迁，思考当下文化危机的由来，探寻民族救赎、人性复归的途径。这使得小说中最重要的两个人物白嘉轩和朱先生,成为文化标本式的文学形象,因而多被称为"文化典型",小说中的其他系列人物也程度不等地带着文化象征的意味。一部《白鹿原》,从始至终回响着一个沉重的叩问:儒家文化能否真的成为我们民族精神的定海神针?在恪守儒家文化传统的朱先生和白嘉轩身上,蕴含着陈忠实既有认同也不乏质疑的深刻思考,作家用文学的笔墨尽全力修复,然而并没有获取完全的文化自信。一部《白鹿原》,是一个巨大的矛盾体,留给读者的是新旧文化惨烈撞击后的一片狼藉。《白鹿原》创作的发生得益于时代变革的机缘,也必然难以逃避文化价值分裂的历史宿命。而值得我们深思的是,这种文化无解的背后,隐藏着中国当代文学迄今为止的思想高度,在通往未完成和未抵达的文学道路上,中国作家倘若不跨过这一"文化死穴",就无法建立起真正有理想价值和美学意义的文学家园。

在革命文化与传统文化的对决中,我们明显感觉到西方现代文化乃至"五四"新文化内涵的相对稀薄。这不是陈忠实个人的问题,而恐怕是这一代作家文化性格构成中的资源性缺失。在上个世纪80年代西方现代主义风行文坛的时候,陈忠实接触到马尔克斯,开始广泛阅读西方文学作品和社会文化方面的著述。使陈忠实的"整个艺术世界发生震撼"[1]的这次影响直接作用在小说创作当中,可以理解为《白鹿原》世界性因素的重要由来。一份文化遗产对作家的艺术个性发生过养成性影响,还是功能性地被作家拿来为我所用,体现在创作中终究有所不同。陈忠实走的依然是"西学为用"的路子,他对现实主义传统的坚持表现在他对民族命运的不远离,对宏大历史题材的不放弃,以及依然怀抱构筑艺术史诗的宏伟理想,依然秉持贴近历史真实、注重生命体验、传达人性关怀的现实主义精神,这些稳固的艺术基因证明了陈忠实依然是柳青的传人。而另一方面,

---

[1] 陈忠实:《陈忠实创作申诉》,花城出版社,1996年,第15页。

陈忠实自觉地用他的《白鹿原》进行了一次更新现实主义的艺术实验，实验的目的又恰恰是为了摆脱柳青，找到真正意义上的陈忠实自己。

陈忠实既推翻了业已定型乃至僵化了的现实主义思想原则，又对现实主义审美机制进行了有效的利用和调试。所谓利用，是指充分发挥现实主义小说的写实功能，大胆地呈现历史生活的真相，以小说家笔下的种种无序与非理性真实，颠覆秩序和理性的历史谎言；所谓调试，则是建立起感应古老的白鹿原的心灵通道，以作家的生命体验带动文学想象，激活白鹿原上的传奇故事和人物命运，使小说呈现"非现实的一面"[1]，突破了依赖现实经验的陈规写作。小说家并非绝对意义上的哲学家或思想家，小说不提供现成的思想结论，小说只提供可能性，提供一种富有再生性的思想场域。现实主义的艺术力量及其审美机制的开放性，使陈忠实得以用小说的形式进行一次民族秘史的勘探和关于民族命运的另类思考。正如理论家所言："现实主义的胜利意味着，作家直面的尖锐现实无情地戳破了庞大的意识形态体系。生动的感性经验赋予文学反抗意识形态的能量。"[2]我们这里讨论《白鹿原》的现实主义，无涉小说创作的流派归属问题，那不是小说意义的根本所在。在陈忠实看来，"放开艺术视野，博采各种流派之长"的现实主义，其强大的艺术表现力在于它仍然能够胜任个人化的叙事，仍然能够承载作家的异质性思考。事实上，《白鹿原》最大的思想价值，正潜藏在错综复杂的文化冲突和人性剖示中，潜藏在《白鹿原》这个极端不和谐的小说世界中。小说折射着历史的荒谬和现实的虚妄，也彰显着作家反抗意识形态壁垒的"天问式"姿态。正如日本作家村上春树形容的："假如这里有坚固的高墙，而那里有一撞就碎的蛋，我将永远站在蛋一边。"[3]这是小说存在的理由，也是我们评判小说艺术质量的重要指

---

[1] 胡风：《一个要点备忘录》，见《胡风全集》第2卷，湖北人民出版社，1999年，第633页。
[2] 南帆：《后革命的转移》，北京大学出版社，2005年，第4页。
[3] 村上春树：《高墙与鸡蛋》，见《无比芜杂的心绪——村上春树杂文集》，施小炜译，南海出版公司，2013年，第56页。

标。倘若以此为衡量标准,那些背靠"高墙"、貌似和谐整一的创作,或者只满足于艺术形式上标新立异的作家,其实是更加远离了我们对文学艺术的经典诉求。远的不说,单就脱胎于小说的电影《白鹿原》与原著相比,其思想艺术分量已然轩轾有别。从电影改编与意识形态达成的妥协、与市场和大众娱乐之间的共谋来看,电影几乎失掉了小说的思想精髓,成为徒有其表的空心艺术,造成接受效应的一落千丈也在意料之中。这也从另一方面证明了文学经典的无可替代。

陈忠实创作《白鹿原》的过程,是他不断努力寻找自己的过程,用作家很钟情的海明威的那句话表述为"寻找属于自己的句子"。陈忠实理解的文学个性,不单指向叙述语言系统的重新建立,根本上说,"寻找属于自己的句子"背后潜藏着作家小说思想的一场深刻革命。无论人性书写、文化选择还是对现实主义方法的再考量,都在陈忠实的小说革命中发挥了至关重要的作用,也留下了未能解决的思想矛盾和未能跨越的艺术障碍,留下一个伟大作家挣脱传统负累飞向艺术自由王国的艰难轨迹。昆德拉有一句名言:"所有伟大的作品(惟其伟大)都包含一个未完成的部分。"他强调,"惟其伟大"正与"未完成性"相关。[1]文学史已经证明,伟大作品的"未完成"为我们持续不断的再阅读创造了可能,无论是历史意义上的、思想意义上的,还是审美意义上的,再阅读同时也是文学再生产和再创造的过程,是面对"未完成"而努力走向完成的过程。文学经典属于过去和当下,也属于无限伸展的未来,文学经典的终极价值取决于一部作品到底能走多远,这使得经典的评判永远关系着我们对文学的理想期待,所以,"未完成"既是经典的存在方式,也是经典的魅力之源。

陈忠实的人生脚步停驻在了2016年的春天,仰望人类浩瀚的文学星空,他的《白鹿原》能飞多高飞多远?昆德拉对"未完成"进一步的表述是:作家"不仅通过他所出色完成的而且也通过他希望达到而未曾达到

---

[1] 米兰·昆德拉:《小说的艺术》,孟湄译,生活·读书·新知三联书店,1992年,第63页。

的一切给我们启示"①。如是而言，《白鹿原》深厚的历史生活描写、深刻的文化思考和人性揭示，使之经受住了二十多年的阅读考验。更重要的是，当我们把《白鹿原》视为一部动态、开放和富有未来性的小说文本时，小说承载的中国故事，就成为读者不断进入历史想象的生发点，而在作家"希望达到而未曾达到"的文本之间，又潜藏着批评家和研究者多向度阐释的种种可能。这既给了我们有关中国问题的诸多启示，也给了我们有关中国文学未来命运的深远思考。

原载《西北大学学报》（哲学社会科学版）2018年第1期
（本文系与马佳娜合作）

---

① 米兰·昆德拉：《小说的艺术》，孟湄译，生活·读书·新知三联书店，1992年，第63页。

路遥《人生》爱情内涵新解

一

路遥的中篇小说《人生》发表于1982年。将近三十年的时光淘洗，并没有使作品失去其独有的艺术魅力。《人生》是当年中篇小说大潮中出现的，至今依然为读者喜爱并为研究者持续关注的为数不多的中篇佳作之一。探讨个中原因，有如下三个方面。

其一，《人生》依然是我们认识和解读那个特定时代社会生活的经典文本。《人生》所表现的，是上个世纪70年代末开始的中国社会解冻复苏的变动迹象，及其在人的思想精神上的投影。路遥敏锐地感应和捕捉到时代变化的脉搏，并在理性的思考还没有成型的时候，用文学感性的手段，描摹出中国偏远乡村和城镇的世道人心。《人生》带着那个时代的特殊印记，叙述上也不无粗疏之处，但它最大可能地凝聚了丰富的人生内容和社会变动的诸多信息，具有复杂多义的思想内涵。更为可贵的是，路遥在巨大的情感力量推动下写就《人生》，为我们呈现出一个底层年轻人起步奋斗中，理想、激情、惶惑和痛苦交织于一体的精神世界，激起社会心理强烈而持久的共鸣。相较于路遥后来的长篇小说《平凡的世界》，中篇《人生》虽然不及前者内容宽广和深厚，艺术上趋近成熟，但传统观念和现代意识的剧烈冲突，使得《人生》中情感河流的激越程度、情感构成的矛盾焦灼状态，又超出前者。思想的矛盾乃至无解，既让《人生》切中文学的情感本质，也造就了《人生》潜在的阐释空间。

其二，集中承载着《人生》丰富内涵的高加林形象，因其塑造的生动性和现实主义典型意义，依然在当代文学人物画廊里独具光彩。对路遥来说，没有《人生》的艺术准备，《平凡的世界》无从达到超越的境界，而《平凡的世界》的成功，却不能够取代《人生》的艺术价值，《人生》在某些方面的创造，比如高加林的形象刻画，即使长篇中也很难有人与之比肩。《人生》对路遥文学世界的重要性，应该不亚于《平凡的世界》，甚至可以说，《人生》有了高加林，它在当代文学史的位置就是无可替代的。从文学研究的角度看，高加林形象，既是进入路遥广阔文学世界的入口，也是我们无法绕过的关键。事实上，从《平凡的世界》问世之日起，《人生》就与长篇研究相伴而行，或者作为人物系列中的一员，或者作为同类形象的比照，高加林本身也在形象系统研究中得到延展性认识和创获性把握。

其三，《人生》中的爱情悲剧，给人留下长久的感动和回味。《人生》中最强烈的一道亮光是高加林形象所蕴含的时代情绪和人生况味，这一切又在一个看似老旧的爱情故事框架中得以呈现。《人生》显然不是单写爱情的，但作为文学作品，它确实首先是以一曲缠绵悱恻的爱情悲歌打动人心的。而且，路遥关于社会人生诸多问题的思考，路遥精神世界里纠结的诸多矛盾冲突，倘若没有爱情这个适合的承受体，则不会取得如此的思想和美学效果。《人生》中爱情关系辐射整个人生的力量，成就了《人生》，也使《人生》中的爱情成为经典。这是一种双向获取和双向完成，文学史上写爱情又超越爱情的伟大作品大抵如此。

对《人生》的爱情内涵，在不同阶段也有不同层面的阐释。《人生》发表初期引起的争议，多集中在小说的爱情表现上。特别在《人生》改编为电影引起更大的反响时，有人曾站在传统的道德观念立场上，谴责高加林为现代陈世美，激烈地批评他"喜新厌旧""忘恩负义"的不良行径，并对作家路遥对高加林形象矛盾游移的价值评判表示了不满，认为作家在人物塑造上是"本末倒置"的。[1]相反方向更具代表性的评论,则侧重于把握高加林爱情选择背后内含的历史进步的思想情绪,因而对高加林个人发展要求的合理性给予极大的肯定。巧珍的爱情悲剧值得同情,但她那种"忘我"或"无我"的感情状态,恰恰是保守落后的文化意识所致。路遥因巧珍的悲剧而"动摇","削弱作品的社会主题而向单一道德主题发展",在充分表现现代文明与愚昧落后的冲突之后,最终以高加林的泪水和忏悔,固执地深情地回归传统文化,实质上是一种思想的"倒退"。[2]

也有论者聚焦于爱情生活本身来讨论《人生》,看到《人生》中存在"传统母性"和"当代女性"两类不同的爱情模式。[3]这种共存状态在路遥《人生》之前的作品中已经出现,并在长篇小说《平凡的世界》中也持续呈现着。面对传统和现代两种爱情模式,论者的价值评判也倾向于后者,因为以黄亚萍所追求的男女平等、人格独立的爱情取代以刘巧珍为代表的泯灭自我的"奉献式""依附式"爱情,显然是历史的进步。虽然路遥对巧珍身上金子般的传统美质不无疼惜和留恋,但他和他笔下的高加林在矛盾痛苦的端口,都必然性地选择了割舍。这种爱情模式的解读,与对《人生》的时代社会内涵的揭示是完全一致的。

以上研究状况的简单梳理是本文立论的起点。

二

虽然人们在不断地强调爱情小说不止于爱情才是高明,但也不能不承认,因为爱情自身的魅力而成为文学经典,在文学史上也不乏例证。爱情是人生固有的内容,爱情关系也不能离开人与时代社会的诸种关系而独

---

[1] 刘万元:《从观众的错觉看〈人生〉的不足》,载《新华日报》1984年10月25日。林为进:《高加林和巧珍"本末倒置"》,载《中国青年报》1884年11月4日。
[2] 王富仁:《"立体交叉桥上的立体交叉桥"——影片〈人生〉漫笔》,载《文艺报》1984年第11期。
[3] 宗元:《路遥小说情爱模式解构》,载《济宁师专学报》1994年第2期。

活,但随着时光的流逝,文学作品留在人心中最后闪亮的晶体,常常只有爱情。即使如曹雪芹的《红楼梦》、托翁的《安娜·卡列尼娜》这样内涵深广的伟大作品,其中的绝世恋情永远是最吸引读者的,这就是文学的特殊魅力所在。

对于路遥的《人生》来说,爱情只是承担故事线索和思想载体的使命,还是对人类情感本身也做出了有价值的探索?这其实也是关乎《人生》的恒久性和经典性的一个重要问题。

《人生》看起来写了一个我们最常见的三角恋爱故事,但故事内核却有所不同。作家笔下两个爱情的女主角刘巧珍和黄亚萍,虽然她们的文化素质和生活环境差异很大,但都是真挚善良的美好女子,是各自圈子里的"人梢梢",并勇敢执着地追求自己理想中的爱情。这样的人物设置,已经与简单的"陈世美模式"有了区别。高加林在不同的人生境遇中,被两个美好女子的爱情所吸引,他有理由爱巧珍,因为巧珍的美好,因为巧珍象征着他心底与土地割不断的血肉联系;他也有理由爱亚萍,因为亚萍同样美好,也因为亚萍代表着他离开土地、追求新生活的梦想。高加林和两个女子的爱情纠葛,表现了他性格的一体两面,注定了高加林选择的矛盾性。如果高加林的人生不定位,要定位他的爱情则是徒劳的。路遥在写《人生》的时候,可能并无探索爱情本体的自觉意识,他在小说的最后以道德手段惩罚了高加林。路遥写高加林固然不仅仅为了写爱情,但就小说所展示的爱情关系来看,却潜含着人在爱情选择上的复杂性和无力感,这远不是一个简单的道德审判就能解决的问题。

分别代表传统和现代爱情模式的两个女性形象刘巧珍和黄亚萍,在对待爱情的态度上其实有不少共同之处。她们一样热烈、执着,痴心难改,一样勇敢、坚定,义无反顾。巧珍虽然没有文化,但她向往现代文明,她不爱本分能干的农民马拴,却爱上好高骛远的高加林,这是一种挣脱现实的精神追求。巧珍在爱情上的不现实,以及怀抱爱情时行为的大胆开放,都说明她性格中潜在的现代性,完全用传统、保守和愚钝来限定巧珍的形象是不准确的。亚萍爱高加林的理由和巧珍相似，她也是被高加林身上和别人不一样的才能和气质所吸引，不甘于和张克南的那种现实的没有情趣的爱情生活，"希望能有一点浪漫主义的东西"，高加林才是她梦想中的白马王子。刘巧珍和黄亚萍都是被现实撞碎了爱情理想的悲剧女性，生活位置不同，爱情幻灭的痛苦却是等同的。虽然路遥为了最终回归传统道德主题，人为地让黄亚萍表现出一些自私的庸俗的言行，但没有影响黄亚萍在爱情上脱俗而执着的品格。所以，《人生》中的爱情变故，并非简单的环境和利益驱动，而是加入了人物深层的情感需求，并将时代变迁中爱情观念变化的迹象，微妙生动地传达出来。

在路遥小说的情爱世界中，文化观念意义上的传统和现代两种爱情模式，构成小说中双峰对峙的爱情景观。读者可以从不同的角度和不同的观念入手，对这两种爱情进行不同的解读。作家路遥在小说中一方面努力坚守传统道德立场，另一方面也明显地表露出对旧的婚恋生活的重新审视和对张扬个性发展的现代性爱观念的肯定。无论如何，《人生》对爱情的理解和判断，已经超越了单一的传统爱情的层次，正是因为有了反思和超越的力量，才构成文本内在的思想冲突，引发人们不断阐释的欲望。今天重读《人生》，我觉得，《人生》的爱情内涵并不止于作家所意识和把握到的这两个层面，虽然路遥所处的时代背景和他的人生体验，决定了他在爱情的艺术表现上只能自觉到这样的高度。

第三个层面的解读从人类爱情的本体出发。从高加林和黄亚萍之间的所谓现代爱情为起点进一步思考，我们发现，这是一种非常有限的现代爱情，或者充其量只是有了一些表象性的现代因素而已。黄亚萍是一个非常自我的女青年，她对高加林的爱情是与她的个人主义理想联系在一起的，她以自我的需要来塑造高加林，并在现实的可能的前提下接纳高加林，如果高加林越出自己的生活轨迹，多么狂热的爱恋也必然最终被舍弃。黄亚萍的爱情是真挚的，却也是有条件的，一旦高加林的处境和地位改变，他们的爱情便无法坚持下去。为个人主义理想或现实条件所阻隔的爱情，可能也是悲剧，却因爱情的有限性，减损了悲剧的情感力量。在这样的爱情层面上，高加林和黄亚萍是非常平等和默契的一对情人。高加林和黄亚萍的志趣相投，也表现在他们的爱情观念的一致性。黄亚萍把高加林"带到了另一个生活的天地"，这是加林梦寐以求的生活理想，加林也很清楚，如果自己不能真正进入这个"生活的天地"，他们的爱情就无法存活。所以，当他得知自己即将再次返回农村时，便断然结束了他和黄亚萍的爱情关系。

而刘巧珍的爱情是无条件的，她或者默默单恋，或者喜得爱情，或者痛失爱情，都是用她那颗纯真的心去承受，世界在变，别人在变，巧珍爱加林的心一直没有变。可能正因为巧珍没什么文化，她对爱情的理解才会那么简单，表现也那么执着。她对爱情的选择只有一个标准，就是"合她的心"，"就她的漂亮来说，要找一个公社的一般干部，或者农村出去的国家正式的工人，都是很容易的"，但她统统拒绝了。无论高加林回乡当农民还是外出工作，都不会影响巧珍的感情，"如果真正合她心的男人，她就是做出任何牺牲也心甘情愿。她就是这样的人"。所以，路遥说巧珍"精神方面的追求很不平常"。作家所肯定的不仅是巧珍身上那种坚定隐忍无私奉献的传统美德，也潜含着对直抵人类内心的真本爱情的赞美。

在中国社会百年现代转型的过程中，爱情观念的演变同样跌宕委曲，并在不断与各种外在关系的冲突之中，成为一个"问题永远比答案多"[1]的命题。早在鲁迅先生的《伤逝》那里，爱情关系在封建道德势力和经济困顿的双重胁迫下不堪为继，终归走向悲剧。新中国成立后女作家杨沫创作的《青春之歌》中，政治关系驱逐了男女性爱，从个性解放的起点出发追求爱情，最后陷于否定爱情本身的旋涡。改革开放的新时期，作家重拾爱情话题，虽然剥离了政治意识形态的禁锢，却仍在传统道德观念以及文

---

[1] 史铁生：《爱情问题》，见《别人》，长江文艺出版社，1997年，第338页。

化阶层和经济关系的牵绊之中。作家笔下的爱情故事，还沿袭着爱情抗争外在力量的表现模式。时至今日，由于生存与爱情的矛盾的持续尖锐，令人感到理想爱情的获得依然遥远，物化的时代风潮甚至改变着人们对爱情内质的认识，或者说正消解着固有的爱情观念。

在追求自由爱情的历程中，并不是说时代越进步，就一定越接近爱情的理想状态。在爱情这一精神领域，同样有反思"文明的后果"的必要。就《人生》来说，黄亚萍的爱情相对刘巧珍的小农经济下男耕女织式的自然爱情，已然是一种进步，但这种以人本主义和个性主义为基本内涵的爱情追求，也还是处于精神文明的初级阶段。黄亚萍和高加林精神世界的契合，建立在男女平等，文化素质、趣味爱好乃至人生理想都相同的基础上。她知道"高加林是一个抱负远大的人"，只要给他机会，就会有远大的前途。不言而喻的是："她真诚地爱高加林，但她也真诚地不情愿高加林是个农民。"高加林再次变成农民，爱情的理由就被抽取了一半。当黄亚萍感情用事地哭喊着："我不工作了！也不到南京去了！我退职！我跟你当农民！我不能没有你……"时，我们也终于明白，所谓的现代爱情，其实是紧紧依附着现代生活方式而存在，离开这种依附的力量，两情相悦的男女之爱很容易就塌陷了。倘若现代文明的进程没有发展到能提供足够宽广和充分的物质及精神驰骋的空间，青年人个性主义的追求，必将遭遇重重险阻；但站在爱情本体的立场上说，倘若人总是在现实的围困面前畏惧和退缩，或者总是在物质文明的坐标下调整爱情的位置，爱情自由的理想则永远无法实现。

刘巧珍心中的爱情因尚未受到现代文明的侵扰，而更显其"本来"面目，爱的动力也更多表现在精神的层面。刘巧珍的爱情是超越现实的爱情观念的，她的爱情更为纯粹，没有任何的附加，爱情就是巧珍的"生活原则"。即使爱得没有结果，依然注重和珍惜爱情本身："不论怎样，她在感情上根本不能割舍对高加林的爱。她永远也不会恨他，她爱他，哪怕这爱是多么的苦！"从刘巧珍方面看，她全身心地爱了，她的爱情是悲剧的，也是完成的。所以，我们一方面应该肯定高加林与黄亚萍的爱情的现代意义，在这一爱情上，寄托着作家关于爱情的新的思考和时代追求（并非当初有人简单理解的那种当代陈世美式的庸俗爱情），而另一方面，也要看到刘巧珍爱情的纯粹性和超越世俗的无限性，为爱而爱，无怨无悔，这才是人类爱情的终极理想。这样，我们就完成了对《人生》的爱情内涵第三个层面的解读。实际上，也只有经过第二个层面，超越第二个层面，才能抵达爱情的终极理想。

三

一直以来，人们对《人生》的史性传达及其认识价值是普遍赞赏的，争议集中在路遥对传统道德文化的坚守方面。这一主题曾是讨论创作得失和作家的矛盾纠结状态的一个重要入口。文学以情感打动人心，而直逼情感价值的首要因素就是伦理道德。无论如何评判路遥《人生》的道德立场和态度，可以肯定地说，离开了道德力量，《人生》不会带给读者那样强烈的感染和震撼，这是文学感性的、"尽善尽美"的艺术法则所决定的。它与《人生》历史的、理性的内涵相对应，构成作品巨大的思想艺术张力。而当《人生》所展示的变革时代逐渐成为过去，造成主人公人生悲剧的社会问题逐渐得以缓解，以道德人心所衡量的文学情感，有可能跃乎历史评判之上，成为我们再读经典的首要理由。

如果从爱情的角度看《人生》，巧珍毫无疑问成了小说的第一主角，而另一个次要人物——德顺爷爷，则是小说爱情人生的重要支撑。爱情和艺术遇合的时候，不是人物选择爱情，而是爱情选择人物，质地纯良的爱情，并非所有人都能承载。我们有时会说，此人就是为爱而生、为情而活的，他就是爱情的理想对象，他视爱情为至高和唯一，为此敢于和乐于奉献一生。巧珍和德顺爷爷就是爱情艺术的理想形象。高加林的形象富含深刻的历史社会内涵，但他不是理想爱情的承载对象，爱情不是高加林人生的唯一和全部，他在功利主义思想支配下的爱情取舍，有他性格的合理性，对此，道德主义审判其实是无效的。高加林的爱情不纯粹，但并不意味着他不懂什么样的爱情才是纯粹和珍贵的，他深知巧珍爱情的价值，也明白自己丢弃的是一块金子。所以，也不能说回乡时高加林的痛心和追悔就是虚伪的，恰恰是这种真实的情感，更加重了高加林性格的悲剧分量。

作为一个人物典型，高加林是复杂的和动态的，而德顺爷爷和巧珍则相对单一和静态。高加林是一个特定时代的人物标本，德顺爷爷和巧珍则是一种美好的人性品质的象征。他们简单地善良地坚毅地活着，曾经爱过、痛过，以奉献和牺牲为人生最大的满足。在这里，爱情的质地与文化程度的高低无关，与生活方式的先进落后无关，甚至与观念形态的道德标准也无关。路遥说：刘巧珍、德顺爷爷这两个人物"表现了我们这个国家、这个民族的一种传统美德，一种在生活中的牺牲精神。我觉得，不管社会前进到怎样的地步，这种东西对我们永远是宝贵的"[1]。显然，作家是在这两个人物身上寄寓着传统道德理想的，但我们从人物身上所感受的并非伦理道德等理性承载，而是巧珍和德顺爷爷那般纯真而"热腾腾"的心灵，是一种自由勃发的爱情状态。他们率性而为，无所顾忌，传统的道德观念并没有规范和约束他们的爱情追求。虽然他们的爱情最终在现实中落了空，却在自己心中永远美好地存活着。这种超凡脱俗的、顺应生命自然状态的爱情，正和人类爱情的本源相通。路遥，正是用他的文字表现了人的内在精神渴求，从而达到了文学精神审美的不凡境界。

理想的两性之爱，在恩格斯看来，应该是"除了相互的爱慕以外，就再也不会有别的动机了"[2]。这也告诉我们，爱是爱情的本源。但人类

---

[1] 路遥：《关于〈人生〉的对话》，见《路遥文集》第5卷，人民文学出版社，2005年，第409页。
[2] 恩格斯：《家庭、私有制和国家的起源》，见中共中央马克思恩格斯列宁斯大林著作编译局编《马克思恩格斯选集》第4卷，人民出版社，1972年，第78页。

社会在演变和发展过程中，总是不断赋予爱情各种各样的动机，以致相爱的本源反倒离我们越来越远，以致爱情本身成为一种理想。在爱情与非爱情力量的抗争中，传统道德观念扮演过正反两方面的角色，这在路遥小说中可以体会得到。爱情内容在路遥几乎所有的小说创作中都占有非常显著的位置，路遥在他有限的创作生命中，一直没有停止对爱情真本意义的探求和对超世俗的爱情理想的表达，虽然这些努力依然更多地在爱情的外围进行，比如道德化的肯定与批判，比如现代性的努力和困扰。但最重要的是，路遥始终把人性的真善美作为文学的出发点和归结地，这既强固了路遥式的道德坚守，同时也形成了一个开放的反观现代性的视野。正是后一点提供了重读《人生》爱情故事的空间，使我们能够在后现代语境中对《人生》文本进行再一次反思和超越式解读。

或许这就是所谓经典文本的召唤性结构，也是逝去的路遥在文学精神上卓然挺立的重要原因吧。

原载《名作欣赏》2010年第12期

"阅读者"路遥的创作考辨及精神构建

——以"阅读"为关键词进入路遥

每位作家的阅读史都构成了创作的前史。阅读作为物我回响的交流过程，阅读者不断与阅读资源产生对话，发出诘问，最终在阅读中回归自己独特的生命体验，由此构建起属于自己的经验世界。阅读史一定程度上体现了一位作家的知识构成与审美趣味，诠释着作家的创作内容。"读书、生活，对于要从事文学事业的人来说，这是两种最基本的准备。"[1]路遥一直以扎根大地的态度深入生活、书写生活，"生活"业已成为研究路遥的关键词。除此之外，路遥的阅读也不容忽视，阅读所包含的丰富内容引领我们全面打开路遥的阅读世界，以深化对路遥的研究。本文将通过梳理路遥的阅读史，重新整理路遥的阅读资源，分析这些阅读资源对路遥产生的影响，进而考察路遥在阅读中秉持的阅读态度。立足文本，细致辨析人物的阅读姿态及阅读内容，寻找一条作者自述之外的路径，考察阅读与创作的互动关系。此外，从阅读史进入，不仅可以深化对作品内容的分析、对作家创作技巧的考辨，还可以继续丰富作家的整体形象，完成对作家思想及精神气质更为深入的认知。

---

[1] 路遥：《早晨从中午开始》，北京十月文艺出版社，2012年，第133页。

一、路遥的阅读资源

洪子诚在《我的阅读史》中提及："对于一个常常读书，他的生活与书本关系密切的人来说，这个人的'阅读史'，其实也可以说就是他的生命史。"①阅读建构起了阅读者的乌托邦世界，也打开了理解阅读者世界的一道阀门。年少时的路遥家境贫困，其对外部世界的认知基本通过有限的阅读获得，"文革"结束后进入延安大学中文系学习，阅读范围进一步扩大，毕业后从事编辑工作，直至成为专职作家，路遥的阅读资源愈加丰富。本文将以"阅读"为关键词进入，首先梳理路遥的创作，合理分析不同阅读资源对路遥的实际作用。

路遥的创作始于20世纪70年代，"十七年"与"文革"时期可以称得上是路遥的习作期，这一时期路遥的阅读内容主要是"十七年"文学与有限的中外经典文学作品。从延安时期到"十七年"文学中的农村题材创作，基本保有一种类似的情感结构，以对中国农村及农民朴素热爱的强烈情感为写作的精神依托，写作视角放置于同时代的农民，将自己作为农民中的一分子，以"农民"这一身份体察历史的变化。农村少年路遥在早期的阅读中很自然地继承了此类情感结构，并较好地阐释了作家的创作应当保有希冀，给人以力量。在中国社会转型期努力于人的情感润泽和灵魂拯救，是路遥文学书写的良心所在。少年时期的阅读体验，塑造了路遥性格中的英雄气质、理想主义与献身精神，也深刻影响了路遥的人生态度。进入延安大学后，路遥的阅读视野进一步扩展，"在大学里时，我除过在欧洲文学史、俄国文学史和中国文学史的指导下较系统地阅读中外各个历史时期的名著外，就是钻进阅览室，将新中国成立以来的几乎全部重要文学杂志，从创刊号一直翻阅到'文革'开始后的终刊号。阅读完这些杂志，实际上

---

① 洪子诚：《我的阅读史》，北京大学出版社，2017年，第4页。

也就等于检阅了1949年以后中国文学的基本面貌、主要成绩及其代表性作品"①。这样的阅读经历加深了路遥对中国社会的思考。大学期间,路遥"对俄罗斯古典作品和苏联文学有一种特殊的爱好"②,此后更加青睐苏俄文学。此外,陕北的民间文学以及中国古典文学都持续不断地对路遥产生影响。这些影响早已成为一种写作基因,对作家路遥的塑造意义重大。同时路遥对拉美文学的阅读接受也不容忽略,这是路遥最终选择坚持现实主义创作方法的另一有效推动力。路遥阅读中的精神内核自少年时期确立后基本不变,后期的阅读——尤其是80年代的"文化热"期间对拉美文学的阅读,更多地涉及如何照亮前期的阅读资源,激发创作。因而进入路遥对拉美文学的阅读更能观察到路遥精神世界的指向性。

1981年,《惊心动魄的一幕》获"全国首届优秀中篇小说奖",翌年路遥又发表了中篇小说《在困难的日子里》和《人生》,《人生》再获第二届全国优秀中篇小说奖,路遥迎来他文学创作的巅峰时刻。《人生》的成功并没有让路遥停歇,他很快就进入长篇小说创作的前期准备中。此时,路遥惯常使用的现实主义创作方式受到了相当大的质疑,在这样的质疑声中,现实主义以外的创作方法同样引起了路遥的注意,"我十分留心阅读和思考现实主义以外的各种流派。其间许多大师的作品我十分崇敬。我的精神常如火如荼地沉浸于从陀思妥耶夫斯基和卡夫卡开始直至欧美及伟大的拉丁美洲当代文学之中,他们都极其深刻地影响了我"③。这一时期的阅读从侧面说明,在创作《平凡的世界》期间,路遥以阅读的方式积极参与了80年代中期的那场"文化热",其间风靡的作品都被路遥拿来阅读以做参考,以期充实自己的创作资源。路遥对当时火热的拉美文学进行了相当细致的阅读,尤其反复阅读马尔克斯的作品。路遥曾说:"当我反复阅读哥伦比亚当代伟大作家加西亚·马尔克斯用魔幻现实主义手法创

---

① 路遥:《早晨从中午开始》,北京十月文艺出版社,2012年,第20页。
② 同上,第20页。
③ 同上,第3—4页。

作的著名的《百年孤独》的时候,紧接着便又读到了他用纯粹古典式传统现实主义手法写成的新作《霍乱时期的爱情》。这是对我们最好的启发。"①可见,路遥阅读这两部作品的心得与当时很多人不同,他在80年代中后期仍坚守现实主义创作方法,显然是充分阅读思考后的自觉选择。坦诚来讲,路遥将巨大的热情付诸拉美文学浪潮,也透露出他在期待突破中的自我创作焦虑。路遥在文学新潮风起云涌之时坚持现实主义传统,一度是被视为"异类"的。虽然路遥在不同场合都坚信自己的选择的合理性,但他同时积极参与阅读拉美文学作品,这种寻找"文学在场"的行为,成为路遥缓解自己对文坛现状潜在焦虑的一种方式。路遥的创作成果证明,阅读最终都是为了照亮自己,"阅读在其深层意义上不是一种视觉经验。它是一种认知和审美的经验,是建立在内在听觉和活力充沛的心灵之上的"②。一切阅读活动只有契合阅读者内在精神期待与艺术旨趣,才能被充分吸收并转化为创造资源。显然,照亮并让路遥持续迸发出灵感火花的,依然是中外现实主义优秀作品。正是在如此的阅读影响下,路遥执着甚至稍显执拗的自我精神形象得到了进一步的确认与强化,以现实主义执守者的形象,在80年代的文坛留下了浓墨重彩的一笔。

二、路遥的阅读姿态

"阅读—创作"隐含着认识作家和阐读文本的有效空间。作家作为阅读者进行的阅读活动,既为创作打下坚实的知识基础,同时也将其作为生活和艺术积累中最重要的资源之一。通过对路遥阅读史的梳理,我们重新发现了不同阅读资源对路遥的意义。阅读内容反映着阅读者的主观选择,阅读心态及习惯则体现着阅读者能动性的发挥,包括如何进入阅读内容、

---

① 路遥:《早晨从中午开始》,北京十月文艺出版社,2012年,第18页。
② 哈罗德·布鲁姆:《西方正典》,江宁康译,译林出版社,2011年,"中文版序言"第1页。

处理阅读内容等。路遥的写作姿态业已成为研究者的考察重点。[1]那么，分析路遥的阅读姿态，或许可以作为研究路遥精神面相的另一个途径，借以考察作家创作的发生机制，还原出一个更为真实完整的作家路遥。

首先是阅读上的"受苦"。作为创作者的路遥有着非常自觉的身份意识——"农民的儿子"，他高度认同和褒奖农民的劳动精神，故而特别强调应将写作视为"体力劳动"，力图保持"苦难"的写作姿态。路遥的阅读心态也莫不如此，他将阅读视为每天必做的重要事情。"他将大部分时间用来看书，尤其是不创作的时候，每天要读书到深夜才肯休息……"[2]除去每天看新闻联播与阅读当天报纸的时间，其他阅读都被路遥视为一种学习与任务。路遥说："读书如果不是一种消遣，那是相当熬人的，就像长时间不间断地游泳，使人精疲力竭，有一种随时溺没的感受。"[3]"熬人"的阅读与艰苦的创作同时或交错进行，阅读姿态与写作姿态高度一致的事实，印证了路遥"像牛一样"劳动及"殉道"般的精神气质是一以贯之的。在阅读上认真、坚韧，甚至有些"自虐"的姿态，同样是路遥面对人生的真诚表达。

再者是对阅读的功用性诉求。年少时期的路遥生活极端贫困且高度敏感，阅读让路遥获得了求知的满足感与精神上的优越感，给了路遥做人的尊严，极大弥补了物质生活的匮乏。成长于狂热革命年代的路遥热衷政治，曾一度到达人生的"政治巅峰"，并因此养成一个习惯——对时政性新闻报道极为感兴趣，"他每天坚持阅读各种报纸，了解国内外新发生的事情……"[4]尤喜将自己对新闻的分析与理解转述给他人，独到的见解屡获他人赞赏。这一点对路遥的整个人生都产生了巨大影响。加之"精神导师"柳青的一番话，"我不能想象一个人经常不看报，不细读社论，不看与自己面对的生活有关的报道、论文和通讯，闷头深入生活的结果能写出

---

[1] 杨庆祥：《路遥的自我意识和写作姿态——兼及1985年前后"文学场"的历史分析》，载《南方文坛》2007年第6期。
[2] 李建军编：《路遥十五年祭》，新世界出版社，2007年，第153页。
[3] 同上，第307页。
[4] 同上，第58页。

作品"①，进一步强化了路遥的阅读倾向。"写作时不愿读书，但每天必须详细读过《人民日报》、《光明日报》、《陕西日报》、《参考消息》四种报纸。"②读报作为路遥的长期习惯，也是创作过程中休息与自我调节的方式。大量报刊消息的阅读不仅使路遥对所处时代与社会保持着清晰的认知与敏锐的触觉，还能让创作时刻与现实发生关系，产生关联，持续不断地丰富创作中的故事原型。写作是一种对现实世界的虚构重组，报纸则是对现实世界较为真实的记录与传达。报纸新闻像是一双手，把路遥从虚构的创作世界中拉出来，在与现实世界的对话中强化文学世界的历史真实感。正如路遥的同学与朋友在路遥逝世后回忆的那样："……一次他与几位文学爱好者交流读书体会时说：读书要有收获，就要按文学发展史的每个阶段、每个流派的代表作家的代表作去读，并要对你喜欢的作品重点地钻研，要会享受、会浏览、会大拆大卸。"③"为了研究长篇小说，他熟读了《战争与和平》、《青年近卫军》、《堂·吉诃德》等大量大部头中外文学作品。"④阅读文学作品在路遥这里是更为直接的学习，力求开卷即有收获，把文学经典视为创作的范本来阅读，包括作品的结构框架、情节推进、人物塑造、对话细节等，路遥都有意识地学习以期改进自己的创作。重视阅读的功用性——为启迪人生，也为创作服务，这让路遥的阅读更为高效。路遥在短暂的人生中收获了巨大的文学成就，得益于辛勤的阅读。读书成为路遥完成人生理想的扎实阶梯。所以说，阅读之于路遥，可视为前创作活动，路遥力求每一次阅读的意义与价值，这是路遥作为文学家内在的积极要求，也正如他对人生意义的理解：用燃烧自我生命的方式从事文学创作，这是永远无悔的牺牲。

最后一点是阅读范围的外延性，主要涉及文学外的阅读。路遥与《延

---

① 柳青：《回答〈文艺学习〉编辑部的问题》，载《文艺学习》1954年第5期。
② 李建军编：《路遥十五年祭》，新世界出版社，2007年，第292页。
③ 同上，第52页。
④ 同上，第58页。

河》记者谈及自己喜欢的作家时，列出了曹雪芹、鲁迅、柳青、列夫·托尔斯泰、巴尔扎克、肖洛霍夫、司汤达、莎士比亚等人，而选择这些人物的重要标准是——"这些人都是生活的百科全书式的作家。他们每个人就是一个巨大的海洋"[1]。这充分说明，百科全书式的作家是路遥一生努力追求的目标。因此，路遥从创作需求及兴趣爱好出发，不断扩展阅读范围，涉猎各种门类的书籍以完善自己的知识体系。首先注重从阅读中获取哲学眼光，"在路遥的床头，经常放着两本书，一本是柳青的《创业史》，一本是艾思奇的《辩证唯物主义历史唯物主义》，是路遥百看不烦的神圣读物"[2]。用哲学的眼光看待生活，用科学的方法分析生活，是哲学类书籍给予路遥最大的启发。其次在路遥的阅读中，历史类书籍也是一个重点，"他读《新唐书》、《旧唐书》，读《资治通鉴》，他专门买了豪华版本的《二十四史》，要随时查阅"[3]。以穷经探史的态度重新认识中国的历史，由此刷新对身处时代的认知。此外，值得关注的还有路遥对外星探索知识的浓厚兴趣。路遥热衷于阅读杂志《飞碟探索》，并时常畅想外太空的世界。路遥给《人生》的主人公取名"高加林"，表达了一名黄土高原的青年人对60年代初期飞越太空的苏联少校——加加林的跨时空致敬。相关表现还有《平凡的世界》里对孙兰香大学专业的设置，以及用三十六章一整章描写了孙少平与外星人的接触与交流。有研究者指出这类夸张的外星人描写出现在写实小说中，实属艺术败笔。然则路遥小说中出现外星人和外星文明并非偶然，这种探寻外部未知世界的愿望，出自路遥冲破现实世界围困的强烈冲动。脚踏黄土地遥望辽远的星空，路遥葆有一种超越国界、直指宇宙的广博情怀。路遥的精神世界是无限开放的，他不拘泥于创作题材，也不为现实生活所限，以宏阔的精神追求带给小说超现实的艺术境界。这一切都拜赐于路遥丰富的阅读经历，也成就了路遥"书

---

[1] 李建军编：《路遥十五年祭》，新世界出版社，2007年，第293页。
[2] 同上，第52页。
[3] 同上，第52页。

记官"式的全景式社会书写。

如何保持持久且旺盛的创造力，是优秀作家终身都在思考的问题。生活有界限而阅读则无界限。路遥的阅读已然成为其文学生命的一部分。文学经典、庞杂的跨学科知识与每日的新闻消息，汇聚成丰富的阅读记忆，使路遥具备了纵贯历史与审视现实的双向视野，而经典阅读经验又往往与当下现实发生撞击，激发出路遥的创作冲动。这一切，也在相当程度上决定了路遥的思维方式与创作方法，绘制着路遥文学世界的现实主义底色。

三、路遥阅读的文本呈现

"阅读"这一行为的影响最终体现在作家的作品中。作家的阅读史作为一个场域，可以从中探究创作与阅读的"互文"关系，把握一位作家思维方式的形成和创作方法的习得，进而挖掘其中透射出的作家精神世界。上文主要从作家本人自述或他人评价中寻找立论根据，而文本作为作家的另一个自我，呈现着作家本人尚未提及的另一面。从文本内部切入，观察考辨路遥小说中带有不同程度自叙传色彩人物的阅读姿态与内容，以文本中人物的阅读为依托继续深入路遥的阅读活动，揭示阅读影响下的创作如何丰富了路遥的文学世界，勾勒出立体的路遥精神面相。

路遥小说中的主人公无论高加林还是孙少平，阅读习惯都是他们向外探寻的一种精神姿态，阅读这一行为促使人物完成了自我启蒙、自我建构的过程。阅读治愈了高加林第一次进城卖馍时遭遇的难堪，也让高加林重新找回了自信。孙少平白日以出卖体力谋生，夜晚依靠阅读寻求慰藉，坚守自我。在路遥小说中，阅读几乎是主人公与理想世界相遇的唯一通道。《平凡的世界》中，作者曾用大段篇幅列举田晓霞为孙少平借阅的书目："狄更斯的《艰难时世》、夏绿蒂·布朗特的《简·爱》、阿·托尔斯泰的《苦难的历程》、列夫·托尔斯泰的《复活》、巴尔扎克的《欧也妮·葛朗台》，另外，她还从父亲的书架上'偷'出内部发行的艾特玛托夫的《白轮船》。"①此外人物的阅读书目还有《红与黑》《钢铁是怎样炼成的》《牛虻》《马丁·伊登》等文学作品。

以《钢铁是怎样炼成的》为例，在路遥本人的阅读史中《钢铁是怎样炼成的》占有重要地位，路遥曾在《人生》俄文版出版时，表达了《钢铁是怎样炼成的》对自己的影响："你们优秀的文学传统曾对我的生活和创作产生过重大影响，由此，我始终对你们的国家怀有一种特殊的感情……许多中国读者都知道，H.奥斯特洛夫斯基著名的小说《钢铁是怎样炼成的》，正是在这一出版社出版的。这本书对我们来说极其珍贵。"②就中国当代文学而言，特定时期的文学出版、相关翻译决定着一代人的阅读视野。《钢铁是怎样炼成的》的翻译出版是特殊时代背景下的产物，其所蕴含的关键词革命英雄、阶级斗争、民族解放等，都符合特殊背景下国家话语的要求，曾唤起战争期间无数中国读者与保尔的情感共鸣，激励他们以坚韧的意志为新中国的诞生付出鲜血乃至生命。"十七年"时期，保尔身上的精神特质与塑造社会主义新人形象不谋而合，《钢铁是怎样炼成的》仍有巨大的影响力。80年代后，《钢铁是怎样炼成的》的读者接受度已不复往日。与路遥处于同期或稍后的一批作家、学者认为，这部著作中最吸引他们的是更为日常化的文学叙述，包括保尔的成长经历、家庭生活以及与冬妮娅的爱情等。比如，丁帆曾坦言，故事中带有少年幻想的情结深深地吸引了他。③莫言则说道："保尔和冬妮娅，肮脏的烧锅炉小工与穿着水兵服的林务官的女儿的迷人的初恋，实在是让我梦绕魂牵。"④可见，《钢铁是怎样炼成的》中曾经感动了无数读者的英雄主义、集体主义等精神品格，在经历了时代社会的急剧变革后，不再为读者所信奉和尊崇。而作为路遥"代言人"的孙少平对《钢铁是怎样炼成

---

① 路遥：《平凡的世界》第2部，北京十月文艺出版社，2017年，第192页。
② 路遥：《路遥全集·散文·随笔·书信》，广州出版社，2000年，第136页。
③ 丁帆：《怎样确定历史和美学的坐标》，载《当代文艺》2000年第5期。
④ 莫言：《童年读书》，载《中国校园文学》2012年第2期。

的》的阅读体验却与以上叙述不尽相同。路遥十分细致地描写了孙少平阅读这本书的过程，强调了《钢铁是怎样炼成的》给予孙少平的巨大精神能量。经由文本中人物的阅读体验，曾经盛行的奉献精神、英雄主义与集体主义等关键词，继续出现在80年代路遥的小说中。这种明显的与时代潮流的错位感，今天值得我们再思量。回到《平凡的世界》完稿的1988年，文学与政治意识形态逐渐"解绑"，市场经济对文学的冲击导致文学走向"边缘化"。文学界追逐着欧美现代派浪潮寻求新变，文学叙述中"大写的人"逐渐缺席。此种语境下，路遥却对80年代的"知识范式"进行了"有意味的"疏离。路遥坚持着自己阅读体验下的理想主义情怀与英雄主义气质，以积极的态度与昂扬的激情激发读者的生活热情，完全将自己的精神气质灌注于作品之中。故而，相较于同时代的文学书写，路遥明显地保留着"十七年"文学的精神余脉。

雷蒙德·威廉斯曾指出："任何一种文化都包含着来自过去的合理因素，但这些因素在当代文化过程中的位置却完全变化无常。"[1]路遥小说中人物阅读所呈现的"来自过去的合理因素"便是"十七年"文学中对生活与时代的激情、无私的奉献精神以及人与人之间的真诚关爱，这些也是路遥精神世界最重要的支撑力量。进一步，"确切地说，残余乃是有效地形成于过去，但却一直活跃在文化过程中的事物。它们不仅是(也常常全然不是)过去的某种因素，同时也是现在的有效因素"[2]。身处相对偏远的西北地缘而非新思潮传播中心，路遥的阅读经验、精神气质乃至作品的思想内涵必然饱含着所谓的"历史残余"，这就显得路遥对文学新浪潮的感应略显迟钝，或者还在犹疑着如何消化和吸收新的文化元素。故而，仍被巨大"文学遗产"包围的路遥，虽未能引领文学的时尚风潮，却以"阅读"为介质，不期然间有效地连接了过去与当下，继续秉承传统并将其视为有

---

[1] 雷蒙德·威廉斯：《马克思主义与文学》，王尔勃、周莉译，河南大学出版社，2008年，第130页。
[2] 同上，第130—131页。

效精神遗产，在新的社会文化语境中激发出新鲜动人的审美质素。路遥不仅因坚守现实主义的创作方法在80年代中后期的文坛孤绝于世，更因其鲜明的个性坚持和精神品质为世人所牢记。毋庸讳言，路遥的艺术个性与过去的时代密切相关，其中包含着人们熟知的集体主义、理想主义，对时代变化的恒久关注，以及对底层人生的真切体察与真诚表达。

时至今日，对路遥的研究已相当全面和深入，"路遥"已成为一个文化符号，裹挟着丰富的内容构成一幅驳杂的社会文化图景。暂且放下有关"路遥现象"的宏观话题，以"阅读"这一小的切口，进入路遥的精神世界及创作实践，为路遥研究提供另一真实、可靠的路径。阅读史作为作家精神世界的重要构成，对文学创造的作用不言而喻。以阅读作为回溯文学创作的一种方式，深刻说明了文学艺术"并非只是强烈情感的瞬间突发，而是昭示着一种深刻的统一性和连续性"[1]。"统一性"与"连续性"的重要因素——精神与情感的相似唤醒了路遥对既往阅读的当下反应，也影响着路遥对新的阅读资源的吸收和运用。阅读是路遥人生追求的重要参照，路遥始终保持着对社会现实的责任感，保持着一个普通劳动者的感觉，这些精神特质的形成中，阅读史是仅次于人生体验的重要资源。路遥之所以坚信"现实主义仍然会有蓬勃的生命力"，与他在阅读中所领略的现实主义文学的辉煌成就不无关系，这就决定了路遥选择记录时代的最佳艺术方式，即在古今中外现实主义文学大师的映照之下，建构自己的宏伟艺术大厦。"路遥式"的坚守成就了《平凡的世界》，也留下一份"路遥式"的独立精神而赢得后人的理解和尊敬，同时对当下和未来的中国文学，都提供了特别有价值的经验和启示。

原载《南方文坛》2019年第6期

（本文系与杨晨洁合作）

---

[1] 恩斯特·卡西尔：《人论》，上海译文出版社，1986年，第186—187页。

论贾平凹与三十年中国文学的构成关系

从1978年以短篇小说《满月儿》获得首届全国优秀短篇小说奖，到2008年以长篇小说《秦腔》荣获第七届茅盾文学奖，当代作家贾平凹同当代文学一同走过三十年风雨历程。从中国社会转型变化的新时期开始，贾平凹持续以自己丰富的创作充实着当代文学的库容，并不断提供给文坛新鲜而富有意味的话题。《秦腔》的获奖，再一次证明贾平凹在当代文坛举足轻重的地位。贾平凹是三十年中国文学的亲历者和见证人，也是三十年中国文学的一个标本式作家，因为他的每一个阶段的创作都表现出鲜明的时代特色和突出的个人标记，他的既胶着于时代又特立独行的创作风范，呈现出别一种作家与时代文学的构成关系。

一

众所周知，贾平凹是现实感很强的作家，一直紧贴着当下生活而写作，有评论家也注意到，贾平凹的长篇小说中所表现的生活时段往往是很短的，写一年左右甚至一两月之内发生的生活故事，这和我们当代文学注重史诗书写的传统是有所不同的。面对纷繁杂乱的现实生活，贾平凹有敏锐地捕捉时代精神信息和把握社会脉搏的能力，且下刀准确命中要害，与社会心理同步甚至有超前的表现。从早期的中短篇小说，到《浮躁》《废都》《怀念狼》《秦腔》《高兴》等长篇，无不充溢着那种说不清理还乱的时代情绪。对此，王富仁先生有很准确的表述，他说，贾平凹"是一个会以心灵感受人生的人，他常常能够感受到人们尚感受不清或根本感受不到的东西。在前些年，我在小书摊上看到他的长篇小说《浮躁》，就曾使我心里一愣。在那时，我刚刚感到中国社会空气中似乎有一种不太对劲的东西，一种埋伏着悲剧的东西，而他却把一部几十万字的小说写成并出版了，小说的题名一下便照亮了我内心的那点模模糊糊的感受。这一次（指《废都》——笔者注），我也不敢太小觑了贾平凹。我觉得贾平凹并非随随便便地为他的小说起了这么一个名字"[1]。作为文学影像的《废都》中的"废都"和《秦腔》中的"废乡"，都折射着社会实体变动的种种征兆，也发散着置身其中的人们心灵响应的信息，彰显出贾平凹创作始终坚持的现实承担使命与人生关怀精神。

但是，贾平凹又始终没有自觉顺应和直接构成我们曾以现实主义命名的新时期文学潮流。在文学创作举国性地揭示"文革"伤痕、反思历史沉疴的时候，贾平凹则自顾自地书写着纯净优美的《山地笔记》，精心锤炼着自己的艺术感觉和语言功力。其后"为商州写书"而推出的一大批"商州系列小说"，被人们认为是最为靠近主流文学观念的创作，而将其纳入"寻根文学"和"改革文学"的写作潮流中。其实认真考量一下就不难发现，贾平凹的这些作品客观上呼应了"寻根"和"改革"的浪潮，但他笔下的商州风土人情和时代变化图景，更多意象渲染，更多承载作家的灵性精神，他并没有刻意赋予作品"文化批判"意识，也没有像"问题小说"那样热衷于社会改革。虽然他的创作一直被指认和归类，但贾平凹并没有过高估计文学的文化和社会改造功能。他笔下的"商州"如同同时期另一个小说家汪曾祺笔下的故乡"高邮"，是承载个人文学想象和情感的独有的艺术世界。如果一定要历史地联系地看一位作家，这一时期的贾平凹可能走的是沈从文、汪曾祺的艺术路线，而这条路线显然是游离于上个世纪

---

[1] 王富仁：《〈废都〉漫议》，见《王富仁自选集》，广西师范大学出版社，1999年，第262页。

80年代初中期的文学主流的。所不同的是,贾平凹没有像汪曾祺那样完全不写现实生活,甚至不标明具体的年代,让读者和评论家无法对号入座。80年代的社会化文学潮流择取了贾平凹创作中的社会化、现实主义因素,从而肯定和认同了贾平凹,却没有顾及贾平凹小说中更为宝贵的个人化、审美化倾向,而正是这种个人化、审美化文学追求的进一步拓展,才造成90年代以来当代文学的自由开放和蔚为大观。所以,贾平凹从来不是某一种文学思潮、文学流派的发轫者或领军人物,但贾平凹又确实游走于当代文学的曲折长河中,有力地影响乃至改变着当代文学的总体面貌。

其实在80年代,贾平凹曾经有过对文学潮流的自觉的挣脱,或者被外在的社会力量阻抑,或者被潮流中的命名所淹没,但潮流外的写作努力从来没有停止。80年代末写作《浮躁》前后的日子里,贾平凹有过对自己创作的反复打量和思考:"我希望世界在热闹,在浮躁,在急躁地变幻时髦,而我希望给我一间独自喘息的孤亭。"[①]"老实说,这部作品我写了好长时间,先作废过十五万字,后又翻来覆去过三四遍,它让我吃了许多苦,倾注了我许多心血。我曾写到中卷的时候不止一次地窃笑:写《浮躁》,作者亦浮躁呀!但也就在写作的过程中,我朦朦胧胧而渐渐清晰地悟到这一部作品将是我三十四岁之前的最大一部也是最后一部作品了,我再也不可能还要以这种框架来构写我的作品了。换句话说,这种流行的似乎严格的写实方法对我来讲将有些不那么适宜,甚至大有了那么一种束缚。"[②]完成《浮躁》后,贾平凹大举进行新的艺术突围,迎来90年代以来真正属于贾平凹自己的文学时代,当代文学也因此有了《废都》到《秦腔》等一系列长篇艺术作品,也因此有了"贾平凹现象"这道夺目的文学景观。

---

① 贾平凹:《封面人语》,载《小说月刊》1988年第7期。
② 贾平凹:《浮躁》,作家出版社,1991年,"序言之二"第3页。

二

上个世纪90年代以来的中国文学，进入了所谓"无名"或多元共生的时代，传统的主旋律或代言式创作仍在继续，但不再具有主流性的操控力量，几代作家不同立场的自由写作，对文学价值功能的多维追求，造成纷繁复杂、多声部合唱的文学局面。当我们用"个人化"和"民间化"这两个关键词来把握和阐释90年代以来的文学状态时，"贾平凹现象"成为绕不过去的巨大文学存在。

面对三十年中国社会生活的飞速变幻，不少勉力坚持的作家都在不断更新自己的文学观念，调整自己的写作心态乃至彻底改变自己的写作方式，以适应时代对文学对作家新的要求，实现对既往成就的突破和超越。作家痛苦的蜕变过程也是历史苛刻地淘汰作家的过程，新时期初始驰名文坛的大批作家，坚持在路上并取得成功者为数不多，贾平凹是其中一个。考察这些持久活跃文坛并实现创作超越的当代作家，不难发现，他们除了具备艺术劳动所必不可缺的功力和苦力外，他们各自三十年的文学创作形成了一种既开放又自足的艺术实践系统。所谓开放，是指作家在艺术上兼收并蓄的姿态和气魄，使其保持经久不衰的艺术创造力；所谓自足，则是指作家创作中从始至终坚守的艺术个性，那是一种符合艺术材质的个性，是一种类似生命基因的东西，在创作起步和发展中可能部分显露部分深藏，而在其艺术生命走向宽广和深厚的时候，作家笔下的艺术世界会愈来愈为他天赋的艺术气质所笼罩，这就是为什么在伟大的作品中我们只看到作家伟大的个性，而看不到艺术规则也看不到他人影响的痕迹。贾平凹是最大程度上坚持和实现了艺术自律的当代作家之一，他的创作历程让我们看到一个文学个性如何从弱小走向强大，这正可以代表我们三十年当代文学由外而内、由他律到自由的历史轨迹。

贾平凹创作的"个人化"最早以心灵感应的文学内容和古朴典雅的文

字形式表现出来，在他不断挣脱外在世界左右的努力中，他写出了回归内心的小说《废都》，自称为"安妥我破碎了的灵魂的这本书"①。从此，他就在自己的艺术体制中劳作，自顾自朝前走。当贾平凹与自己的文学终于合二为一的时候，贾平凹也遭受了来自他生命另一半的文学的重重伤害，带着贾式标签的作品因为与社会与大众的不可兼容而遭遇排斥和禁锢。整整一个90年代，贾平凹在这个已经宣告文学自由并充分实现文学"个人化"的时代里依然孤独和凄凉，由此可知贾平凹"个人化"的极致程度。

"民间化"是新时期文学淡化意识形态后的一种创作追求，也是批评家把握90年代文学的一个重要理念。贾平凹作品成为90年代以来"民间化"文学阐释的重要范本，源自其创作中呈现的民间生活形态和作家的平民写作立场。"民间"在贾平凹的艺术世界里同样是一个元素性存在，早期多表现为对地域性民间文化的关注以及对原在性民间人生形式的摹写，而愈到后来愈放大文学的世俗领地，以致完全在民间的天地里完成他的艺术想象和艺术塑造。贾平凹笔下的民间社会不止于乡村市井，更推及文人知识分子的生活领域。在《废都》（和《病相报告》）中，作家不再将知识分子置于理想主义的真空地带状写他们的信念和追求，也无意于在历史社会变革的风口浪尖上考验知识分子的意志品格，而是将他们投入世俗生活和庸常状态中，表现他们在日常生活和世俗情感的泥淖中，精神如何陷落，人格如何委顿，生命自省意识又使他们不甘沉沦，最终陷于痛苦绝望的命运挣扎之中。这种平民和世俗图景中映现出的现代知识分子的精神镜像，带来了以往知识分子叙述中不曾有过的思想深度和警醒力度。《秦腔》（和《高兴》）所蕴含的中国乡村社会的式微和由此引发的惶惑悲凉情绪，应该是20世纪中国乡土文学的延伸，也是当下中国城市化进程中面临的严峻现实问题。一个可能成为主流叙事的文学题材，在贾平凹的处理下完全是另一副文学面孔，这种完全陌生的艺术效果是贾平凹颠覆传统的

---

① 贾平凹：《废都》，北京出版社，1993年，第527页。

宏大叙事，走由彻底复原世俗生活原景的路子而得来。当《秦腔》中那些不加择取和过滤的乡村日子密密集集地从我们眼前无序涌过后，最后留在心里的竟是一个巨大的空洞，如作者所言的茫然、惊恐和不知所措，将我们一个世纪以来所有文学乡土的记忆都扰乱了甚至消解了。

贾平凹的"个人化"和"民间化"不仅仅是"写什么"的表现对象问题，也不仅仅是"怎么写"的角度方法问题，而是蕴含着作家对文学的独到看法，乃至对人生对世界的独到理解。这就与那些自恋式的个人化写作与展览风俗、追求奇癖的民间化写作有了根本的区别。也正因为此，贾平凹在90年代的文学环境中依然是被视为"异数"的。

三

贾平凹文学创作的异质性，是在文学内容与形式的同步翻新中生成的。每一阶段，当他推出新作并提供给文坛一个新鲜话题时，也一定伴随着对一种新的小说范式的尝试。少有人像贾平凹这样在三十年的文学生涯中坚持求新求变，不断颠覆既成的小说模式，无论这种模式已经在自己手里成熟，或者已被读者接受并喜爱，他都在所不惜。艺术创新是实验也是冒险，要有"胡作非为"的勇气，也难免付出失败的代价，它可能会造成一个成熟作家创作的跌宕起伏及其艺术质量的参差不齐。但是，创造的冲动是一个艺术家生命力的显现，新异的艺术作品也会刺激和焕发接受者阅读与阐释的创造力，进而促动时代文学新的生长运动。贾平凹创作中几次大的转向和变化以及引起的文坛争鸣，带给当代文学的激发和生长作用是显而易见的。

纵观贾平凹三十年的创作，他所有的艺术新变都在一个总的思想原则之下进行，那就是他80年代提出的：要"以中国传统的美的方法，真实地表达现代中国人的生活和情绪"①。我们知道20世纪中国文学就是在"西方影响"和"民族传统"之间的碰撞冲突与互动融合之中建造和成长起来的，从"五四"时期的"全盘西化"，到40年代民族意识的继续抬头，文学历史演进到80年代这一新的转折点时，依然回到这一世纪性命题上寻找新时期文学的出路。在西方现代主义文学汹涌澎湃鼓荡文坛的时候，汪曾祺、贾平凹和一批"寻根派"作家坚守"民族化"的立场。深厚的古代艺术美学的滋养和天才般的艺术灵性，造就了贾平凹独特的审美方式和独立的话语系统。他以此为策源地寻找与外部世界的接洽口，也寻找与西方现代主义思想的契合点，这种民族化期待视野中对西方现代文化精神的选择和吸纳，避免了那种生硬的观念拿来和表面的技术模仿，使其成为一种真正意义上的中西融合。这样来看，贾平凹是在自己的艺术系统中善于翻新和变化，而面对外在的社会文化思潮时，贾平凹又是一个执着于"坚守"的不"善变"的作家。这种以不变应万变的姿态，使得贾平凹在新时期文学道路上，比许多同龄同代作家走得更稳更远。贾平凹在民族化和现代性结合方面的独到思路和艺术探索，在文学创作道路上对"坚守"和"善变"的关系处理，对摸索创作路子的青年写作者，乃至对整体文学发展的思考，都是有启示意义的。

  新世纪以来的贾平凹一直在勤奋地写作，也在紧张地思考小说更理想的写法。2003年他自述说："我的小说越来越无法用几句话回答到底写的什么，我的初衷是要求我尽量原生态地写出生活的流动，越实越好，但整体上却极力去张扬我的意象。我相信小说不是故事也不是纯形式的文字游戏。我的不足是我的灵魂能量还不大，感知世界的气度还不够，形而上与形而下结合部的工作还没有做好。"他再一次强调："我主张在作品的境界、内涵上一定要借鉴西方现代意识，而形式上又坚持民族的。"②我们可以从这些自述中感知作家内在的定力，理解他"知本"又"求变"的创

---

① 贾平凹：《平凹文论集》，青海人民出版社，1985年，第70页。
② 贾平凹：《我心目中的小说——贾平凹自述》，载《小说评论》2003年第6期。

作思想，也可以对应来看贾平凹新世纪以来一系列"由琐细写实到意态生成"的小说文本。

应该说，贾平凹从来没有间断对小说"虚实相间"方法的探索，这种探索的积累和强化终于落成了《秦腔》的叙述和阅读效应。问起这部小说获奖的原因，贾平凹说："恐怕是因为创作的丰富性和写作上的突破吧。"经年实验一种方法而终有突破，恐怕也不是一般意义上的突破了。贾平凹知道自己这次做得很"过分"，就像当年拿出《废都》时，已经预料到会有大反响一样。我们现在喜欢用"颠覆性"一词形容文学的创新现象，在贾平凹这里，就程度而言，真正具有颠覆性意义的创作一次是《废都》，一次就是《秦腔》。所不同的是，《废都》触碰了道德文化的敏感神经，从而引起全社会的震动，而《秦腔》则僭越了小说做法的基本规则，从而引起文坛热议。

《秦腔》的形式结构、叙述手法挑战着我们的阅读习惯，也挑战着大学讲堂上的小说创作法。阅读《秦腔》，让我们再一次发出"小说也可以这样写"的慨叹。回顾百年文学历史，在现代小说的形成和发展进程中，我们不止一次地有过这样的慨叹，大抵都是面对时代文学中的"另类"写作而发。文学演变的历史，从某种程度上说，也是文学形式演变的历史，每一次小说思想的革命，都伴随着更为彻底的小说形式的革命。《秦腔》获奖的原因可能是多方面的，它的乡土终结意识、现实关怀精神、苍茫悲凉的审美情愫等等，而它的"流年式"的还原生活的叙述方式一定也是引人注目和发人深思的，至少，在小说文体和时代文学建造的关系问题上，贾平凹提供给文坛一部具有革命意义的案例作品。

贾平凹是当代文学中一个丰富复杂的存在，是一个不大容易说清楚的作家。贾平凹三十年的写作中与主流文化、时代精神有合有分，也不乏追随时代和命中潮流的作品。但是，贾平凹对当代文学最有价值的，却是他的潮流外和异质性写作，他的每一部"奇书"，都产生于他和主流文化意识的疏离中，落成于他的极端个体性的焦虑中。文学史曾经证明过，那些跟读时代风潮、复制公众思想的文学写作可能轰动一时，但难免随着时代的推移而烟消云散，真正经得住时间淘洗并能留驻人心的，往往是那些被时代主流精神边缘化的"异数"，他们惊世骇俗的艺术创造，正曲折接通了更为深厚宏远的时代精神。

原载《当代作家评论》2009年第5期，原题为《贾平凹与三十年当代文学的构成关系》

《高兴》与《极花》：左翼传统下的另类"底层写作"

十年前出版《高兴》的时候，贾平凹在后记中讲了自己经历的这样一个故事：在西安拾破烂的老孙夫妇的女儿被拐卖到山西五台县的一个小山村里，经过多次努力，最终将女儿解救出来。但在解救过程中，当地村民围追堵截解救人员，并高喊："我们为什么就不能有老婆？买来的十三个女人都跑了，你让这一村都灭绝呀。"女儿虽跑了出来，但她生下的不足一岁的孩子却没能抱出来。女儿回到了父母身边，但却又失去了自己的儿子，生活看似回到原位，但女儿从此不肯见外人了。[①]《高兴》写的是农民刘高兴进城拾破烂的故事，而这个发生在另一个拾破烂农民身上的拐卖妇女真实事件，却像刀子一样刻在作家的心里，"每每一想起来，就觉得那刀子还在往深处刻"[②]。终于在近十年之后，贾平凹用另一本小说《极花》，将这个积郁在心底的故事讲了出来。尽管《高兴》和《极花》之间，贾平凹还创作出版了《古炉》《带灯》《老生》三部长篇小说，但依然不妨碍我们将《高兴》和《极花》这两部相隔十年的小说联系起来研究。作家放不下的这个故事中，蕴含着他一直以来对离土农民及其生活命运的急切关注和痛彻思考。这十年中，"城市是怎样地肥大了而农村在怎样地凋敝着"，底层农民如何在涌入城市后艰难追求生存和认同，而命运又如何于不期然中让他们重新面对家园不再的乡村。《高兴》和《极花》

---

① 贾平凹：《高兴》，作家出版社，2007年，第446—448页。
② 贾平凹：《极花》，人民文学出版社，2016年，第204页。

在题材内容和情感思绪上的内在关联，引发出比较研读的可能，也因此可以探讨所谓底层写作在时代社会的急剧变迁中，逐渐深厚和更为复杂的思想承载。

《高兴》写农村进城拾破烂的刘高兴，《极花》写跟随父母来到城市却不幸被拐卖到更偏僻乡村的胡蝶。胡蝶的父母也以拾破烂为生，他们和刘高兴属于一个群体。刘高兴和胡蝶都来自农村，向往城市，但又生活在城市底层，他们渴望成为城里人但不被认可同时又遭命运捉弄。所不同的是，刘高兴是一个"乐天派"，总以乐观自信的态度面对人生苦难，虽不排除有时用"自欺欺人"的阿Q心态来应对精神困境。胡蝶是单纯善良的农村少女，因轻信而被拐卖击碎了她对未来的美好憧憬，她恐惧、愤怒、抗争直至绝望，最终被迫接受苦难生活。两部小说在叙述风格上看似差异较大，前者俏皮、幽默，后者凝重、悲苦，一个是"笑中带泪"，一个是"欲哭无泪"，但内在深刻的悲剧性却是一致的。在叙述手法上，两部小说都用了第一人称平民式的叙述视角，以自我映现的语言形式强化了对底层人生诉求的认同，并赋予刘高兴和胡蝶理想的人性意涵与人格光彩。在上个世纪30年代以来形成的"左翼文学"潮流到新世纪"底层写作"这一传统脉络下观照贾平凹的创作，《高兴》和《极花》将会因其迥异于前人的艺术探索，显示出独到的思想和美学价值。

一

上世纪20年代末30年代初"革命文学"和"左翼文学"兴起，文艺为底层大众发声，反抗阶级压迫，追求革命正义成为这一潮流的主题，以鲁迅为代表的"五四"时期的启蒙叙事遭到"批判"；到了40年代毛泽东《在延安文艺座谈会上的讲话》发表后的"延安文学"，进一步要求作家向工农兵学习，为工农兵服务，甚至成为工农兵的一分子，知识分子的启蒙高度因此失去。文学的政治化、大众化、民间化追求也成为此后

"十七年"文学和"文革"文学的突出特征。广义上讲,"左翼文学"从二三十年代的"革命文学"起到六七十年代的"文革文学",为底层呼吁,反抗阶级压迫,追求社会公平都成为其核心理念和总体倾向。新时期经过了八九十年代的思想解放浪潮,呈现出本体多元化的发展态势,纷纭而出的伤痕、反思、寻根、先锋等文学思潮取代了单一的左翼文学走向。进入21世纪,商品经济的迅速发展带来新的两极分化,城市贫民、下岗工人、进城民工、在乡农民等弱势群体再次成为文学关注和表现的对象,"底层文学"渐成新的潮流。此处所谓"底层",在内涵和外延上并非等同于"无产阶级"的概念,同时也淡化了以往强烈的政治意味,但"我们每个人都能清楚地感受到'底层'的存在……一切处于社会边缘的弱势群体,都可以看作底层"[①]。21世纪的"底层文学"在揭示底层民众的生存状况、传达他们的心声、表现他们的情绪,乃至反抗新的强权和压迫,追求公平正义等主题上,都与20世纪左翼文学传统呈呼应之势。所以,新世纪"底层文学"的出现,某种程度上可以视为左翼文学传统的回归。

回顾文学历史,知识分子以自觉的启蒙意识和审美眼光打量底层民生时,作品多以揭示社会现实的黑暗、残暴和农民的愚昧、麻木为主旨,启蒙成为"五四"新文学鲜明的时代特征。而二三十年代的左翼文学也多以知识分子教诲民众的声音占上风,[②]40年代以后的"工农兵文艺"又因强烈的意识形态和革命性倾向而将人民大众塑造成了抽象的政治符号,相当程度上遮蔽了底层民众的生存真实与精神样貌。21世纪起始的"底层文学",乃是知识分子的"为底层写"而非"底层写作"本身。随之而来的问题是,知识分子会否因为缺乏对底层社会的深刻理解而造成与民众的再次隔膜?会否以其强烈的否定情绪和批判精神,而伤及民众的生存自信和

---

① 刘勇、杨志:《"底层写作"与左翼文学传统》,载《文艺报·理论与争鸣》2006年8月22日。
② 参见南帆:《曲折的突围——关于底层经验的表述》,载《文学评论》2006年第4期。

情感自尊？不懂底层的"底层文学"，固然出于良好的初衷和理想的设计，却未必一定获得底层的认同。那么真正大众化、底层化写作何以可能并何以更新发展？这是需要我们今天认真反思的一个问题。

贾平凹向来以"我是农民"自称，他虽不到二十岁就来到西安读书，此后一直生活在城里，但他多次强调自己身上无法抹去的农民气质。广义而言，贾平凹新世纪以来小说创作的关注点基本都在凋敝的乡村和底层农民身上，但《高兴》与《极花》的特别之处，在于创作主体的"作为农民"与对象主体的"作为农民"之间的身份叠加，从而凸显出"底层写作"的另类艺术效果，这一切，又都起因于作家对第一人称"我"的叙述视角的寻找。《高兴》以"我"（刘高兴）的口吻讲述"我"与五富、黄八、杏胡、朱宗、石热闹等一批以捡垃圾为生的拾荒者在城市的生活经历和命运遭际，以及"我"与"妓女"孟夷纯的爱情故事。《极花》以"我"（胡蝶）的口吻叙述"我"被拐卖到偏僻农村后的苦痛抗争和悲惨处境。这种第一人称叙述方式即故事由小说主人公"我"讲述，作者似乎隐匿在故事背后但同时又与故事中的"我"合二为一，有效地拉近了作者、作品、读者间的距离，体现出贾平凹"作为农民"写作而非"为农民"写作的民间立场。从底层出发，将民间文化作为自己精神灵魂的栖息地，使自己融入乡土民间，多一份对乡土社会善恶美丑的尊重和理解，[①]是"作为农民"写作的精髓所在。在《高兴》后记中，贾平凹记录了创作过程中"几易其稿"的艰辛，"考虑起书稿中虽然在那么多拾破烂人的苦难的底色上写着刘高兴在城市里的快活，可写得并不到位，是哪儿出了问题，是叙述角度不对？我当然还没有想得更明白，但已严重地认为小改动是不行的，要换角度，要变叙述人就得再一次书写……急匆匆返回西安，开始了第五次写作。这一次主要是叙述人的彻底改变"[②]。不难推测，

[①] 参见王光东：《民间：作为中国现当代文学研究的视野与方法》，东方出版中心，2013年，第173页。

[②] 贾平凹：《高兴》，作家出版社，2007年，第450页。

《高兴》的前四稿应该是第三人称叙述，但作者猛然觉得这样显然与"刘高兴们"的真实生活有些许"隔膜"，便当即将"刘高兴"变为"我"，于是读者也和作家一起变成了"刘高兴"这一角色，讲述自己作为拾荒者群体中的一员在城市底层生活的喜怒哀乐。任何形式的探索或方法的变革，深层起作用的是作家的思想观念，叙述人的改变根本上说是作家身份立场的转变，即由"为谁说"变为"谁来说"，这就造成《高兴》区别于一般"底层文学"写作的重要特征。小说中，刘高兴和五富等人因其谋生手段和社会地位，处处遭受歧视，但刘高兴始终保有一种城市"主人翁"自我感觉，他认为自己有城市人的气质，甚至比那些城市人更具备成为城里人的资格。刘高兴常说，城里人和乡下人的智慧是一样的，所不同的是乡下人经见得少而已，某些时候他还会嘲笑城里人的迂腐小气。以拾荒谋生的刘高兴和五富们的生存环境、物质条件无疑十分艰苦，在一般写作者或知识分子笔下，类似题材多会被处理成一个十分悲苦的故事，底层人物的悲惨遭际引发读者深深的怜悯和极大同情，从而归结于揭露社会不公和批判现实黑暗的创作主旨。但《高兴》另辟蹊径，农民刘高兴身上有一种可贵的自立精神和平等意识，他贫穷且地位卑微，可他并不自轻自贱，反而能"苦中作乐"，不但说话处事富有智慧和幽默感，即便身处逆境也能坦然应对、化险为夷。整部小说也因此有幽默诙谐而无轻贱油滑之感。这种建立在"苦难的底色上"的幽默，让沉重的现实增添了几抹亮色，也带给读者"笑中带泪"的审美体验，这比任何简单的揭露和批判都来得深刻，来得让人心灵震颤。贾平凹的《高兴》正是在这一角度上迥异于现代知识分子启蒙叙事和左翼传统的政治叙事与革命叙事，以及21世纪以来的底层叙事，成为另类的"底层写作"。

　　十年后，贾平凹在《极花》中再次将自己安放在女主人公胡蝶的视角上，让胡蝶这样一个被认为是"被侮辱"与"被损害"的底层年轻女性，焕发出健康明亮的人性光彩。胡蝶来自农村，跟随在城市"拾破烂"的父母生活。和所有城里女孩一样，她爱打扮，爱漂亮，喜欢穿高跟鞋和小西服。她也渴望爱情，对房东老伯的儿子青文深有好感。但命运无常，在一次以介绍工作为名的诱骗犯罪中，胡蝶被拐卖到了偏僻的农村地区，成了单身汉黑亮的媳妇并生下孩子。胡蝶一直拒绝服从，设法逃脱，但无奈最后的解脱只是一个梦境，她最终接受了黑亮和这个村子。小说同样以第一人称"我"（胡蝶）作为故事的叙述者，"我"在独白中讲述胡蝶的悲惨遭遇和屈辱感受，以及逃脱无望后接受命运安排的心理变化。作品没有借用受害者胡蝶的口吻一味谴责、控诉"拐卖妇女"的犯罪行为，而是通过黑亮引出另一个有争议的话题："我骂城市哩……现在国家发展城市哩，城市就成了个血盆大口，吸农村的钱，吸农村的物，把农村的姑娘全吸走了！"①一个更加沉重的现实问题摆在了人们眼前，城市化进程中农村全方位的荒芜衰败，青壮年劳动力大量流失，"那些没能力的，也没技术和资金的男人仍剩在村子里，他们依赖着土地能解决着温饱问题，却再也无法娶妻生子"②。谁都无法否认拐卖妇女是犯罪行为，可谁也无力解决偏远落后地区男人的娶妻生子问题。当自然状态下的伦常和法律都无法解决这一尖锐矛盾时，人们便冲破道德和法律的约束去夺取基本的生存权和生育权，这就为"拐卖妇女"的犯罪行为提供了市场。贾平凹并没有站在文明、道德和法律的制高点上裁定"拐卖妇女"的犯罪行为，作家也无力承担这样的职责。其实作家笔下"可怜的胡蝶"的悲惨遭遇，那些无知无畏、透出人性阴暗残忍的血腥屠害场面，已然昭示了作家的人道判断和价值良知。恰恰因为叙述者"我"与"胡蝶"的同一立场，那种美好人性遭遇摧残时的痛苦和绝望，才表现得那样触目惊心。然而贾平凹清楚地表明自己实在是不想把《极花》写成一个纯粹的拐卖妇女儿童的故事，作家真正的用意，是要通过胡蝶被拐卖这一事件，写出贫困的乡村世界在落后闭塞和城市化的掠夺之下，终于面临全面塌陷无以为继的悲苦情状，写出底层农民的绝地反击和由此造成的更深重惨烈的自我伤害。小说被深刻的社

---

① 贾平凹：《极花》，人民文学出版社，2016年，第9—10页。
② 同上，第206页。

会矛盾和道德与人性的尖锐冲突所覆盖，集恐惧、隐忧和无奈为一体，哀伤气息弥漫在字里行间。

显然，作家面对的不再是简单的城乡对立或者贫富对抗，贾平凹不可能重复传统的社会批判性叙事模式，也早已走出了简单的道德化书写。善与恶、美与丑构成的二元对立思维，很难透视乡土变故中出现的种种异象。贾平凹甚至放弃了惯用的繁复笔墨，"用减法而不用加法"，"把一切过程都隐去"，只让单纯而美好的胡蝶说话，人生世相的复调性与胡蝶理解人生的单一性，形成了鲜明的反差。通过胡蝶的叙述我们发现，她由开始的拒绝、抗争，到后来的妥协、接受，心理发生了巨大变化，胡蝶悲叹的不仅是自己的遭遇，也是这个村落的命运。作家与胡蝶一起悲叹，从激愤、控诉到忧伤、无奈，再到理解和包容。甚至在拐卖者和被拐卖者之间，读者感受到一种犹疑暧昧的态度。这是《极花》的一个痛点。只有拉开距离，提醒我们小说非政治非道德也非法律判决，小说只是小说，是从心底长出的忧思和悲悯。

如果从新世纪以来"底层文学"中选出几部代表作品进行对比的话，我们就会发现《高兴》与《极花》的特殊之处。原载于2004年《当代》第5期的曹征路小说《那儿》，叙述了一个富有正义感的工会主席为阻止国企改革中国有资产流失而失败自杀的故事。小说充满了悲凉、阴郁、灰暗、绝望的色调。发表于2013年《十月》杂志第2期的方方小说《涂自强的个人悲伤》也是典型的底层文学，出身农村的涂自强，靠自己的勤奋努力进入大学，却因家庭变故放弃了继续求学的想法，他四处奔走，艰难度日，最后积劳成疾，在安顿好母亲后默默死去。小说也充满了悲伤忧郁的气氛，并表现出同情底层民众、反思批判现实的精神。新世纪以来的底层文学大多具有这种灰暗绝望的色调。但正如上文所述，贾平凹的《高兴》《极花》却与此不同而多了一抹温暖与明亮，也多了一份理解与包容。从《高兴》到《极花》，作家以特殊的小说形式一再申述自己的平民立场，以"我是农民"的主观视角构建出现代知识分子启蒙叙事和左翼文学传统政治叙事、革命叙事以及新世纪底层叙事之外的"平民叙事"。

二

贾氏"平民叙事"产生了另一种艺术效果，具有理想人性意涵与人格光彩的"农民"形象在《高兴》和《极花》中被创造出来。刘高兴和胡蝶都来自落后的农村地区，又生活在城市最底层，却并没有因此丧失他们纯良的精神品质。刘高兴乐观、自信、大方、幽默、善良，富有同情心和责任感，执着追求自己的爱情，这是以往的启蒙叙事或革命叙事中很难见到的"农民"形象。他不同于鲁迅笔下的"阿Q"。虽然刘高兴身上某种程度上也体现出盲目自大、自欺欺人、自娱自乐、自我安慰等阿Q式的"精神胜利法"，但论者已指出，阿Q愚昧、守旧、卫道、滑头、无赖，刘高兴却聪明、机智、文明、开朗；阿Q自欺欺人、自轻自贱、欺软怕硬，刘高兴却自尊、自爱、善良；阿Q使用精神胜利法使自己沉浸在不满现状却又安于现状的幻想和自我安慰中而不思悔改，一切存在都变成滑稽可笑的表演，但刘高兴却自认是城里人，有着美好的生活理想。[①]同样，刘高兴也让我们想起了高晓声笔下那个与阿Q有更多相似之处的"农民"形象"陈奂生"，但与保持了更多传统农民善良、正直、勤劳、憨厚品性并且眷恋土地的陈奂生相比，不再"恋乡"的刘高兴却又多了几分乐观旷达甚至狡黠。刘高兴也不同于左翼文学中那些因循守旧或一心革命的农民形象，他更加有血有肉，也更为温和饱满。男女爱情在左翼文学发展至"十七年"和"文革"时期后几乎是一个禁忌话题，这一"陈规"虽在"新时期"早已打破，但《高兴》中所写的刘高兴的爱情故事仍然显得特殊而感人至深。刘高兴得知令他魂牵梦绕的孟夷纯干着最见不得人的"职业"时情感遭受了重大打击，然而再次与孟夷纯相遇，了解到孟

---

① 参见胡功胜：《读懂贾平凹》，安徽人民出版社，2014年，第97—98页。

夷纯的悲惨遭遇和无奈处境后,"妓女"孟夷纯在刘高兴心中依然美丽而圣洁。他把深爱的女子比作锁骨菩萨:"这菩萨在世的时候别人都以为她是妓女,但她是菩萨,她美丽,她放荡,她结交男人,她善良慈悲,她是以妓之身而行佛智,她是污秽里的圣洁。"[1]为了爱情刘高兴倾其所有,不惜一切代价解救陷入困境的孟夷纯,刘高兴知道,"在这个城里,我是真正有一个女人了,这个女人也真正地有了一个人:刘高兴"[2]。一个底层农民能为自己的爱情信念而抛弃一切世俗观念,他的真挚和痴情感动了孟夷纯,也征服了无数读者。

作家并没有掩饰刘高兴身上的一些固有习性,我们熟悉的那种盲目自大、自欺欺人的阿Q式"精神胜利法",或许在很多时候也是刘高兴应对人生苦难的有效武器。但刘高兴却一定不是贾平凹笔下的另一个"阿Q"。贾平凹曾经真诚地对人物原型"刘高兴"说:"刘高兴,如果三十多年前你上了大学留在西安,你绝对是比我好几倍的作家。如果我去当兵回到农村,我现在即使也进城拾破烂,我拾不过你,也不会有你这样的快活和幽默。"[3]所谓底层意识和平民视角,在贾平凹这里常常表现为一种换位思考,他以自己的人生体验告知世人所谓"高贵者"和"卑贱者"之间,有时候只是一线之隔,可能只是命运的捉弄,才让他们生活在完全不同的两个世界。"刘高兴"让评论家和研究者深感"阿Q"阐释模式的失效。其实,鲁迅的深刻和伟大在于他所发掘的"阿Q"精神,既潜藏在人性的幽暗处,成为"无处不在的灵魂",也超越了农民群体甚至超越了民族国家,成为人类自我反省的一面镜子。贾平凹在小说中展示的是农民中的优质分子刘高兴,他代表的是人性中健康光明的一面,是人类面向未来的信心所在。刘高兴性格的主导倾向既非"阿Q"式,也非左翼革命文学中因循守旧的一类,"刘高兴"是五四启蒙文学、左翼革命文学到新世纪

---

[1] 贾平凹:《高兴》,作家出版社,2007年,第268页。

[2] 同上,第366页。

[3] 同上,第451页。

底层叙事一路走来，中国农民形象链条上出现的一个新的文学性格。尤其和新世纪以来以悲郁沉暗为主调的底层文学相比，贾平凹寄托了自己美好人格理想的这个"刘高兴"，反而以一种另类的明亮色彩引起人们的格外关注。或许不再眷恋乡土的"刘高兴"们再也无法用传统的"农民"来定义了。

用同样的思路解读《极花》中的胡蝶，我们想起贾平凹早年作品中那些清纯如水的美丽少女，如果时间能够回转，农村没有像今天这样破败，农民不用到城市漂泊谋生，胡蝶还会像《满月儿》《小月前本》中的满儿、小月一样，守着安静的村庄，也守着甜美的梦想。然而胡蝶的命运被时代和现实彻底改变了，她走进贾平凹三十年后的小说中，成了一个被侮辱、被损害的女性形象。但作家没有让苦难生活改变胡蝶与生俱来的性格美质。她始终在追问自己的命运，始终向往生命中的爱与自由，始终不放弃不沉沦。但孕育生命的过程改变了胡蝶，对身边同样不幸的村民的同情让她慢慢卸下盔甲，她与黑亮与邻里的关系慢慢缓和了，她甚至非常有仪式感地拿走隔开她和黑亮的那根木棍儿，主动以一位妻子的身份和黑亮生活在一起。胡蝶是妥协了，但胡蝶依然坚守内心的尊严，面对一个曾经强暴自己的丈夫，她依然要争取自己的权利，要表明自己是自己爱与性的主人。与刘高兴不同，胡蝶毕竟是弱女子，以自己的力量无法掌握自己的命运。胡蝶的认命，是底层弱小者不得已的选择，但同时是农村姑娘的善良天性使然。作家写了太多胡蝶遭受的屈辱和伤害，也写出了胡蝶的生命中如蝴蝶一般美丽动人的心灵瞬间。面对胡蝶的无辜受难，作家在小说中对乡村社会广袤的同情引来人们对其思想立场的质疑。回想当年的满儿或小月，今天为何变成了伤痕累累的胡蝶？追问悲剧从何而来的时候，想必作家也是满心伤痛。不能说小说完全没有批判意向，但显然作家觉得简单的谴责和批判不是小说的目的，小说只按小说的逻辑向前走了，结局似乎是出乎意料的。也正如作家所言，小说常常不受他的掌控，荒谬、无解与不合理，正是小说的合理性所在。胡蝶命运的走向，刷新了我们对农村女性形象的审美经验，胡蝶也因此以她的另类光彩位列于贾氏小说的人物画廊之中。

由于社会阶层分化日趋严重，农村人口涌入城市成为底层打工者，底层文学应运而生。有研究者认为，从强调阶级对抗、反抗阶级压迫的"革命文学""无产阶级文学""工农兵文学"等一路走来的左翼文学传统，以其大众性、底层性的特征，成为新世纪底层文学创作的经验资源。当"左翼文学"失去了其主流统治地位，"普罗""无产阶级""工农兵"等概念相继失去其号召力和有效性的时候，"底层"概念的出现，显示出左翼文学复苏潮起的迹象。①底层文学的兴起实际上与20世纪左翼文学有一脉相承之处，但二者又有巨大的区别。底层文学以揭露、批判社会现实为思想指向，这是新世纪"底层文学"的总体特征。贾平凹的《高兴》与《极花》出现在底层文学再次兴起的时代，但与上述"底层文学"表现出很大的不同。有论者指出："出版于2007年9月的《高兴》，加入了彼时方兴未艾的'底层文学'的大合唱，重新叙述了一个'乡下人进城'的故事……作为著名作家的贾平凹，在'文学潮流'中写作的同时，也和'文学潮流'本身展开了批判色彩的对话。某种程度上，《高兴》是'底层文学'潮流的异类。"②所谓相异主要指异于底层文学悲情的叙述风格。《高兴》充满了诙谐、幽默甚至俏皮的味道，没有剑拔弩张的对抗，没有含着血泪的控诉。刘高兴也与以往底层文学中所塑造的被迫出卖劳动、身体、尊严甚至生命的人物形象不同，而表现出自信、乐观、风趣幽默的性格特征。《极花》虽与《高兴》在风格色调上有明显差别，但小说同样没有用大量的篇幅去展现胡蝶的血泪控诉。胡蝶由顽强抗争到妥协认命，心态发生了巨大变化，这正是贾平凹以极大的悲悯情怀去理解农村千千万万的"黑亮"现实处境的必然结果，而胡蝶与黑亮、与圪梁村、与命运的最

---

① 参见李云雷：《如何扬弃纯文学与左翼文学——底层写作所面临的问题》，载《江汉大学学报》2006年第5期。
② 黄平：《贾平凹小说论稿》，云南人民出版社，2013年，第154页。

终"和解",使小说浓重的悲剧性有所冲淡。这使得《极花》与通常底层文学的悲情叙事在审美旨趣上形成背离,成为底层文学中的异类。在《高兴》与《极花》的两篇后记中,贾平凹都提到了想换一种写法的愿望和"逃出以往叙述习惯"的努力,实际效果正如他所期待,"喜悦了另一种经验和丰收"。从文学史的视野去看,贾平凹的探索提供了底层写作新的叙事维度,从而拓展和丰富了左翼文学的艺术传统。

原载于《中国文学批评》2017年第3期

（本文系与李斌合作）

《暂坐》：女人与城的命运交响

很多很多年以后，会有多少人不约而同地回想起2020年这个特殊的年份？可以肯定的是，这个特殊年份所发生的、人们经历和体验过的，将会不断出现在作家们各自不同的笔墨记述中。2020年，写在贾平凹文学纪历上最重要的事件，是长篇小说《暂坐》的问世，贾平凹"这只勤快的老母鸡"，为庚子年的中国文坛，生产了又一部别样的艺术作品。

迄今为止贾平凹已经出版了十八部长篇小说，按说每一部都体现着作家对艺术独创性的极尽追求，而《暂坐》于我来说尤其特别。因为作家这次很专注地在一个城市和一群女人之间编织故事，那也是我所生活的西京（西安），是我身边活色生香的同伴姐妹，极强的代入感让我几乎忽略了通常所谓的阅读屏障，"波烦琐碎"的贾式叙事全然不影响我的阅读兴味，于是信服了莫言说的那句话："读书其实是在读自己。"

作为一个专业读者，这种不再刻意拉开与文本的所谓审美距离、任由个人感受回旋鸣响的阅读体验，起先还让我多少有点窃喜和享受。意想不到的是，作家笔下的小说情境每每和当下现实发生感应，不用照搬文学教科书中的现成理论，未及沉淀的思绪遇到外部环境后还是迅速发酵。贾平凹的这部小说完稿于2019年暑期，我却在一年以后读出了更属于当下的心灵痛感，潜藏在思想深处的对世界的未知与茫然，恰被小说显影。我甚至觉得，《暂坐》就是写给2020年的，冥冥之中，谁也没有料到，《暂坐》就成了2020年的隐喻。

回顾贾平凹以往的小说创作，女性因被格外关注和用力书写已自成形象序列。无论是早年描摹故乡的山水人情，捕捉乡土社会的变革迹象，还是其后致力于状写城乡交汇洪流中跌宕起伏的人生命运，乃至放开笔墨从历史的深幽地带和民间的驳杂场域中，探寻天道自然与人事社会的复杂关系，女性人物一直是贾平凹写作命意的重要承载体。相应地，作家对女性形象的塑造及其所传达出的女性观，也成为贾平凹小说评论中关注度比较高的一个话题，尤其是在1993年《废都》问世之后。《废都》准确说是以男性知识分子的生活故事和精神状态为小说主轴的，但那一群被视为男权附属品的女性形象所引发的话题热度却从来不输于男性形象，特别是在女性主义批评那里，她们几乎成为讨论中国女性问题的必引案例。泛及作品的雅俗之争、美丑之辩，乃至牵涉作家声名的毁誉，《废都》余波持续影响了后来的贾平凹创作以及对他的批评和研究。

《暂坐》又一次专致状写西京故事。二十七年光阴流过，西京既是原来的西京，又已然不是原来的西京，中国社会发生了太大的变化，都市更是时代变迁的风向标，是折射繁复人生的万花筒。贾平凹的《暂坐》如何再次涉笔市井百态？无论如何，女人对现代都市的美学意义，是被不少小说家意识到和把握过的，而《暂坐》想要凸显怎样的不同？贾平凹应该是有他自己的独到思路和艺术主张的。

小说写女人、城市和日常生活，容易让人想起张爱玲、王安忆、池莉这些女作家，她们笔下的香港、上海和武汉，与她们创造的都市女性形象如白流苏、王琦瑶和来双扬等，形成一种相互承载和相互映照的关系。一个女人和一座城，城是她的城，她是城的她，相依相存一起走进读者的视野。如果我们暂且把作家的性别意识按下不表，而将《暂坐》也拉进这个小说序列来讨论，不难发现女人、城市和日常生活这三个关键词，同样适合于准确解读贾平凹的这部新作，并且，这里还有一个看起来很趋同的思想标识，就是作家的民间化立场。贾平凹一如既往地以民间都市的审美范式来书写他所在的西京，因其关注点从古城的文人群体转移至女性群体，更加重了小说内容的日常性，如作者所言"风雨冰雪，阴晴寒暑，吃喝拉撒，柴米油盐，生死离别，喜怒哀乐"①的众生生存之相，西京城里不同的女性故事散点辐射而又相互交织，当下中国的繁复世态、欲望都市里的命运无常，弥漫在贾氏小说细致绵密的字里行间。

贾平凹的艺术自信首先来自他身处的这座城市。曾有论者在比较《废都》和《长恨歌》这两部小说时表明"西京"和上海"代表了中国的两种不同类型的城市"，西安因其深厚的历史文化底蕴被认为是"'最中国'和最有中国性的城市"，而上海与西安相比有更多异质感，"它是最不具有中国性的城市，最为西方和最为洋派"。②在市民文化的层面上比较，武汉显然更具草根性和烟火气。正是不同城市独特的历史文化性格，滋养出性格样貌不同的都市女性，落在作家笔端，就有了姿态万端、画风各异的文学形象。贾平凹的《暂坐》以茶庄老板海若为核心的一群城市女性为主角，现代女性共有的人生追求与生活方式，人性和欲念层面上的利益关系与情感纠葛，构筑着小说的基本叙事框架。所谓"西京十三玉"各有各的美质，但从人物精神的内在理路去分析，不难发现她们是特别属于"西京"这一方水土的。这令我想到类似日本浮世绘的艺术风格，任何舞台背景的置换都会带来整体的违和感，从而破坏那种独有的民族画风。《暂坐》多落笔在文化人熟悉的领域，只看作家羿光的书房就是个小型博物馆。走进"暂坐"茶庄，一眼望过去也是各种佛祖神像、书法绘画、几案古琴、瓷瓶茶具、玛瑙玉石等，这些特别具有城市符号感的场景和物件，映照出海若们的生活日常。西京已经算是个国际化的现代大都市了，但它常常示人的名片还是千年的历史遗迹和文化古韵。贾平凹通过笔下流光溢彩的女性群像，让我们从她们身上新与旧、雅与俗的多色变幻中，读出了

---

① 贾平凹：《〈暂坐〉后记》，载《当代》2020年第3期。
② 朱小如、何言宏：《〈废都〉与〈长恨歌〉——关于中国当代十部长篇小说经典的对话之一》，载《芳草》2010年第3期。

这个城市的文化个性。另一方面，贾平凹素以书写乡土经验见长，即便有了几十年的城市生活体验，依然常被质疑写不好城市，包括城市女性。贾平凹自己的回答是："其实现在的小说哪里能非城即乡，新世纪以来，城乡都交织在一起，人不是两地人了，城乡也成了我们身份的一个分布的两面。"[①]且不说到底是否存在一个标准化的都市模式以及标准化的都市女性，就中国而言，城市化的历史还是太短暂，曲曲折折一百多年间，乡土何曾真正离开过我们？再具体到作家生活的西京，既杂糅了现代和传统多种文化元素，也最典型地体现着乡土和城市的一体两面性。留意一下《暂坐》女子们一路摸爬滚打、落户西京的奋斗历程，便可知贾平凹既写出过那么多生活在城市的名义上的市民和知识分子，也一定知道如何拿捏这些看起来已经完全是城市丽人的女性的性格特征了。所以，贾平凹《暂坐》贡献给当代文学的是别样的城市女性，她们是最西京的，某种意义上也是"最中国"的。

  《暂坐》有多种读法，不同角度进入会有不同的解读，城市和女性可以是题中之意，但不会是小说的全部。西京无论作为一个具有鲜明地域文化的地理空间，还是一个承载了厚重历史文化的人文空间，其本身都不是作家想要表达的重点，作家叙事的落脚点依然是写生活写人性，当意象化的西京成为作家想要重新开拓的精神空间时，所谓地域文化和历史文化的独特性才会焕发作用。贾平凹这一次选中女性群像为抒发对象，对现代女性生活故事和幽微情感的呈现，对她们精神困境和人性迷思的思考，自然成为小说引人注目的一个亮点。值得注意的是，作家不再从人物的底层打拼写起，而将叙事重心放到"后来"，关注她们奋斗成功后的生存状态和命运沉浮。茶庄女老板海若和她的闺蜜们，皆美丽风情、独立能干，在西京已然有了足以安身立命的资本，某种程度上说，已经实现了自由而有尊严地活着的理想。然而沿着夏自花病重住院直到离世的线索，作家的叙述

---

① 贾平凹：《〈暂坐〉后记》，载《当代》2020年第3期。

每落到一个姐妹身上,无不是潇洒生活背后的血痕泪痕,你发现这些看起来风姿绰约的都市女性其实都没那么好命,情感世界里苍凉无助,各自的生意也是危机四伏。曾经靠男人,后来靠自己,与闺蜜抱团取暖,也拜佛也放生,然生命终归无所依托也不得救赎。小说的最后,茶庄突如其来地爆炸了,姐妹群的定海神针——羿光和海若也不知所踪。"伊娃醒来,屋子里空空荡荡,窗外有烟囱在冒烟,烟升到高空中成了云,正飞过一架飞机。"读罢无限惆怅,空留一声叹息。

所以,我觉得《暂坐》最终不是一部城市小说,也非单纯意义上的女性叙事文本。贾平凹一直坚持以长篇小说反映变动不居的人生世相,不同的是这一次身边出现了这样的一群女性,看到了她们世界里的热闹风景,于是引发创作动念。一百年的大变局中,女人的世界也发生了巨大的变化,纵然还存在男女关系的种种不平等,但今天的两性关系之复杂,也远非"不平等"三个字可以简单概括。《暂坐》中写到的男性,羿光是被女性包围的偶像级人物,内心也并不比"西京十三玉"强大多少,至于范伯生、怀章、许少林、高文来、王院长等等,也都活得近乎卑微,包括那些隐身于幕后的男权社会的代表,其命运也不全掌握在自己手中。大凡读懂了《暂坐》的读者,都折服于"暂坐"二字的象征意义,正如女性主义文本中经常出现的意象,如"城堡"和"孤岛",放大来看未必不可指向人类存在的永恒"困局"。贾平凹在他密不透风的日常生活描写中会不经意地插入一些"神来之笔",如章怀遇见冯迎的幽灵,陆以可去世三十多年的父亲出现在女儿面前,西京的上空也是一阵子风来一阵子雾去,人类眼中的世界突然变得神出鬼没又扑朔迷离。贾平凹在后记中说:"这人间的人确实有了两种:人类和非人类。也时空转换着,一切都有了起伏不定黑白无常的想象可能。"[1]这是非常令人恐慌的想象,却是被允许的小说家言,即所谓小说的"虚笔"。或许出自生存本能和条件反射,当人与自然

---

[1] 贾平凹:《〈暂坐〉后记》,载《当代》2020年第3期。

界的共处问题日渐凸显时，人类内部的各种文化关系也会随之发生调适。从这个角度理解《暂坐》与城市文化的和解，意味着作家突破了惯常的城乡思维，也超越了传统与现代二元女性观的纠缠，这是继《废都》之后，作家更多关注人的存在、思考生命本体意义的又一次艺术掘进。由此让人联想到"思想背景里有这惘惘的威胁"的张爱玲，她意识到"时代是仓促的，已经在破坏中，还有更大的破坏要来"①，于是让《倾城之恋》中的范柳原和白流苏，由相互算计防范转而走向相互妥协，达成读者期望的圆满爱情结局。现当代文学史上有这种隐秘文化体验的作家并不多，贾平凹应该是其中的一个。

当我在2020年本该出门看世界的季节，因为一场流行性病毒的暴发而困在书房捧读小说时，《暂坐》中的人生故事让我看见了自己身处的困境，不分城乡也无关性别，是一个现代人不期然中遭遇的精神失重。作家写小说的时候，当然不会料到隔年会有疫情发生，但无名的雾霾却已经折腾人们很久了，我相信2020这一年，很多独立的个体都曾再一次回到内心，或者终于有所顿悟。而小说家总是比常人更敏感于生活中的些微变化，发现其背后隐含的东西。好的小说也有让我们记住历史的功能，但虚构性叙事更大的意义在于探究人生的未知空间，并提供预言和警醒。对贾平凹新世纪以来的多部长篇小说，评论界已不乏多元向度的丰富阐释，若论作家一以贯之的坚持，或审视人类的生存，或探照人性的奥秘，都是在面向未来的轨道上运行的。他在《秦腔》中写乡村衰败，在《古炉》中写政治运动，在《老生》中写饥荒瘟疫，在《极花》中写人口拐卖，在《山本》中写山匪祸乱，及至新作《暂坐》写海若们的人生聚散，都在"天人合一"的自然法则下，映照出人类的自以为是乃至胡作非为。并且，作家始终依托虚实结合的叙事策略，来实践他的创作命题。贾平凹的小说一路写来，在小说的写法上既自由也用心，但是无论作为文学灵魂的人和人的

---

① 张爱玲：《〈传奇〉再版序》，见金宏达、于青编《张爱玲文集》第4卷，安徽文艺出版社，1992年，第135页。

命运，还是承载这命运的小说形式，又总在某种逃不离挣不脱的羁绊中。不能说《暂坐》没有情节，但本质上又是弱化情节的，《暂坐》是用丰富的细节堆叠起来的，但这些细节所描摹出的生活，又远不是作家想要表现的重心。《暂坐》是想告诉我们，日常生活下面永远是暗流涌动的，这不为人察觉和难以预料的暗流，却无形中牵引着人生的走向，这就注定了阅读贾平凹不是一件轻松的事情。当我们陷入与小说相似的人生困境，才会由作品而反观自身，去探问人生的何去何从。所谓活着的价值和意义，总是在庸庸碌碌的日常中被荒疏掉的，突然被一次阅读点醒，就觉得作家用日常生活琐事写就的小说，也充满了思辨意味的哲学。

在阅读《暂坐》的过程中，我看了多个微信公众号推送的《暂坐》创作谈，这期间也曾有机会见到作家，也问起有关《暂坐》的创作意图。虽然《暂坐》的整体象征不言而喻，但贾平凹依然强调其中的写实部分，他希望在大量鲜活的市井描写中，注入生活的智慧和趣味。贾平凹认为好看的小说一定是有韵味的，而这韵味首先来自真实的生活本身，小说给读者的生活启发是之于社会政治的、思想哲理的启发，前者要先于后者，也最终胜于后者。我们看《红楼梦》，看张爱玲的小说，今天记住的，还是那些不朽的形象和经典的句子，是作家笔下生活的万般滋味。相对而言，那些大于生活的观念形态的东西，则有可能随着时间的流逝和人对未知世界的认识而被淡忘。这些话乍听与小说家一贯追求的深刻浑朴相悖，但其实是用虚实反转的思路，道出了小说之为小说的秘密所在。所谓虚实相间，一面是不要花招地描摹生活场景，还原生活常态，另一面是以小说为时代镜像，审视历史和现实，观照人与天地自然的关系。《暂坐》在密集的生活实景描绘中，不时有留白的艺术处理，这些虚化的空间，作为一种敞开式艺术结构，召唤着读者和研究者的深入阐释，完成我们常说的"可写的""再生产"式阅读。贾平凹在《陕西日报》的记者访谈中说："有的书宜于快读，有的书宜于慢读，如果读《暂坐》，还是慢慢地读着为好。"①可见,贾平凹希望他的都市女性故事能吸引广大读者,更期待能拥有深度读懂《暂坐》的理想读者。

能否成为小说的理想读者,阅读中能否发生情感和思想的共鸣,一定也与年龄阅历有关的。人生总要经历些风雨坎坷,而后会明白时代本不是直线向前的。现在常听到的一句话是:现实比小说更像小说,意思是现实生活的荒诞和离奇已经超过了小说家的想象力,如果小说仅仅是对生活现象的复制,那一定敌不过新闻纪实,面对现实,小说家的着眼点与落脚点终究有不同,或者不那么单一。土耳其作家帕慕克在他的诺贝尔奖演讲词中说:"文学最需要讲述和剖析的,是人类的基本恐惧。"②作家总是最能感受到黑暗的人,这些恐惧和黑暗都会触动读者。当然,小说还要给人心灵的抚慰,指出黑暗中的一线亮光,让我们奋力寻找出路。贾平凹在大约二十年前曾经写道:"我也自信在我初读《红楼梦》和《聊斋志异》时,我立即有对应感,我不缺乏他们的写作情致和趣味,但他们的胸中的块垒却是我在世纪之末的中年里才得到理解。"③这篇创作随笔我其实读过多次了,但今天是特别有感于作家所言的"对应"与"理解"。贾平凹从当年重启的艺术实验之路走来,《暂坐》继续印证着他一如既往的坚持。作为读者的我,同样在这两个层面上对应和理解了《暂坐》。如果阅读能让积郁的情绪得以疏散,让心境转回澄明,那依然还是要感谢作家的慈悲和小说的力量。

想起两年前那次造访贾平凹,在他书房的楼下等待另一位同事时,不自觉地走到位于街角处的门店,就是被当作《暂坐》原型的那个茶庄,现在已经变成一个药店了。早几年我也曾约过贾老师在这里签书,喝过漂亮的女老板给我泡的新茶,短短几年已经物是人非了。看我在店里走来走

---

① 柏桦:《贾平凹:第二部城市小说的文化态度和对女性心灵的审视》,载《陕西日报》2020年6月9日。
② 奥尔罕·帕慕克:《我父亲的手提箱》,见《别样的色彩》,宗笑飞、林边水译,上海人民出版社,2011年,第482页。
③ 贾平凹:《我心目中的小说——贾平凹自述》,载《小说评论》2003年第6期。

去不明所以的样子，导购小姐过来询问，这才从恍惚中回过神来，顺手买了一支眼药水匆匆离开。是啊，人生一世不过"暂坐"而已，但谁能说与玉一样的女子对坐品茗的那刻光阴，不是实有的美好？若这实有的，是人生，那这美好的记忆，便是文学，也是诗性了。

原载《文艺争鸣》2022年第9期，原题为《2020年的〈暂坐〉》

方英文写作的轻与重

——《落红》与《后花园》解读

  新世纪以来,以中短篇小说和散文创作闻名的陕西作家方英文,推出了两部极具特色的长篇小说《落红》和《后花园》。方英文是在文坛笔耕二十年之后进入长篇小说创作领域的,对这样一位笔力成熟而健旺的作家,人们有足够的理由相信其长篇创作的思想质量和艺术水准。正如陕西两位著名作家所评价的那样:"方英文形成了独特的文学风格","在陕西文坛,可以说他是另类的"[1],其作品人物"以其陌生新鲜的面孔立于当代文学画廊人物之列"[2]。方英文二十多年来苦心经营的文学世界,在《落红》和《后花园》中有了一个集成性的展示,我们今天解读方英文的艺术个性,也有了更为丰富和坚实的文本依据。

  所谓作家和作品的独树一帜,通常是在历时性文学传统和共时性文学环境构成的参照系中,可能得到更为有效的阐释。从方英文小说的人生忧患意识、社会批判价值、知识分子精神历程的复杂展示、悲喜交汇的审美风范、婉而多讽的文体追求等等,都可以看到既往文学经验的优质承传和当下文学精神的典型呈现,并在作家的心灵拥合中焕发出汉语言的神姿异态。方英文是在积淀厚重的陕西文学土壤中成长起来的,但引起笔者言说

---

[1] 贾平凹:《方英文〈后花园〉作品研讨会纪要》,载《陕西文学界》2008年第4期。
[2] 陈忠实:《烛照人类心灵的不死神光》,载《中华读书报》2002年8月28日。

兴趣的恰恰不是传统元素的自然流露，而是作家创作中所进行的对地域文学生态的强力逆转。方英文是陕西文坛的一个另数，而且正是陕西文学的务实厚重，反衬出方英文的浪漫轻灵。阅读方英文的长篇小说，经由明显的失重而进入心灵的漂浮状态，这种失重感和漂浮感的久久存在，渐渐变成了解读方英文新小说的诱惑力。

一

　　以现代立场上的反传统抑或怀抱传统的反现代角度，似乎都不能准确地解释这两部小说。方英文无意于确立自己的思想或文化立场，他的文学革命并非方向性的新旧颠覆，他所面对的是越出传统文化中心控制的现实层面，非启蒙的非革命的，也非时下流行的日常琐碎。方英文在《落红》和《后花园》中给我们呈现的外部世界带有明显的后现代文化特征，在断裂了传统文化之根和丧失了崇高精神信念之后的现实生活基础上构筑文学故事和人物命运，成为方氏小说特质形成的前提。离开定式文化规定和惯性接受中的文学真实空间，也是阅读产生失重感的主要原因。

　　《落红》中的主人公唐子羽就生活在这种价值失范、意义失重的现实空间里。他所任职的部门是百陵市政府一个最闲散的局，这个局，"似乎可有可无。它看上去好像管了好多，其实什么也管不了。假如这个局在一次大地震中坍塌了，永远陷进地裂缝里，那么我们的生活原来是个什么样子，现在仍然是个什么样子"[1]。唐子羽是这个局里"最末一位副局长"[2]，而且是无所作为之中白白捡来的一个副局长，后来又因"儿戏"开会学习丢了官帽。曾经的理想和信念被巨变时代的车轮碾得粉碎，空留一些才情智慧和良知善德，无所事事而又夸夸其谈。情人梅雨妃对唐子羽的概括非常准确，说他是"废品天才"，这很容易让人联想起文学史上那

---

[1] 方英文：《落红》，长江文艺出版社，2002年，第14—15页。
[2] 同上，第13页。

一类"多余的人"，但在唐子羽身上，"多余的人"所固有的精神苦闷的印记似乎都不明显，或者嬉笑调侃，或者装模作样，他将自己当作这个荒唐可笑世界的一部分，自觉沉溺于凡俗生活之中，消遣和享受凡俗生活的快乐。唐子羽与传统知识分子最大的区别就是既清醒于现实人生的荒诞不经，却不再去做无谓的坚守和抗争。唐子羽代表了相当普遍的知识分子当下精神状态，他们从旧日的精神高地退下阵来，退守在做人的道德良知的底线。他们的沉沦世俗，也不是以往知识分子因绝望于现实而颓废堕落，他们是心悦诚服地认同世俗和拥抱世俗，相比于假大空式的政治信仰和道貌岸然面具下的丑恶行径，百姓的庸常人生和感官享乐反倒更真实更可爱。所以，唐子羽说自己是个"没用的好人"，是"蜷缩的人"。所谓"没用"，是指卸除知识分子的角色重任，成为"芸芸众生"中的一员。所谓"蜷缩"，则指不再具有精神勇士的激扬个性，心灵世界呈蜷缩状态。唐子羽性格是精英文化中心转向世俗文化中心的一种标识，让我们感受到一种强烈的解构主流文化的后现代气息。

　　唐子羽对待婚姻、爱情、性及其关系的复杂态度，最能够见出他的性格内涵。一方面，唐子羽想保全自己的家庭，确保"妻子是陪伴自己一生的女人"，另一方面，他又渴望纯粹浪漫的爱情，渴望"生命中有一个美好的情人"，偶尔需要的话，他也不完全排斥性交易。在唐子羽这里，性是一个万能工具，与妻子是"家庭活动"，与情人是爱情游戏，与"妓女"是生理发泄，都可以通过性活动完成。唐子羽不同意"将恩与爱煮成一锅粥"，他将家庭、爱情和性分而处之，根据需要调整三者之间的关系。唐子羽赋予性行为合理的多向性，这一合理性却是以他的多种世俗需求为依据。其实，在现代人的观念里，性的专一已然不是针对家庭，而是针对爱情的，以专一的性来证明爱情，并争取爱情与婚姻的合一，一直是现代知识分子追求的爱情理想，而现代知识分子又往往以对爱情的追求和坚守，标明他们对自由精神的诉求，这与传统的忠贞观念是两回事。唐子羽身边的两个女人倒是遵守爱情规则的，无视规则的是唐子羽。唐子羽大白天与嘉贤"爱情","嘉贤很投入很沉缅,因为她爱唐子羽"。唐子羽心里惦记的却是另一个女人梅雨妃,在妻子身上释放性本能后,"他觉得他的灵魂已经干涸,再也想不起梅雨妃了,连世界上最美丽、最性感的女人都懒得去想了"。梅雨妃爱上了唐子羽,就对爱情有了长久的期待,希望爱情能够有所落实,而唐子羽只想拥有一个隐秘的情人,却不曾考虑承担责任。当梅雨妃问他:"你准备跟我结婚吗?"唐子羽竟不理解:"怎么突然冒出个结婚?都什么年代啦。但毕竟,结婚是件大事。"[①]"结婚"的话题令唐子羽颓丧下来,火热进行中的爱情游戏也终止了。这一切,都表明唐子羽精神上的飘零无依,他在爱情上的失落,是他精神上失守的必然结果。当他自感堕落想减轻负罪感时,会一再降低自己的精神品格,以人性的基本需求宽慰自己,最有讽刺意味的是,他臆想出一个男性皇权的生活情境,和朋友朱大音是主仆关系,"嘉贤"和"雨妃"两个名字,暗含着妻贤妾美的意思,潜意识中为自己的荒唐行为编织出古老的合法性。唐子羽貌似前卫的性爱观,颠覆了现代理性精神,却莫名其妙地与腐朽的封建思想遇合了。如果认为唐子羽的精神气质带有后现代文化色彩,那么,在肯定其解构主流文化价值的同时,现代人文精神全面陷落和复古情绪的沉渣泛起会不会导致更大的精神危机?文学作品所成功表现的爱情和性,从来不会是孤立的爱情和性,而是勘测人的精神世界及其变化的重要途径,《落红》也是如此。

《落红》的思想内涵是丰富复杂的。作家通过唐子羽、朱大音等文学形象,自觉勇猛地颠覆死板僵化的政治文化秩序,创造性地运用幽默反讽的笔墨,使现实批判的力量达到犀利、透彻和痛快淋漓的境地。但是,作家自己和笔下的唐子羽都不是纯粹意义上的当下人,他们带着过往历史文化的浓重印记走来,他们不可能如今天的新人类那般毫无顾忌地反叛和消解,制造出零负担的轻度文本。挖空了心肺的没心没肺和原本没心没肺

---

① 方英文:《落红》,长江文艺出版社,2002年,第151页。

是完全不同的，前者是痛苦的空虚，在生命失重的状态中本能地要有所攀附。唐子羽内心深处珍藏着少年时期那首甜美幸福的《让我们荡起双桨》，珍藏着音乐老师送他的红纱巾，在极度的精神沉迷和痛苦中，它们偶尔会招引他的灵魂。唐子羽锁住梅雨妃这一爱情美景不懈地追求，也是为了承载自己所剩无几的人生理想，慰藉自己不堪轻飘的心灵。于是，与千疮百孔的现实相对应，梅雨妃的世界是唯美的浪漫的，爱情的神奇力量竟然可以使梅雨妃凭空受孕。而实际上怯懦、自私的弱者唐子羽，远不是一个理想爱情的实际承担者，这样虚玄的爱情终究还是逃不出一个空幻。他努力寻找的在别处的精神生活，终究不能解救困境中的自己。中国知识分子耽于理念而经受不住现实考验的性格弱点，依然使唐子羽无法摆脱同类人物的悲剧命运。除了堕落别无出路吗？这真是知识分子的宿命吗？《落红》思考的分量，就隐含在有关人生意义的诘问之中。

有意思的是，我们所能读出的方英文诸种意向和思考，又并不是清晰地、明确地和有秩序、有层次地组合在作品中。《落红》的故事简单，叙述明快，各种思想观念却交织陈杂，在小说中彼此共生，相互缠绕，又彼此对抗着、矛盾着甚至相互消解着。唐子羽生活在一个凌乱的没有中心的现实世界里，他能游刃有余地应付各种局面和各种人际关系，而这种看似高超的生存智慧，却又无法解决他的精神困惑。每当他用敷衍和调侃的态度应付工作和日常生活时，总是得心应手、效果奇佳，即使犯了错误，也是"有缺点的、有错误的反倒招人喜欢"[①]的人物。而当他真的想用心认真一回、庄严一回时，结果常常是弄巧成拙、适得其反。比如，唐子羽想要作为礼物送给梅雨妃的那条"红纱巾"，被梅雨妃误会是"哪个臭婊子"送给唐子羽的，愤怒之下挥手撇了，被风刮走了。"红纱巾升到几丈高，翻个跟头，然后自由地舒展开，像一朵燃烧的落霞，最后一次放出光辉，便一下子跌进河水，冲进石缝了。""唐子羽又灰心又沮丧"，"他

[①] 方英文：《落红》，长江文艺出版社，2002年，第177页。

童年的梦想与美好,仅仅作为一种记忆,也已消失殆尽"。①

世界和人生是如此混乱和不可解。"落红"所呈现的不只是后现代情境中中国知识分子的心灵陷落,而且越出特定社会文化范围,使我们领略到人类存在的荒谬性和无端挣扎的精神面孔。

二

无论就知识分子的精神畸变历程进行探照,还是以后现代因素对作品进行导向性解读,方英文的《落红》,都容易令人想到贾平凹的《废都》。回头去看,我们现在称为后现代的文化特征,在《废都》中已经存在了。知识分子落入世俗的泥潭不可自拔和急于自我救赎而挣扎无望的情状,寻求和建立新的精神花园的文化旨归,从《废都》到《落红》,是一脉相承的。相对来讲,这两部作品更侧重社会文化及知识分子批判,作品积郁着浓厚的悲观和否定性情绪。方英文其后的新作《后花园》,继续着他对知识分子精神危机的关注,立足点却有了明显的转移。正如作家自己所言,《落红》"主要讽刺人生与社会",《后花园》"就想赞美人生与社会","要为这个城市,为孕养我的山间故地,为所有爱我和我所爱的人们,答谢一部美好的作品"。②

《后花园》的主人公宋隐乔和《落红》里的唐子羽其实是一类性格的人。他们都是怀才不遇的"无用书生",因而玩世不恭,对教条僵化的公务体制不无游戏态度,唐子羽因"学习体会"中夹带了"黄段子"而丢了官位,宋隐乔则在职称考试中"请人捉刀",致使副教授职称泡了汤。他们对待爱情都有些"痴愚",很执着地追寻心中的完美女神,但又不妨碍像解决"生计"般地"打个牙祭"③,"他的该死的身体,却需要性爱,

---

① 方英文:《落红》,长江文艺出版社,2002年,第240—241页。
② 方英文:《要为所爱的人答谢一部美好的作品》,载《三秦都市报》2008年4月6日。
③ 方英文:《后花园》,上海人民出版社,2008年,第61页。

像他需要吃饭、饮水一样"①。和颓废的唐子羽不同的是，宋隐乔的人生中出现了一次美丽的邂逅，而后开始的美好"寻梦"之旅，带领宋隐乔的精神向着生命的理想境界攀升。

宋隐乔偶然被城市"抛弃"，走进尚未被现代文明浸染的秦巴山地，大山里的自然景观和淳朴乡民，令他感受到了全然不同于都市的另一种风物人情。从"绿色女人"胡珍子开始，宋隐乔一路被指引着去寻找那个"出好女人的地方"，旧日的"娘娘窝"，今日的"后花园"。"娘娘窝"因被风水先生说"将来要出皇娘娘"而得名，在某种神秘力量的驱使下，"每隔十五年，这里就要出现一个绝色女子"。②宋隐乔不期然浪进"后花园"，就撞到了两个让他铭心刻骨的绝美女子，一个是梦境中的楚春苔，一个是现实中偶遇的罗云衣。不同的历史境遇，导致了两个美丽女性截然不同的人生命运，由此引发出作家对历史文化的反思和重建当下文化精神的热望。女性在这里成为美好社会理想和美好精神世界的象征。

在历史迁延变化的思路中，作家以美好女子楚春苔的遭受残害和最终毁灭，宣判了那个荒诞而非人性的时代社会的终结及其思想价值的解体。回顾历史进行当下文化思考的时候，作家更钟情和留恋的是历史远处的"唐朝"，小说不止一次出现过那个盛唐时代的"后花园"，作者说："我们一想到那些最美好的东西，事实上它已经永远消逝了，它属于过去时。"③带着过去不能重来的慨叹，作家对当下再造充满了热情，贯穿小说始终的宋隐乔与现代女子罗云衣的炽热恋情，寄托着作家真善美的人生理想。罗云衣被塑造成一个集现代、古典和自然美质于一身的完美女性，她有现代女性的独立人格和社会关怀意识，她被想象成"古诗里的那个罗敷"，又比"罗敷"更加玉树临风，她和后花园有血缘关系，则使

---

① 方英文：《后花园》，上海人民出版社，2008年，第13页。
② 同上，第172页。
③ 同上，第279页。

她成了大自然滋养出的美的精灵。宋隐乔在火车上与罗云衣一见钟情，后花园里彼此心领神会，直至灵与肉自然结合的爱情圆满实现，"宋隐乔与罗云衣，毫无疑问，两人此时共同体现了人类最文明、最美好的一部分"[1]。

《后花园》除了纵向探照历史记忆中的美与丑、善与恶，还将现代都市社会和乡野自然社会对应起来，进行共时性比照。前半部分宋隐乔被抛入山间，过着相忘于都市、游荡于田园的自由生活，而穿插其间的乡民走入城市的生活故事，则充满了艰难和险恶，他们无辜地受辱或无常地死去，都揭示了都市社会秩序的弊害，启悟人们重新发现乡野之美。小说最后部分，宋隐乔携罗云衣回返都市，又将喧嚣迷离的都市景观呈现于人们眼前，静态的生活瞬间躁动起来，"渺小的人又似乎被粘在秒针上，就那么'嚓、嚓、嚓'地，一天赶一天地飞速消失掉。你好像很忙，你好像干了很多事情，可是夜里床上一躺，你又想不清干了什么事情，更别说干了什么有意义的事情了"[2]。人与人的虚与委蛇、事与事的盘根错节、手段与目标的背离、爱情与婚姻的割裂等等现代文明病追逐而来，无论人物如何奋力挣扎，实现梦想的力量还是微乎其微，无比美好的"人类的后花园"，由清晰而渐次模糊，再次隐没到人的心灵深处。"也许不回来了，也许还要回来"，信念还在，心灵却依然悬空。

《后花园》拒绝"丑陋与肮脏"，一意渲染"美好"，"美好"之下，沉痛、隐忧和无奈俱在。这倒为当下知识分子普遍存在的回归古典、民间和故园的文化心理和精神取向，提供了更有力的文学例证。

《后花园》与《落红》的一个很大区别是，作家注意从正面抒发人的美好情感，竭诚守护人类精神的后花园，反讽的笔墨少于《落红》。但作家笔下的人类精神花园，却从来不排斥世俗的快乐。方英文不喜欢做出严肃正统状，他愿意带给读者更真实、平凡和亲切的感受。他塑造的女性

---

[1] 方英文：《后花园》，上海人民出版社，2008年，第154页。

[2] 同上，第233页。

形象罗云衣,是后花园这一理想之境中的理想人物,她内外兼修,既高贵纯正又聪慧美丽,倾注着作家对女性的赞美与憧憬之情,但方英文又不像很多作家那样刻意为女性添加神性色彩,使之成为一个圣洁的偶像。宋隐乔对罗云衣的爱情中,带有很私人的成分,或者说从开始就伴随着性爱需求。他更喜欢罗云衣这样"真正熟美的女人",他以为:"惟有眼前这样的女人,才是恰到好处的女人,因为她有姑娘家的清纯,又散发出夫人,也只有夫人才能散发出的温暖宁馨的气息。这种气息无法以语言再现,似乎'憩园'二字正是说的这个意思——所有奔波疲倦的男人,梦想中的那个'她',其实就是家园。"[1]罗云衣知性而又风情万种,她是一个充满了人间烟火气的女人,于是,她所象征的"家园",对于宋隐乔来说,既是精神上的引领和安妥之地,又是世俗的快乐之源,物质的家园和精神的家园在宋隐乔这里是不能分开的。这种既雅且俗的性格,从《落红》中唐子羽的身上也可以看得到,区别只在于性格构成中侧重点不同。方英文笔下人物雅俗互见的特点,是当下多元文化投射使然,也与作家身为知识分子而一贯秉持的民间姿态和世俗立场相关。

从作者的本意出发,《后花园》重在精神建立,小说的主人公一往情深地赞美爱情,赞美田园牧歌样的美好人生形式,显示出对《落红》中否定、虚无情绪的矫正和超越。但《后花园》中的浪漫诗意却是更虚幻的,是自造的乌托邦世界。因为实际情形是,诸如"后花园"这样的自然环境,也在现代经济活动侵入中逐渐变异,而宋隐乔和罗云衣在"后花园"酿制的甜蜜爱情,一旦转移到城市,即面临着现实的威逼和磨损。将人物从情趣盎然的"后花园"再次投入都市红尘,可能恰恰是作家的用心和智慧所在。宋隐乔和罗云衣携手归来,落入了与《落红》相同的现实情境中,他们变成了另一对唐子羽和梅雨妃,他们同样逃不脱都市和婚姻的双重围城,所不同的是宋隐乔是单身汉,他对爱情的追求可以义无反顾,

---

[1] 方英文:《后花园》,上海人民出版社,2008年,第5页。

但当罗云衣告诉他"我是有夫之妇"时,他禁不住"双眼一黑,仿佛谁给了他眉心一拳"。①宋隐乔的爱情不能突破现实的阻力,他精神的爱情不能独活,于是他只有逃离。小说结尾处,宋隐乔说:"我能肯定的只有一点,我灵魂深处的后花园,是与我永远如影随形的。"②这种自我安慰多少有点自欺欺人,或许知识分子对精神家园的追寻,依然是一条漫漫长途,或许追寻的意义就在追寻这一精神行动历程之中。

从创作命意到人物气质,《落红》和《后花园》的精神联系是非常紧密的。《落红》的反叛和解构意识中,蕴含着作家重建精神家园的热望,《后花园》努力拨除世俗的迷雾,回返诗意浪漫的精神之旅。虽然生存的荒谬和人性的陷阱无处不在,但内心的抗拒没有终止,追寻的脚步不曾停息。"后花园"是一种理想的幻象,它令我们意识到,知识分子赖以建构文化新秩序的精神资源,还不能够提供改变精神生活质地的能量,甚至不足以支撑起文学对未来世界的美好想象。作家意念中的"后花园",只代表着修改现实的一种愿望、选择生活的一种态度和提升精神的一种方向。

三

如前所说,方英文是在越出传统文化中心控制的现实空间里构筑他的小说世界的,这个世界里的主人公也是游离于政治权力和核心文化价值中心之外的异端人物。作家所呈现出的另类人物的另类生活图景,带来对笼罩在正常严肃面孔之下的现实存在的巨大质疑,同时另辟蹊径探索和追寻理想人生的可能性,于是,小说性就产生了。

方英文是一个感应能力很强并勇敢勘测人生真相的作家。他的艺术个性首先来自他对生活独到的发现,独到的感受和择取。他不像那些文学

---

① 方英文:《后花园》,上海人民出版社,2008年,第282页。
② 同上,第299页。

大手笔们庄严面对历史和现实，正面强攻重大历史题材或重大现实问题，他站在别人看不到的地方，可能是侧身也可能是倒立着观察到了人生的异样。其次是他的叙述方式，方英文向来最为人们赞赏的是他天才的语言表现力。如果我们认为形式和内容是不可分割的整体，或者说语言本身就关联着思想和精神，那么，一种独到的叙述方式一定在深层制约和规定着作品的思想精神品格。笔者在《落红》和《后花园》中读出"后现代"或"后革命"的解构意味，也并非小说语言表层的时髦附加。语言所碰撞和激发的，恰恰是对小说蕴含的时代文化精神特征的有效把握。可以说，评论家所称道的"方氏修辞"方式[①]，与当下中国的社会文化语境有着近乎天然的对接度和融合性，正是因为这样的语境，我们才能在阅读的巨大愉悦中意会作家的思想，触摸作家的心灵。可见，语言个性对方英文小说的整体风格，几乎起着决定性的生成作用，换一套语言系统操作同样的故事，决然达不到如此奇妙的美学效果。

在陕西作家群体中，方英文是少见的自觉追求语言趣味性的一个。作家并不刻意设计嘻嘻哈哈的闹剧，他的主要叙述策略是反讽，那些我们熟悉的人物和平常的故事，在作家机智幽默的叙述中变得可笑起来，越是正面的严肃的事件，叙述越是暗藏机锋。煞有介事、一本正经地讲严肃，人为拔高、夸大其词地说崇高，严肃和崇高本身在不知不觉中被嘲弄被消解了。既可达到语言的自由狂放，又能让读者传达思想的深刻复杂，既能使读者轻松愉快地进入阅读，又能在掩卷之后回味良久、唏嘘再三。方英文对汉语言的领会、拿捏和操控的本领令人叹服。在方英文的小说中，反讽是他贯彻始终的重要艺术手段，作家以此建构出一个充满矛盾和悖论的真实世界，质疑和批判背离人文精神和浪漫诗意的时代病症，同时，他也用诙谐幽默的笔调，最大程度地实现了小说的感性特质，避免了小说成为概念化的高头讲章。作家思考深入而表达俏皮，在读者这里应该达到阅读

[①] 邢小利：《"废品天才"的悲凉哀歌》，载《小说评论》2002年第2期。

"轻"和思考"重"的效果，不是说方英文的叙述已经完美，但他经年对汉语言苦心经营，追求"情、理、趣"的结合，就是为了抵达如庄子所言的："言之滑稽，思之无涯，心灵无羁绊"这一理想境界。

方英文叙述语言的另一个鲜明特点是他的世俗情调。他在精神上的拔俗和对世俗的热爱看似矛盾，却真实地统一在他的创作当中。且不说写作策略上世俗文化具有解构权威政治文化的功能，作家铺写世态世情，对唐子羽和宋隐乔的快乐主义人生态度是认同和眷顾的，体现在语言上，就有了平民化游戏性的入俗之美。方英文的讽刺和批判不是尖利的不留余地的，他不是逼直地批判社会，他让我们看到了人生的荒谬可笑，叙述时却运用更多宽容温和的调侃，这种批判方式让我们想到老舍，因为他用幽默的态度来处理生活中的严肃现象，而曾被新文学时代忧患激愤、长歌当哭的人们所"轻看"，其实这是作家审美取向的不同。当然，入俗和庸俗虽非一件事，但之间也难说就有严格的界限，迷恋于话语游戏容易显出油滑轻薄之态而致非议。方英文的写作不但不是"俗文学"，而且应归于知识分子严肃写作一类，于是，嬉笑怒骂中的分寸感就显得尤为重要了。

方英文敏锐的心灵感应力不仅表现在对时代社会心理及其变化的准确体察，而且能在心灵的反应中汇聚成波澜壮阔的情感涌流，不断翻腾着激情的浪花。他的小说具有浓烈的主观色彩，一方面是作家的视点和人物视点的不断交融，给人以作家主观统领小说的感觉，另一方面，小说不时地出现主观抒情或议论段落，让读者伴随着作家的精神活动走入故事，始终不离作家情绪的掌控。作家主观意识太强而形成一种自我气场，固然可以吸引读者，但也由此失去了客观叙事带给读者的创造性阅读自由。以多层次结构和开放式叙述推动小说世界走向宽广和深厚，这正是长篇叙事的优势，运用主观化视角却往往成了一种限制。在作家艺术个性的形成过程中，总是伴随着一些艺术因素的得与失，方英文的个性决定了他的写作不可能重复陕西文学的宏大叙事传统，这不是写历史还是写现实、写乡土还是写都市、写农民还是写知识分子这样简单的选择问题，而是与一个作家的人生体验、艺术积累、审美趣味等等联系在一起的内在精神气质问题。方英文的小说也承载历史记忆，也思考社会变迁，但他对历史和现实题材的处理和表现，永远以他自己的途径和方式，创造出的是别人意想不到的艺术景观，留下的也是别人无法重复的声音，这就是方英文创作的价值所在。

原载《商洛学院学报》2009年第5期

从《盐道》看李春平的创作转型

上个世纪90年代,作家李春平以长篇处女作《上海是个滩》一举成名,其后的不少作品表现一个外地人眼里的沪上人生,获得上海乃至全国读者的认同和喜爱。新世纪以来,李春平的创作日渐丰盈,在中短篇小说和长篇小说创作领域均有令人瞩目的成就,其小说改编影视剧的成功又推进了作家的公众影响,使其成为陕西中青年作家群中既富实力且读者关注度很高的一位。

有关李春平小说艺术的讨论,主要集中在他的两个题材领域:其一是写上海的小说,以成名作《上海是个滩》和《上海夜色秀》《我的多情玩伴》《情人时代》等长篇小说,以及《玻璃是透明的》《城市的一个符号》等中篇小说,构成李春平别具特色的上海都市写作景观。百年以来形成的"海派"文学传统中,上海都市叙事占据首要,且积累了丰富的艺术经验,也留下不少文学经典。任何一个以上海为叙述对象的作家,大概都要面对这个深厚的文学传统。有意思的是,这个文学研究者想当然要考虑的问题,却完全没有成为李春平创作的负累。李春平曾说:"作为一个从山里走出去的农民的儿子,在一个国际大都市里,许多在别人看来非常普通的东西,都能引起我的兴趣,并激发我的创作激情。"[1]创作发生的缘由非常简单,不外乎一个外来者被一个新环境所刺

---

[1] 程楚安:《李春平:"我是一个希望把小说写成大说的人"》,见戴承元主编《李春平研究论丛》,西北大学出版社,2007年,第24页。

激,产生了写小说的冲动。然而幸运的是,90年代中期李春平踏进上海滩的时候,正值浦东全面开发建设阶段。作者置身于浦东开发的热潮中,他说:"浦东聚集了三百多万外来人口,闯荡上海滩的故事也从各个不同渠道向我涌来,它让我振奋,让我难眠。"①天时地利与创作激情的喷发,让李春平写出了被称为第一部反映浦东改革开放的长篇小说《上海是个滩》。

《上海是个滩》以及李春平的上海系列小说,其创作新意在于作家对都市人生关注点的变化,他写出的是自己所经历和看到的外地人开发建设浦东的艰难历程,是外地人在上海的生存现状,而非重复展示现代化商业城市的繁盛景象与声色风华。正如敏锐的评论家所发现:"外地作家写外地人在浦东创业的故事,本来就是件很有意思的事情","作为浦东开放开发的文学记录,这部小说具有不可忽视的现实意义"。②变革时代的上海,不再仅仅是上海人的上海,而是成百上千万的外来者参与建设和生活其中的上海,作家在描绘那些鲜为人知的底层社会人生时,也放大了上海的都市精神,使得经典的和魅力的上海不止于外在的繁华富丽,更在其都市文化的复杂厚重,以及广纳百川的胸怀和创造自我形象的强健生命力。从这个意义上说,李春平小说的引起反响和获得赞誉,证明他从独特的角度努力突破上海叙事,是一次成功的创作尝试。

继上海都市写作之后再次引发阅读影响的,是李春平涉足官场题材而连续推出的官场小说,有长篇小说《奈何天》《步步高》《领导生活》等。作家自己曾说:"我不是官场作家,我写了那么多城市小说、爱情小说,现在写官场小说也只是偶尔为之。"③李春平这里想说明自己创作题材的丰富宽泛,但如果了解到李春平远走上海之前有十年的党政机关工作

---

① 李春平:《李春平自述》,见戴承元主编《李春平研究论丛》,西北大学出版社,2007年,第13页。
② 毛时安:《李春平:客居上海十年的写作》,载《文学报》2006年5月18日。
③ 吴立艳:《官场文学:一个特有的文化现象》,载《中国图书商报》2005年3月11日。

经历，就不会惊异于作家"偶尔为之"的成就。同样有意思的是，李春平创作这些作品之前和同时期，文坛的官场小说创作已蔚为壮观，已经出现了不少知名作家和引起轰动的作品，但李春平依然在这个领域写出了新的气象，并在图书市场受到欢迎。

李春平这份写作的自信来自他对官场生活的熟悉，对他来讲，写官场就如同他写任何其他题材一样：不怕别人已经写过，关键是你自己怎么写，怎么写出自己的特色来。李春平的政治官场小说确实是与众不同的，他没有沿袭从清末至今官场小说揭露黑幕、描写腐败和谴责社会的一贯路数，不肆意渲染"官场权术"，而是"关注执政智慧和领导艺术"。《奈何天》《步步高》和《领导生活》三部小说都是这样，跳出了以权术对决写官场人物的老套子，避免了把官员描写成政治动物，而更多展示人性的丰富复杂，尤其是直书人物的美好人性，这在今天的官场小说中，反而鲜见和难得了。李春平以人物及其品质的正面树立，为官场小说注入了新的思想和美学元素，不仅有政治文化价值，也有审美意义。或许读者是出于一种对官场隐秘权术的窥探心理进入小说的，但迎面扑来的官场风光中也不乏清正之气和健朗之境，于是，读者看到了一个与传闻和想象中不尽相同的官场，这可能又切中了老百姓对好官清官的期待心理，虽然其中不无理想化的痕迹。可见，作家的姿态和视角变了，呈现出的官场面貌也就变了，这是李春平政治小说的一个亮点，也因此形成了官场文学潮流中属于自己的独特风景。

2014年，李春平的转型之作《盐道》面世，他说："这是我思考时间最长，写作时间最长，也是最费功夫的一部长篇小说。"对于一贯的写作快手，整整两年耗在一部作品上，作家一定是有所期许，读者也是有阅读期待的。其原因正如作家自己所言："几十年来，我的创作走过了一条农村——城市——官场的路子，到了应该转型的时候了。于是，我的寻找便有了求新求变的目的。寻求的目标就是，多一些文化内涵，多一些历史记忆，多一些艺术上的纯粹。而这类作品通常又是不受市场欢迎的。那么，我就得放弃市场的考虑，为纯粹的艺术创作而努力了。"①《盐道》作为转型，是作家的一次自觉行动，为此，作家经过了较长时间的沉潜与思考，实地考察与用心取材。《盐道》的创作是李春平又一程文学探索之旅，其"求新求变"的艺术诉求全方位地呈现在作品之中。

  《盐道》的取材不再关乎农村或城市的话题，李春平这一次将笔触深入百年前的秦巴山区，把笔墨落在延续了几千年的镇坪古盐道遗迹上。镇坪位于陕、渝、鄂三省交界地带，曾经人来人往的古盐道，曾经繁华的古盐都，承载过多少历史记忆和人生故事，如今都已荒芜了湮灭了。李春平以历史遗迹为入口，用文学想象中的故事和人物，激活了沉寂的历史。镇坪古盐道通过小说家的发掘和还原再次进入人们的视野，其历史与文化的认识价值并不在此文的讨论范围之内，论者所感兴趣的是作为小说家笔下审美对象的古盐道。李春平在寻求创作转型之路时，很幸运地发现了镇坪这一艺术富矿。踏上古盐道，感受其历史内容的繁复厚重、文化构成的斑斓多姿，以及那些深藏在民间的丰富传说与民风习俗，当所有这一切不断撞击作家的心灵时，创造文学世界的可能性就会发生，这正应合了那句固执的经典语录："发现只有小说才能发现的，这是小说存在的唯一理由。"②李春平写《盐道》，大约也来自这种"发现"的机缘吧。

  小说家终归以要叙述故事和刻画人物为路径。李春平是擅长讲故事的，且故事讲得既流畅又起伏跌宕。但他此行的目的主要不是讲故事，他想超越故事走向历史文化的根性思考，想比以往更深刻地揭示人性的复合状态，进而探索人的理想生存方式。应该说，作家构筑的家族叙事框架，很适合承载他想要表现的"文化内涵"与"历史记忆"。主人公崔无疾祖上几代到自己到后代，都在古盐道上背盐谋生，一个盐背子家族的人生命运，勾连着从晚清到民国的历史动荡，这样的小说设置很容易让人想起《百年孤独》或者《白鹿原》。这是创作主体内在的转型要求，也是镇坪

---

① 李春平：《盐道》，作家出版社，2014年，第295页。
② 米兰·昆德拉：《小说的艺术》，孟湄译，生活·读书·新知三联书店，1992年，第4页。

盐道的题材触发，李春平要以这次写作来实现他的"把小说写成大说"的艺术宏愿。

在对既往创作的突破中，李春平面临着叙述方式的两难选择：一方面，作家被两代盐背子的命运故事牵引着，紧扣情节链条的线性叙事既能赢得读者，也是李春平的写作惯性；另一方面，作家试图改变思路，以散点式叙述横向铺陈，侧重写状态以呈现盐道的历史文化内涵。比之李春平以往的小说，《盐道》明显强化了主观叙述力度，有些地方不无琐细，总体上还是丰富密实了很多，同时李春平依然保留着他平实朴素、轻松幽默的语言特色。所谓两难的意思是，李春平的写作动机和他实际的小说操作之间，存有一定的距离。如果以为历史造像为重要目的，小说在历史视野的构筑和家国伤痛的铺陈方面尚需加强笔力，文化的渲染和人性幽微的揭示，当是叙述的根本；如果小说的重心仍然在故事勾勒和情景描绘方面，那么，很多游离于故事之外的状态叙写，则会分散了读者的注意力。小说中有些离奇的情节初起似乎是有所铺垫或蓄势的，后来却逐渐平淡了甚至不了了之，于是明白了作家的本意并不是让每个故事都惊心动魄，而后悟出世事难料、有始无终或许就是人生本相。这个问题换一种说法就是，转型期的李春平正在通过《盐道》调试着自己的文学思维方式，即努力在感性与理性之间取得最佳协调。当代作家韩少功这样描述过自己的创作："我的创作两种情况都有，一种先有意念主题，为了表现它，再找适当的材料、舞台。另一种比较直觉，说不清楚的、零碎凑起来的。我自觉理性在很多时候帮倒忙，但也不否认有时候从理性思维中受益。"[1]好作家大都经历过依靠感性到自觉理性的成长过程，何时达到不露痕迹的相融合一，何时才能走进文学的"灯火阑珊处"，反复地认知和创作磨砺是抵达成熟境界的必要途径。李春平曾经的成功得益于他对文学感性本位的坚守，他写上海和写官场，记录的都是自己耳闻目睹乃至摸爬滚打于其中的

---

[1] 韩少功：《在小说的后台》，山东文艺出版社，2001年，第126页。

现实人生，状写生活的实感让他赢得读者和市场，也内化为他的艺术经验。创作《盐道》的李春平依然强调："作家的任务不是要对某种现象去下结论，而是对生活状态进行艺术的书写与展示。"[①]也因此，《盐道》带着李春平自己的艺术个性，为百年历史题材的小说叙事，增添了又一道亮丽的风景。

崔无疾这个人物的出现，确立了《盐道》的文化品质与艺术维度，标志着李春平由写现实中人转向写文化中人。盐背子出身的崔无疾是小说中传统文化的主要承载者，从他表现出的勇敢正直、急公好义、疾恶如仇、严以律己、有血性有担当等优秀品行来看，他是传统儒家文化熏陶下的理想性格，这类形象在中国现当代文学史上并不鲜见。但在李春平笔下，崔无疾最富感染力的，则更多是人物身上那种自然生长的甚至有些野性气息的蓬勃生命力，以及崔无疾为人处世既讲原则道义又顺应天意不强人所难的自由性格。比如崔无疾"从土匪窝里抢了一个老婆回来"，不但从盐道上解救两个落难女子，还成全她们与两个儿子的婚姻。比如崔无疾不信奉男尊女卑多子多福，认为"天有日月人有男女"是自然法则，希望家有女儿，"有儿有女才是福"。崔无疾天性纯良，胸怀宽广，多次救人于危难而不求回报，甚至能做到大义灭亲。他最大的行动理由是——替天行道。所以，崔无疾的性格当中，沉积着道法自然的道家文化元素。从作品中我们可以读出，崔无疾是巴山蜀水这个特定的自然环境和人文形态养育而出，盐道上日日险象环生，"人在绝境，不能不勇敢"；背盐人的险恶生活境遇不但练就了崔无疾的气魄和胆量，也使他有了超出常人的聪明才智，他告诉儿子"我们救人不能把自己救死了"；娶儿媳不讲规矩，认为"规矩能立就能破"；还有他不失时机地送小儿子崔小岭学端公习巫术以另谋生路。这一切都是苦难造就的生存智慧。如果与《白鹿原》中的白嘉轩比较一下，可以看出崔无疾的性格中少有固执和僵硬，他能灵活变通，

---

① 李春平：《盐道》，作家出版社，2014年，第297页。

人生姿态从容，且乐观幽默。在家里，崔无疾通常不会摆出一副家长的威严面孔，也不大讲究男女有别、长幼有序，而是很享受其乐融融的家庭氛围，小说写道："跟老婆斗嘴崔无疾总是很舒心的，他喜欢看老婆又气又恼又爱又怜的样子，表情介于受气的媳妇与发怒的婆婆之间，这让崔无疾非常受用。"主人公乐天快活的情态跃于纸上。我们所熟悉的白嘉轩既正直刚毅也刻板拘谨，他坚守传统道德规范，树立起自己的道德人格，却往往要付出人情、人性的代价。因此，白嘉轩性格具有更浓重的文化悲剧意味，其形象也蕴含着作家对正统儒家文化的反思和批判。相形之下，李春平将崔无疾当作巴山男人的代表来塑造，更注重凸显这一方水土养育的男子汉身上葆有的人间情怀。他痛恨土匪，却坚持要把土匪掩埋成人的样子。他"痛苦而又残忍地"出主意帮助剿匪队杀了自己的儿子，唯一的条件是把儿子的尸体运回来，安葬在自己的房屋后面，之后，崔无疾终于不能承受丧子之痛而突然变痴呆了。如此通情理讲人情味的崔无疾，为了大义，能对亲生儿子痛下杀手，读来令人动容。这一新的文学形象身上，明显带着作家一贯的理想化烙印，甚至"崔无疾"这个有意味的名字，都可以解读为作家对理想人性的殷殷期盼。

崔无疾性格的复合色彩与鲜活生动，使《盐道》有了文化内涵和人性的光辉，这一全新样貌的形象也是李春平转型努力中的重要收获，为作家以后的创作提供了更高的艺术平台。对于这样的现实主义小说，以及崔无疾这类稳定性文化性格来说，人物性格的饱满度和内在冲突的激烈程度或许还有待加强，尤其是小说最后的高潮部分，剿匪成功意味着崔无疾的人生悲剧无法挽回，这里应该出演的是一场灵魂深处的大搏斗，遗憾小说并没有达到预期激荡人心的效果。此外，崔家下一代几个儿子的性格也都显得单一和平面。仔细考量这些不足，除了性格内涵本身欠充分之外，依然绕不过叙述方式上的困扰。作家自己曾表达过这样的意思："因为写官场，把感觉写坏了，官场的东西偏重于故事性，淡化了文学性，这次转型，从很大程度上讲，是把文学性强化了。"①李春平面向市场写作二十多年，他一直在适应普通读者的需要，注意力放在了讲故事上，对语言的影响是，尽量简约明白，加强趣味性和易读性，这样的叙事要求让作家停不下来，有时会直奔故事本身。而重在写状态的小说则要求叙事节奏慢下来甚至要有所停留，在相对静态但充满张力的语境中，蕴藉思想的力量。由此来看，《盐道》作为李春平创作的转型之作，其叙事方式的转变并不是很彻底，这部作品的过渡性特征——无论故事的还是人物的，都能在小说叙事这个节点上透出信息。无怪乎很多小说家都看到了叙事革命对当代小说的意义，因为"它不仅是叙事本身的事，而且直接关系到创作思维和创作观念的改变"②。那么，李春平今后的写作，还会不会在叙事革命上继续向前拓展呢？答案应该是肯定的。

　　我们惯于沿着作家写什么到怎样写的路子去讨论作家的创作变化，其实，只要作家还在写作的路上，总会不断地面临这两种变化。所谓创作变化或转型，最根本的并不是外在的写作材料和写作技术问题，而是内在的文学精神问题。我们之所以重视新时期的叙事革命，就是因为它牵涉的不是简单的形式变化，而是深层地撼动了传统的"创作思维与创作观念"。李春平前期创作的成功，固然基于他对上海和官场生活的独到感受和独特的切入角度，但毋庸置疑的是，"上海"和"官场"这两方选材是帮了大忙的，而写法上的面向市场和读者，也是成就作家的不可或缺的因素。及至创作《盐道》，即使对于李春平自己来说，由写现实到写历史，题材上是一个很大的跨越，但文学已经走过了以题材引人注目的时代，更何况，写百年社会动荡中的家族故事，已成为中国现当代文学的显性传统。李春平自己也说："我只是依托镇坪这样一个地方，依托盐道这样一个历史遗迹，来虚构一个小说故事。所以，现在形成的文本内容是不能与历史真相

---

① 李春平访谈，2015年1月15日。
② 贾平凹、谢有顺：《贾平凹谢有顺对话录》，苏州大学出版社，2003年，第63页。

来——验证的，它仅仅是一个小说而已。"[1]作家清楚地意识到："转型不是单纯的写作视点的转移和写作方向的调整，而是作家内在的情感倾向和间接经验的重新确定，以及知识面的再次扩展和延伸。"[2]写《盐道》时，作家的思维指针拉回到了一百多年前，他靠有限的历史资料获取间接经验，想象性地感知那个年代的背盐人生活。所以，重要的不是小说中的历史，而是历史基座上的小说，小说因写人的精神历史而取胜。崔无疾这个大巴山中自然生长的生命，与他的历史文化性格扭结而成的矛盾状态，折射出人的精神存在的复杂奥秘。李春平期望从今往后的小说，能够以开拓人的精神疆域、思考人的精神困境为方向，这才是转型的重大意义所在。

李春平迄今为止的创作积累和成就，使他的小说世界有了自己的个性标记。一位个性成型的作家能向自我发起挑战，说明他有更大的野心，也有相当的艺术自信。《盐道》标志着作家走在又一次突破和超越自我的艺术山路上，这部长篇因此会在李春平的创作历程中占据一个特殊的位置吧。

原载《小说评论》2015年第2期

---

[1] 李春平：《盐道》，作家出版社，2014年，第297页。
[2] 李春平访谈，2015年1月17日。

成长到成熟的渡桥

——周瑄璞中短篇小说观察

女作家周瑄璞是从写长篇小说起步的。她在很年轻的时候就一气写了四部长篇，不仅靠胆量和勤奋，也靠她良好的文学感觉和一上手就纯熟老道的文学表达。文学征程的路径因人而异，文学史上不乏起笔长篇转而中短篇的成功作家，瑄璞近两年也放下长篇专攻中短篇，她在全国知名刊物上陆续推出一系列小说佳作，不但刷新了读者以往的阅读印象，还引发出对她未来文学成就的想象和期望。

一个那么热衷于长篇叙事的女作家，近年开始用她如此饱满圆润的中短篇艺术形式，昭示一个女性和一个作家的成熟。这个极具诱惑力的话题让我再次返回瑄璞的小说文本，去探寻作家和作品的魅力所在。

这里集中列出的代表性作品有：中篇小说《失语》《曼琴的四月》《在一起》《流芳》《与爱情无关》，短篇小说《关系》《通道》《隐藏的力量》《西安闲人》《移情别恋》《圆拐角》《小巷臆想》。阅读这些小说，我们发现瑄璞还是一如既往地专注于她所熟悉和擅长的都市女性生活题材，但作家非常自觉地意识到中短篇小说对生活的把握，对情感和思想的传达，是大异于长篇创作的，中短篇其实是更讲求内在思想含量和情感浓度的艺术形式，包括语言的张力和韵致。所以我们通过这两组小说，可以更切近地读出初步自信的小说家对人生、对世界和对小说写法的进一步思考。

瑄璞的这一组中篇小说基本上都是写实的，从对都市底层生活细致绵密的描写、对女性精神世界的独到探索与发现，可见到作家的用心有力。这里用三个关键词来解读瑄璞小说中的女性形象及其内涵。

一是自尊。自爱乃至自恋的人很多，但自尊就不一样了，那是一种直面世界并审视自我的精神姿态，对于作家来说，是心智成熟和自信确立的表现。《曼琴的四月》中的曼琴，《流芳》中的流芳，《失语》中的李兰心，她们出身卑微，相貌平常，处境艰难，却共同私藏一个美好的理想，哪怕多么谦虚和渺小，但总是理想。她们或者深陷一段非常态的爱情，或者苦心经营着不堪的家庭生活，她们都没有抵达她们向往的幸福彼岸。幸福之于女人，幸运者触手可及，不幸者却遥不可期，但令人惊异的是，正是这些芸芸众生中的普通女子，几乎在用自己生命的全力，追求着一种有价值有意义的人生，并在心灵深处坚守着一块尊贵的精神领地。尊严之于人尤其之于女人的重要，在瑄璞小说中是被放大和强化的，这使得取材于现实的小说和小说中的人物又超脱于现实之上，成为人生和人性理想的承载体。于是，瑄璞笔下的女性形象，在作家别样的情感体验和自觉的理性思考之中，呈现出特别的气质样貌来。她们挣扎于都市底层，被生活的压力所逼迫，但内心的信念和梦想却给了她们巨大的精神支持，使她们挣脱尘俗，拥有美丽而澄明的心灵花园。曼琴和流芳，安静从容的外表包裹着内心的不安宁，她们敏感、自尊并顽强，用自己微薄的力量，修改眼前的不如意，追求和建造自己心目中有质量的生活；李兰心和《与爱情无关》中的"我"，则在梦想破灭之时，决绝地离开甚至舍弃生命，以维护自己的情感尊严。好的小说就是要回答生活应该是怎样的命题，有尊严地活着就是这个命题的第一要义。人的尊严在才会有小说的尊严在，瑄璞以文学精神的高标，将自己的小说与一味渲染"私人化"和"欲望化"的都市写作区别开来。

二是反叛。特殊的精神气质和人生追求，让瑄璞小说里的女性显得与周遭的环境格格不入，外表的温顺和内心的坚贞不屈形成巨大的反差。瑄璞笔下的反叛性格不是通常意义上的成长性叛逆或者与传统伦理道德的冲突，而是人物凸显的自我意识与外在社会成规和习见之间的不融洽不协调，是性格中类似生命基因一样顽固存在的"另类"和"拧巴"，而且表现形式各有不同，也无法简单判定对错和美丑。比如《曼琴的四月》中的曼琴，从里到外干净得像一张白纸，正派甚至古板，而她母亲却不干净也不正派，随时会丢下家和孩子跟情人跑，父亲不是被女儿目睹奸情就是嫖娼被抓，姐姐也"不是跟这个睡觉，就是跟那个睡觉"。曼琴就是在这样下等的环境中坚守着处女的贞洁，"她目前为止还没有跟任何一个异性接过吻，她认为接吻这件事很神圣，必须得跟一个自己满意的人"，直等到三十一岁才如愿结婚。曼琴从懂事起就与这个不洁不美的世界对抗着，很倔强很执拗。曼琴的母亲其实也是一个叛逆者形象，她离开一个正常女人的人生轨道，置亲情责任和道德伦理不顾，飞蛾扑火般地追逐自己的生活理想，为男人、为情欲、为虚荣心，哪怕被看作下贱女人和坏母亲，"哪怕是全盘皆输，千夫所指"，依然义无反顾，直到恶病缠身老之将至还沉醉在自己的风流梦中。曼琴的母亲是瑄璞塑造出的一个很不寻常的女性，也是思想意涵很丰富的文学形象，曼琴和她的母亲站在这个世俗世界的两个端点，各自坚守着她们的精神领地。小说中，她们是如此不同的两个女人，又是如此心神相通的一对母女，这两个流光溢彩的底层小人物，成就了瑄璞的这个中篇佳作。

《失语》写了一个很特别的三角恋爱，杜长征单恋李兰心，是那种不停歇的单恋，而李兰心却无私无畏地爱着另一个隐身男人，这段不能走在阳光下的爱情侵害了李兰心的全部身心，连她所挚爱的诗歌都不能解救她。小说把女性陷于爱情而无视他人和世界存在的那种心灵状态描摹得非常到位。《与爱情无关》其实皆与爱情有关，关于爱情的不可控制和不可维持，关于爱情是物质的还是精神的"硬道理"，小说几乎在引领读者思考爱情本体问题了。穿过女性的爱情痛感和她们无助无望的心灵，我在这两篇小说中也读出了性别文化的冲突，读出了女性和男性既扭结纠缠又警觉抗拒的复杂心理状态。

瑄璞不像有些写实的作家止步于呈现世界的荒谬和生存的困境，她笔下的底层女性处境艰难惨淡，但她们不相信这样的人生命运，不认同这样的生活逻辑。作家开掘出弱小女性内心的欲望和力量，写出她们面对现实不愿和解、不甘妥协的抗争精神，这种反叛的姿态或许过于自我，过于任性，结局必然是陷于绝望甚至毁灭自身，但女性用瞬间的生命亮色抗拒永无出路的暗淡人生。正如作品中所写："有了更多的庄严和惨烈，有了更大的宿命和反抗。"这让我们在瑄璞平实淡定的叙述中体味出激荡于作品深层的女性主义气息。显然，瑄璞在呈现女性边缘化和被压抑的悲剧命运时，在敞开女性的情感世界和生命欲求时，是摒弃了简单的道德伦理审视的，这便拓展了小说的思想疆域，让人联想、思索并有新的领悟。

三是温情。瑄璞小说中自尊与反叛的女性，却绝无可能孤高和冷漠，因为她们是底层市民，要靠相互温暖、相互支撑来应对人生。如果说她们与外界的格格不入是因为她们特殊的精神追求，那么身世、血缘、家庭、亲情又将她们与凡俗人生紧紧联系在一起。曼琴和流芳们好像是生活在两个世界的人，精神世界里不屈不挠的梦想只有自己知道，现实世界里她们普通平常，集温情、宽容和忍耐的品质于一身。曼琴所有的业余时间全部陪了母亲，所有的精力都用于操持那个混乱的家庭；流芳"对生活交付给她的一切表示顺从和尊重，她从不哭不闹不吵，因为她知道这样没用"；她们知道，只有从容面对、勇敢承担，才有可能一点点接近自己想要的那个生活目标。曼琴和流芳们既非知识女性，也非白领小资，甚至连漂亮女孩都算不上，在现代都市，她们好像什么都不是，但在浑浊庸俗的市民生存空间里，她们又是那样的清新脱俗，那样的与众不同。自我生命体验决定了瑄璞对世俗生活价值的认同、对市民生活方式的亲近，但她又善于发现和把捉这一类普通女性的精神亮点，善于写出她们身上那种"吸引人的东西"。她小说中走出的女性，个人标记性很强，这是瑄璞写作成功和有意义的地方。

普通人身上的诗意品性固然是很"吸引人的东西"，但更让人为之动容和感怀的，还是人性中的温情暖意。那么正派纯洁的女孩曼琴，面对又疯又贱的不正派母亲，她唯一的心愿是给母亲治病，让母亲和一家人一起好好活着。儿媳妇丽华看着婆婆对男人的憨傻情态，并没有厌恶，而是"心里对婆婆有了更深的同情，这同情让她的眼里含了泪水"。那么执着于"诗与美"的流芳，多年来忍受着丈夫的暴虐，又突如其来地遭受了女儿失足的打击，她竟然"没有抱怨，没有厌烦，连一个牢骚都没有"。《在一起》中雪城的妻姐冯爱荣固然有私心和嫉妒心，但在亲人危难之时总是她最懂得宽容，最勇于奉献。《在一起》和《失语》两篇小说固然有生动的女性形象，但主要写的是男人的故事。杜长征和刘雪城所具有的温厚善良，在亲情爱情上的忍耐和担当，代表了市民社会中正面的理想的男性特征。无论生活多么惨败多么水深火热，也不能没有亲情没有爱，亲情和爱就是相濡以沫和不弃不离，这是底层人的幸福准则。正是扯不断的生命情缘战胜着人性的弱点，彰显着动人的力量。而此时的女作家也会情不自禁越过性别立场和理性姿态，动用她善感的心灵和柔软的笔触，书写出人世间的脉脉温情，并将其升华为支撑苦难人生的坚强信念。

瑄璞的另一组短篇小说看上去更工于小说写法，试图以技术的自觉来谋求小说艺术的突破。不排除作家的艺术探索中有形式实验的意图，因为这些短篇小说的结构和叙事方法各有不同，显得变化多端。比如《关系》有完整的情节，属于生活写实辅以心理流程的方法；《通道》则以更为简洁的对话构成文本，更多穿插和跳跃，丰富的思想和情绪沉潜在人物台词之下；《圆拐角》也算平实的叙事，但其中暗藏玄机，人物的情感积蓄到一定程度时，如同小说的名字一样，缓缓地拐了一个弯，形成了一种情绪的跌落，让人嗟叹不已；《西安闲人》通过"艾总的风流史"，折射出现代人的情感状态，野史别传中第一人称的"我"也游走其中，这便形成了内在体验和外在审视的双重视角；《隐藏的力量》借用GPS科技手段来跟踪定位都市人隐秘的心灵世界，堪称奇妙的构想；《移情别恋》用的是自由联想式的叙述，生活的无序状和人物心绪的杂乱状自然呈现；《小巷臆想》基本以内心独白为小说的主体内容，意识流的结构手法纯熟流畅。并不是说这些短篇小说的形式构造与内含的思想情感之间一定是严丝合缝的，叙述方式的刻意求新有时难免造成形式大于内容的问题。但是，对形式感的自觉，对艺术表现多种方法的尝试，通常也是一个作家走向成熟的必经之途。小说范式的一种变化，可能会增强一篇作品的思想和艺术效果，而更大的意义在于，这些形式经验的不断积累，将扩大小说表现生活的容量，拓宽作家的艺术视野，激发作家走向综合、开放和自由的艺术创造之路，从而突破既成的有限的个性写作而实现对自我的超越。

瑢璞正走在创作的自我超越阶段，她已经脱开了早先表现理想遭遇现实挫折的青春躁动性叙事，近年的中短篇创作证明着她新的成就。判断一个作家是否有成长性或是否走向成熟的标记是多方面的，语言作为文学安身立命的所在，应该最能考验作家的写作功力和未来前景。瑢璞的写作自信和她给予读者的信心，很大程度上来自她的语言天赋和长久以来的自觉磨炼。从以上中短篇小说来概括瑢璞的语言特点，首先是从容不迫地还原生活的文字能力。流水式叙述张弛有度，具有贴近生活和人物本身的语言质感，看起来是口语的随意的干净利落的，不惊不诧娓娓道来的，却极具渲染性，能吸引读者走入小说情境当中。其次是叙述中女作家的语言一般以感性细腻见长，达到智性和幽默境界的却并不多。在瑢璞的小说中幽默俏皮的句子则俯拾皆是，并且不是刻意的而是自然而然地流淌在她的叙述当中，读来令人会心。有些表现为底层小人物无奈的幽默调侃，有些是作家主观性的自嘲和反讽，具有揭示现实和人性真相、思考时代和社会心理以及自我审视的意义功能。幽默自嘲是一种个性化的笔调，也是一种人生态度和思想境界，作家要有足够的自信心足够的宽松心态，而且有足够的掌控小说语言的能力，才有可能表现出幽默自嘲的审美风度。瑄璞语言的这一自觉追求，确实为她的小说增色不少，甚至可以说已经成为她创作迈向成熟的重要标记。

周瑄璞是令人期待的，我期待她的创作走得更远。

原载《小说评论》2013年第1期，原题为《周瑄璞中短篇小说观察》

跨越代际的个人化抒情

——《浮山》与《抒情时代》读记

陕西是中国当代文学的重镇之一，更是当之无愧的长篇小说大省，在当代文学几个不同的历史阶段，都出现了代表文学时代高度的长篇力作。陕西作家视文学为自己的神圣使命，不但具有劳作奉献的"英雄情结"，还普遍存在长篇创作的"优胜情结"。在进入新世纪的二十多年中，陕西文学园地里的长篇小说成绩依旧斐然，且依然是最值得关注研究的创作收获。

本文以新近面世的两部长篇小说为案例，一部是老作家晓雷的《浮山》（新华出版社2020年版），另一部是90后作家范墩子的《抒情时代》（安徽文艺出版社2021年版），意在追踪陕西长篇小说创作的当下行进状态，考察传统经验的迁延变化和小说新质素的渐次生成，并尝试通过地域性路径，观照当代长篇小说创作的总体样貌和未来走向。

一

晓雷是上个世纪80年代已经蜚声文坛的诗人和散文家，而且早在1988年，就与李天芳合作创作了长篇小说《月亮的环形山》，已经显示出营构小说长卷的艺术功力。作家路遥在世时曾细致地阅读和评说过这个长篇，路遥敏锐地发觉《月亮的环形山》在艺术上的独特之处在于，它没有刻意追求小说的故事性，"作者表达的是对生活的整体经验，而不是讲故事，处处都是思想的火花和情绪的激流，因此处处引起你的触动"①。《月亮的环形山》是一种内倾型的写作，关注人的心灵世界，格调诗意而蕴藉。我们知道，风靡文坛的陕西另外几部长篇力作多追求广阔深厚的诗史特征，它们是外向型的，以宏大的美学力度而著称。比较这两种风格的写作，正如路遥所说："《九三年》和《简·爱》不同，一个着重于社会史的描绘，一个着重于心灵史的开掘，但不能说哪一个比哪一个更大更重要。实际上心灵的世界最大。"②对于当时的陕西文坛来说，心灵化的写作更具拓新意义，尤其针对长篇创作而言。小说独到的艺术风度，有晓雷作为诗人的内在情感力量的推动，也得自"天芳散文的语言和晓雷诗的语言"。《月亮的环形山》作为20世纪80年代出现的独特小说文本，显然是丰富了以传统现实主义为单色调的地域性小说创作。

在新长篇《浮山》中，我们再次感受到了晓雷的激情和诗意写作风格。小说出版后被认为是一部"向改革开放40年致敬的作品"③。它的时代背景是上个世纪八九十年代，是中国社会又一变革转型时期。作家笔墨所及是当代文学中并不鲜见的人物故事，即几个青年人走出乡村闯荡城市的奋斗历程，通过各自不同的命运遭际和曲折的心路轨迹，写人生的悲欢离合与爱恨情仇。作家既对动荡时代的城乡世界有全面纵深的展示，对变革社会的浮躁乱象、世道人心有深度透视与尖锐批判，同时在小说中寄寓了丰富的情感体验和多重人生思考，乃至通过人物关系的兜兜转转、机缘巧合，人物命运的升降沉浮、进退失据，给予读者有关自然物象和生命时空的哲思启悟。作家的大历史意识和倾注于生命现象的浓墨重彩，赋予小说

---

① 路遥：《无声的汹涌——读李天芳、晓雷著〈月亮的环形山〉》，见《早晨从中午开始》，北京十月文艺出版社，2013年，第2版，第211页。
② 同上，第212—213页。
③ 《作家晓雷推出长篇新作〈浮山〉》，载《文化艺术报》2020年10月26日。

与其长篇艺术形式相匹配的风貌格局。区别于陕西同代作家长篇小说厚重写实的特点，晓雷的创作依然凸显着诗人小说家的审美个性，最大程度地投入了作家自我的主观情志，营造出充满诗情画意的小说文本。小说中的主人公龙欲飞，从名字就可以感受其性格中动态激变的特征。在这个人物身上，最显著地传达出新一代农民挣脱人生困境、追求自我解放的时代情绪，他爱上书画，梦想有朝一日靠自己的天才和勤奋成为书画艺术家。从小到大，"他在潜意识里就不是农民"，他不断与命运抗争，哪怕走到天尽头，也不能容忍自己回到土地变成"庄稼娃"。晓雷将笔下的龙欲飞推至同类文学形象的极端，人物的情感渴望和精神动力可以强大到冲破小说的故事逻辑，小说也依托大量的内心活动和灵魂拷问，来揭示底层青年奋进和痛苦的心理状态。《浮山》中当然不乏对外在环境和人物关系的实笔描摹，但带给读者最大冲击力的似乎不是情节故事和情怨纠葛，而是投射着苦难、奋斗、理想和激情等主观情感的人物精神影像。这种对人物灵态的逼真追求和作家情绪外化的诗性笔法，使《浮山》成为一部以精神性表达见长的小说。

晓雷的这部小说从酝酿到完成历时十年，他在包括自己创作在内的中国当代长篇小说走过了又一个三十年之后，再次鼓起雄心投入长篇营构的艰苦"征战"中。这期间，晓雷作为一名当代文学的同行者，一名文坛宿将，对小说艺术的晚近历史、思维观念的变化乃至叙述手法的多元探索，不待说是熟稔于心和反复考量过的。他的《浮山》中，明显地保留着传统现实主义文学的精神余脉，也可以清晰地看出作家突破传统小说模式的自觉努力，凭借创作主体的情感灌注和诗化笔墨，营构自己独树一帜的小说风格。体会晓雷笔下的人物形象，无论主人公龙欲飞，还是他的三位少年伙伴鱼寅禄、鱼盼儿、鱼小雀，命运遭际和漂泊奋斗的轨迹各有不同，但每一个都是作为活跃灵动的人的个体存在，每一个都以自己的整个生命呼唤着人的尊严和价值。另一方面，与我们熟知的同类当代小说相比，晓雷在塑造形象时，虽然也是通过人物离开乡土闯入省城，表现他们的理想追求、情感世界和人性受到的强烈冲击；但特别不同的，则是作家将他的人物设置为几个爱好书法美术的草根青年，并将他们投放到古城的书画文人圈子当中，让他们在这个混杂着传统与现代、高雅与庸俗的文化名利场，摸爬滚打蜕变成长。这就区别于一般的农村打工者形象，龙欲飞们的人生理想不再仅仅是进城和改变基本的生存状态，而是跨越至更高的文化艺术领域。农民由追求物质生活的富有，向艺术人生和精神贵族的境界攀升，这就赋予了形象更新和更丰富的时代内涵，在某种程度上刷新了当代小说人物序列中的农村"新人"形象。

类比同时代背景下城乡社会生活的书写，《浮山》也提供了新鲜的故事内核，有着更宽广更丰富的阐释向度。我特别注意到小说中几个主要人物的奋斗史都有着各自的发展曲线，相互的交集与碰撞也全靠"命运"而非人力可为，作者放手让人物听从"命运"的安排，在时代社会和情感个性等种种内外因素的相互冲突、相互牵制中走向各自的结局，尤其爱情关系的阴差阳错，落在读者的预料之外，很难说圆满但也绝非悲剧。小说结尾照应着开头，让四个青梅竹马的伙伴又聚在一起，还像小时候一样笑着闹着，唱着祖传的"花儿"歌谣，然而物是人非昨日不再。在龙欲飞的画展大获成功之际，鱼寅禄被突然闯入的警察带走了，人生的苦痛和欢乐就像十字路口的红绿灯瞬间变换，是结束也是开始。这么一部激情洋溢的小说长卷，读罢也会给人一种后现代的迷惘感和消解感，不能不说老作家在坚守同代人理想主义信念的同时，也在努力让他的小说富有更宏大的思想格局，努力拓展着自己作品的精神疆域。

二

青年作家范墩子的首部长篇小说《抒情时代》，以同样的变革时代为背景，同样写草根一代的奋斗史，但引人注目的是，90后范墩子在小说写法上做了新的探索，以及带给小说文本令人惊喜的艺术新变。从中既可以看到新一代作家小说观念的变化，也可以看到陕西文学正在蓬勃兴起的新鲜生动的创作力量。

《抒情时代》是一部悲伤的小说，阅读它是一个很痛苦的过程，这种阅读体验似乎很久没有过了，又感觉似曾相识。小说在文字上其实还是很流畅的，所谓"痛苦"是指小说氤氲的情绪之雾带来漫无边际的压抑，有时候读得喘不过气来。对于文学阅读来讲，这应该是一种更有力度的感染。毫无疑问，作家对现代小说艺术经验的学习和借鉴一定是另有师承的，这是一部明显越出了传统写实范式的作品，虽然小说还存在一些不足，青年作家的第一部长篇还在走向成熟的过程中。置身我们这个文学大省高产量的长篇小说中，《抒情时代》属于为数不多的反抗小说常规、大胆追求陌生化艺术效果而得来的新作。

费孝通在《乡土中国》中说，"土"是农民的"命根"，"以农为主的人，世代定居是常态，迁移是变态"。[①]说的是传统中国农民与"生于斯、长于斯"的土地"生而得来"的紧密关系，而这种关系在20世纪中国的现代化进程中，逐渐发生着变化。尤其是进入20世纪末，农民的离土现象成为势不可挡的历史潮流，也成为中国文学尤其是小说艺术反复表现的热门题材。事实上，当土地不能再赖以生存的时候，那些附着在土地上的神性光环，亦可能会逐渐褪色甚至消失。范墩子小说的上部题为"迁徙"，时间是1995年。主人公杨大鹏还是个中学生，每天"坐在门前那棵桐树的树杈上"，"我总把自己当成一只鸟，我迟早要飞出去的。我将从这个简陋的巢穴起飞，飞向那梦幻的远方"。还有主人公最要好的两个兄弟张火箭和骡子，"张火箭最大的梦想是能够拥有一辆属于自己的摩托车"，而骡子的日常生活就是在村镇里晃荡，那"也是他的梦想——做个闲人"。至于妹妹杨梅，在九岁那年就试图离家出走，"她的心里一直藏着一个疯狂的计划，不过是那双坏腿破坏了她所有的希望罢了"。此时此

---

① 费孝通：《乡土中国》，人民出版社，2008年，第2—3页。

地,"人们的心已经被郭金龙的摩托车给搅乱了,人们的魂也已经被南方给吸走了"。挣脱故土变成孩子们"生而得来"的梦想,"摩托车"和"南方"则是梦想的象征物。坐在树杈上发呆的杨大鹏,"他眼眸里的忧伤比渭河还要长"。从什么时候开始,那些应该在乡野大地上撒欢长大的孩子们,也成了天生自带孤独感的一代人?这种无端的伤感和痛苦从何而来?

在范墩子的写作理想中,通过小说去反映所处时代社会的外在形态,不是他的重点,更不是他的目标。小说从本质来说应该是作家心灵化的产物,经过内在心灵的折射,小说在广义上应该也是一种变形艺术,而变形的程度又往往与作家向内转的程度成正比。作为乡土写作的新生代,范墩子更关注包括自己在内的最年轻的一代离土者在城乡交汇的洪流中心灵世界发生的激烈震荡,记录和描绘特定时空下人与乡的爱恨纠缠和这纠缠投射在人物心理上的斑驳影像。这种更为内倾的写作诉求,推动作家在小说形式上进行更为自觉的探索。小说名为《抒情时代》,作家却无意状写完整的时代进程,也没有构想出丰富的故事情节和复杂的人物关系。从读者的惯性思维去看,不但故事是单线条的,作品写人物的笔墨也是极节省的,甚至很多是模糊不清的。作家明显用力于人物的精神状态,村镇静态生活的被搅破和四周弥漫的惶惶危机,都是通过人物不可名状的奇异感受以及超常态举动表现出来的。小说中的"我"(杨大鹏)、杨梅、奶奶,作家特别赋予他们不同寻常的灵异感觉,遍及所有的"人们"和天地万物,都在某种程度上感应着所处世界的变化。小说如此写"迁徙"来临之前的村镇:

> 人们都在等着,等着什么大事的发生。连树杈上的麻雀都在等,还有藏在野草丛里的蚂蚱、螳螂、蚂蚁、蝴蝶,它们也在等。远方的山在等,沟里的柿子树在等,村口的大青石在等,狐狸在等,沙土在等,理发店的理发师在等,基层的公务员在等,孔雀在等,骡子在等,白鹅在等,院落里的竹子在等,蜗牛在等,正在麦地里放风筝的少年在等,郭金龙和张火箭也在

等。全镇所有的人都明白,就这样等下去,总会等到什么大事发生的。[①]

就像在预感一场大地震将要爆发,等待本身就已足够惊心动魄,大时代的巨变将是如何天翻地覆泥沙俱下,似乎无须再费力描绘渲染。《抒情时代》通篇以主观化视角写人物的感觉世界,譬如写"我"在焦躁不安的情绪控制下,眼中看过去的景象是完全变形的:"电车门刚刚打开,我就看到城墙倒塌在摇摇晃晃的日头里","有人将脑袋卸下来,挂在路灯上,路灯就显得更亮堂了"。诸如此类的句子,在小说中比比皆是。这容易让人想起新感觉派的"物我合一"和"意象叠加",将人的主观情绪注入感觉和想象的文字中,带来写实主义手法难以企及的强大艺术效果,因此使小说具有了鲜明的表现主义特征。

文学的表现主义除了注重启用主体生命的感性机能,还赋予创作浓烈的情感特质。《抒情时代》以自我为喷发口,倾泻出一代人的生命渴望、自由理想以及求而不得的精神痛苦。那些生活在底层的奋力改变命运的年轻人,他们在幻想中逃离,在逃离中挣扎,在挣扎中寻找,在寻找中回归。青春期的力比多和生存环境的巨大反弹,形成一种左突右奔的无规则竞技场。成长在如此激变和混乱的时代,坎坷遭遇和创伤历练如不能转化为人生的财富,就极可能使生命受挫而委顿、使人性迷失而陷落。小说写青年人在个人奋斗道路上由决绝离去到回首故土,其精神核心锁扣在主人公救治心灵的情感渴望上,作家于现实世界和灵魂世界的交织中构筑属于自己的小说世界,其最大冲击力来自人物不寻常的精神状态。阅读小说时总令人联想到中外文学史上那些极端的自我中心主义者,那些绝对的孤独者,他们既不与外在世界妥协,也未曾有一刻放过自己。作家倾力写出人物内心的狂风暴雨,对自我心理冲突的精彩呈现,是这篇作品的独特性和生动性所在。

---

① 范墩子:《抒情时代》,安徽文艺出版社,2021年,第39页。

范墩子在小说自序中说："无论是写短篇小说，还是长篇小说，我都是在表达自己最真实的情感。"①通过这个长篇，更欲将自我世界发生的殊死搏斗及其精神痛苦一览无余地表现出来。为此，作家将小说更彻底地向心理与情绪的层面倾斜，更加拉近甚至消弭了叙述者和故事的距离，将作家自己的内心生活大面积地覆盖在人物身上。小说不仅运用主观化极强的内视角和心理情绪结构，而且借用两个叙述者的口吻，在不同情境和不同的方位进行内心观照和自我审视。杨梅这个角色，其实就是另一个杨大鹏，同时也是叙述者本人。作家自己也说这个少女："她是另一个世界的我，我们是统一的个体，并无身份、面貌和地域上的差别。"②杨梅是小说中一个精灵样的人物，作家赋予她非常丰富的表意功能。杨大鹏是挣脱村镇的那个"我"，而杨梅则是守着村镇的另一个"我"，他们兄妹情感中多少含有伦理禁忌的男女之爱，是不是隐喻着一个完整的自我生命的痛苦撕裂？或者可以理解为这一个"我"离开村镇，便意味着失去或者背叛了另一个更真实的"我"？所以，小说中部开始的都市生活中的杨大鹏，就是那个残缺的空心的戴着面具的不真实的"我"；所以，"我"不但一直坚持寻找南下父亲的下落，带着"逃跑的兔子"的面具与杨梅"网恋"十年，还写出长篇小说《寻找杨梅》；所以，他给自己儿子取名"杨小镇"，讲给儿子的故事中，不断出现智慧的"羊人"和山野的"妖风"。所有的这一切都是为找回那个离开了"树枝巢穴"却无处着落的"我"，找回村镇的家、自己的血脉根系。这样的解读在杨梅这里同样可逆，她也在逃离的"哥哥"身上窥见自我，那个长了翅膀能自由飞翔的另一个自己。这种与他者互为镜像的"二重身"叙述方法，对应着后现代语境中人的存在的孤独与精神幽灵化，是带有浓重哲学意味和深得先锋小说艺术神髓的一种尝试。

---

① 范墩子：《抒情时代》，安徽文艺出版社，2021年，"自序"第2页。
② 同上，"自序"第1页。

三

之所以把《浮山》和《抒情时代》放在一起讨论，除了将其当作陕西文学界长篇小说的最新收获来追踪，还有令人感慨的一层意思，就是这两位作家的年龄，晓雷是1939年生人，已进入耄耋之年，而范墩子是90后作家，属于文坛新人，这一老一少的创作，我觉得一定程度上可以证明陕西作家在长篇小说方面持久的创造力，对他们作品的解读分析，也多少有助于我们对长篇小说创作现状和未来走向的综合考察。

作为老一代的小说创作，《浮山》已然个性鲜明，表现出相当自觉的主体觉醒的精神特征。在体会作家的创作心态时总有一种把小说当诗来写的感觉。晓雷表现出的对人生的主观把捉力和倾注于人物身上真挚热忱的情感，特别是在形象塑造中出现的大量灵魂自我剖白，使人物的心理与作家的情绪都得到了极大程度的挥发，这些都是超出了当下很多叙事文学作品的，显露出作家独特的个性气质和审美风格。但总体来看这部长篇力作，它无疑还是归属于现实主义小说系统的，表现在小说依然偏重于展示变革时代的社会生活和人性的迁延变化，不忘构筑宏阔的史性写作框架，以及依然以传统的线性因果关系为小说叙事的逻辑依据，也还主要沿用着全知全能的外视角，即传统的社会历史学视角。在《浮山》中，既能感受到小说强烈的情感质地，但也不是信马由缰式的无边无际，作家还是牢牢把握着小说的理性中心，以传统道德力量统摄着小说的思想走向和价值判断。作家最为钟爱的主要人物龙欲飞身上，体现着老一代所崇尚的理想主义情怀与英雄主义气质。在当代文学走过新世纪的二十年后还有《浮山》这样厚重又激扬的长篇小说问世，不禁要慨叹我们史诗性文学传统的源远流长。作家晓雷十年梦想苦苦求索，在人生的晚境依然立志书写自己的时代和自己心目中的英雄，在这部来之不易的小说长卷中，我们分明看到了这位诗人小说家的浪漫主义身影。

晓雷这一代作家，无论人生阅历还是艺术积累，都非年轻的范墩子所能望其项背。单单《浮山》中呈现的古城书画界的复杂人事以及相关书画行业的丰富知识，以及对传统艺术思想的理解，就非长久浸润所能达到。对于范墩子来说，生活积累既非长项也无意成为创作的主要凭借，他显然更专注更用力于小说的向内生长。在《抒情时代》之前，范墩子已有数量不小的中短篇小说发表，但尚未有过写作长篇小说的经验，他在小说自序里描述了自己进入长篇时那种忐忑不安的心情。在长篇小说家族中，不足二十万字的《抒情时代》算是个短章了，即便如此，"用十多万字的篇幅讲述两个人物的命运，对我而言确实充满了挑战"[①]。于是作家在小说做法上多下了功夫，他找到了小说书写时代的另一种结构，就是构筑心灵史的思路。小说不求故事的完整连贯性，而是把主人公近三十年的生活加以有效的切割，每十年转换一次人生场景，在三个时间节点上展开人物的奋斗和心路历程，中间不断用人物视角的转换来间离情节线索，以凸显人物的心理状态。作家也舍弃了当下比较流行的日常生活流的写法，强化小说的矛盾冲突，尤其注重对心理内部冲突的表现。在小说拆解现实生活合理性的叙事逻辑下，人与人之间的关系也变得拧巴和非常态，亲人、恋人和朋友之间，既相互依赖，又相互对抗，你中有我，我中有你，形成一种情感和人性撕扯的角力场。用不同于物理时空的心理维度来结构小说，才有可能将三十年社会时代的剧烈变动纳入有限的小说篇幅中，这种由内而外的辐射状小说结构，正是现代主义以少胜多的小说技法之一。

两部小说虽然写法不尽相同，但都提供了比较清晰的时代背景和历史坐标。《浮山》中的龙欲飞们是在上个世纪80年代改革开放的初期走出家乡的。龙欲飞高考名落孙山逃出家门寻找生路，应该算是最早一批进城的农民工，稍有区别的是，他是一个"文化打工者"。龙欲飞身上带着那个年代年轻人普遍的理想激情、青春热血的烙印，他承载着作家的理想主义、浪漫主义人文情怀，也因此不可避免地带来性格的偏于单一和理想化渲染，影响了

[①] 范墩子：《抒情时代》，安徽文艺出版社，2021年，"自序"第1页。

更为立体丰富的形象塑造和对人性复杂性的深度开掘。《抒情时代》主人公的个性觉醒发生于90年代以后，范墩子笔下的杨大鹏们，在新旧交替飞速变幻十年后的社会文化环境中成长起来，他们和龙欲飞们的人生道路、命运遭际固然有所叠印，但后者的性格主色调显然发生了质的变化，作家身处文化多元和思想碎片化的文化语境中，也不会使他的人物再拥有清晰的性格线条和圆整的精神世界，能概括这一代人精神特征的莫非"孤独"二字。孤独的个人，孤独的时代，小说整体上传达的是人本质上趋于孤独的先锋意涵。另一方面看，虽共同拥有乡土和城市两个生命栖息地，龙欲飞既得到了城市的最终认可，实现了自我的价值，而每每受挫回返乡土，又总能获得大地母亲的滋养，领悟古老"浮山"的神秘启示，鼓满风帆继续前行。杨大鹏则不同，他考上大学逃离故乡，文学创作一举成名，但从来没有在城市乃至自己的家庭找到生命的归属感，"我既不属于村镇，也不属于这座城市，就像幽灵一样在街道和高楼里飘荡着"。他意识到自己的空虚来自"根被自己砍断了"，于是不断地寻找父亲、寻找杨梅，也寻找那个"坐在树杈上的"自己。然而当他再次回归村镇时，扑面而来的是满目凋敝荒凉和令人绝望的死寂，村镇也早已忘掉了他，他没有找到自己失去的从前，或者说那个从前其实就是他心中的幻影。所谓无法安放灵魂的远方和再也回不去的故乡，正"深刻地反映了我们这个时代每个人的孤独"。①小说的主题内核已然超越了我们通常所说的城乡文化冲突，杨大鹏、杨梅这些村镇青年的人生悲剧和内心痛苦，也是这个动荡变革的大时代带给每个人的，他们的性格裂变中包含着非常严肃的沉重的东西，投射着人对所在世界无法认知的焦虑和对未来命运无从把握的茫然。我理解范墩子的《抒情时代》，与上个世纪曾经交替出现的两种抒情——个性解放潮流中的个人化抒情和革命时代的群体性抒情——都完全不同构，当人与外部世界的和谐被打破，以及自我心灵的内在和谐也不复存在，作家所谓的抒情，就是在布满裂痕、充满矛盾悖论的情感

---

① 范墩子：《抒情时代》，安徽文艺出版社，2021年，第196—197、193页。

世界中发出的自救呼喊,这大概就是范墩子想要呈现的一个"抒情时代"。与此相应地,作家也挣脱了传统的历史叙述框架,苦心经营出一个不再循规蹈矩的小说迷宫,以实现他所执着追求的直抵心灵的写作。小说富于魔幻色彩的叙述风格和扑朔迷离的生存景象,密不透风的内心书写和人物身上的神秘气息,令人惊叹年轻小说家的奇思异想。非凡的感觉和奇异的想象力是天赋资本,带给小说无限变化的可能,也是年轻一代作家超越传统继续走远的信心所在。

纵观当代文学的发展历程,改革开放浪潮推动下的社会历史巨变,及其带给中国人的精神世界的深刻变化,一直是长篇小说所倾力表现的题材领域,也出现了不少我们视为当代经典的名篇巨制。在可以预见的未来,状写这个历史区间的小说创作还会源源不断地出现。在所能涉猎的范围内概观此类长篇小说的创作情势,大致可以看出三种走向:一是对全景式史诗性写实传统的继承或扬弃;二是日常生活化与非虚构写作的持续走高;三是在现代精神分析小说路径上的不断探索和深化。当然,不同的文学观决定着作家的创作主调和基本方法,在多元化的文学时代,任何一种观念形态和艺术方式的选择都不会是单一和封闭的,而是在不同程度的相互融合、渗透中坚守自己的艺术个性。从近年陕西文学中的长篇创作来看,大约也不出这三类小说的左右。老作家晓雷是秉持传统求真型文学观的,他坚持文学对时代的真实记录,但最终也没有选择以纪实类或非虚构方式进入创作,虽然《浮山》中的主人公龙欲飞是有真实原型可依的,他是作家生活中非常亲近的朋友,一直活跃在古城书画界。[①]晓雷依然钟情传统的虚构性和典型化创作方法,是因为他想用小说创造"第二种生活",作家虚构的"第二种生活"可以最大限度地注入作家的主观情志。小说中的龙欲飞不是生活中原型的翻版,而是承载着特定的时代精神也映照着创作主体内心情感的镜像,是经历了20世纪80年代风雨洗礼的一代人的自我表现。所以《浮山》不是对现实主义的退

---

① 笔者曾访问作家晓雷,得知最初创作以人物传记为雏形,后重新结构为虚构性小说。

守,而是作家的主观精神强力地突入时代生活后的产物,质言之也是小说家个性化的产物。范墩子同为陕西籍的青年作家,从他之前的中短篇小说到目前的第一部长篇,依然能触摸到他与这一方文学沃土的根脉联系,《抒情时代》追求极致的现代心理体验,在陌生化艺术的路上走得更远,但小说并没有刻意疏离社会化内容而走入极端的私人世界。《抒情时代》很有张力,气韵很足,但过分用力带来的紧张滞涩也影响着小说的深厚从容,这是一个内在力和外在力的协调问题,也是一个张弛有度的美感节奏问题。当然,所有的不足,都不会影响这是一部值得深入解读的好小说。作家对文学的热情,对小说境界、力度和卓越表达的努力追求,弥漫在小说的写意空间。范墩子的努力耕耘已经获得了可喜的收获,他正在攀爬的创作势头,让我们有理由给予他更高的艺术期待。

文学的多元化总是在个性化追求中实现的。作家以不同的视角观照或以不同的叙述方式呈现,小说侧重反映存在中的外部真实,或执着追求存在中的心理真实,其目的是共同构成一个时代的丰富历史记忆和复杂精神面相。一个伟大的时代会在同代和后代的文学想象中永续生机,文学也因伟大时代的滋养而古树长青。无论选择何种叙事结构,优秀的小说都是建立在对人的生存处境的思考之上,并在对个体人的关注和对人性的完美建构中获取意义,也最终要在个人化抒情中体现文学审美的本质特征。阅读《浮山》和《抒情时代》的过程,也是对长篇小说的多种功能和艺术独立性的印证过程,讨论虽然是从地域和代际切入的,至此却恰恰走出了地域也超越了代际,越来越靠近小说本身。知陕西道中国,现代长篇小说在追求艺术自足的道路上还有很长的路要走。正如卡尔维诺所说:"叙事文学,当它负责讲述事情时,就有了自己的任务,它自己的精神,属于它自己的在这个世界上留下印记的方式。"[1]

原载《小说评论》2022年第4期

---

[1] 卡尔维诺:《文字世界和非文字世界》,王建全译,译林出版社,2018年,第16页。

浅议马治权长篇小说及其人物形象

书法家和散文家马治权，以长篇小说《龙山》和《鸟镇》跻身小说家的行列。长篇小说是文学创作中的大国，在号称文学重镇的陕西，作家们多以营构长篇巨制为文学的至高理想，并以其突出的创作成就，在中国当代文学格局中居于重要的地位，产生了广泛的影响。马治权2009年出版了《龙山》，时隔七年又推出《鸟镇》，足见他对长篇小说的钟爱，以及他的写作自信乃至艺术野心。

《龙山》和《鸟镇》走的是现实主义小说的路线，一定程度上表现出实录社会现状的特点。作家并不拘泥于所谓的小说做法，笔墨洒脱自由，故事之外多为状态呈现、散点透视，乃至充沛的激情议论。之所以将现实主义作为讨论马治权小说的切入点，是基于对作家以小说介入现实关怀的创作"初心"的深切了解，而事实上，一种强烈的现实批判精神和深度揭示复杂人性的文学追求，贯穿两部长篇小说的始终。于是，作家着力塑造的两个中心人物，《龙山》中的宫驷良和《鸟镇》中的沙平顺，无疑成为解读小说现实主义精神的重要入口。

《龙山》中的主要人物宫驷良，怀抱坚定的政治理想奋斗于仕途，半生追求终于当上市委书记和省委常委，却遭到竞争对手鲍元秀的陷害，上任三个月后就被罢免。作品记录了宫驷良一生的奋斗过程以及感情经历，同时刻画了冀民主、辜今弋、上官演等自由知识分子的形象。宫驷良廉洁自律且有良知，是为数不多的正面官员形象。但另一面的宫驷良，却以

"治病"为借口，常年混迹于洗浴按摩场所，与底层"妓女"交往频繁。作家显然是想写出一个性格更复杂、内心更丰富的官员形象。作品还通过大篇的人物对话和议论，直击当代政治体制和官场社会的诸多弊害，透露出对自由主义和民主体制的强烈追求与向往。作家秉持的启蒙思想与批判意识，是贯穿作品的一条红线和一道亮光。《龙山》也因此被无所不在的"思想观念"所笼罩，致使大量的议论文字充斥于小说当中，某种程度上折损了小说的故事性和形象性，形成小说与杂文混合的特殊面貌。加之小说不时地穿插有关书法、佛教、民间习俗、民歌民谣等内容，更使得这部作品内容十分"芜杂"，在小说艺术的纯粹性上难以自洽。

《鸟镇》的主人公沙平顺同样经历坎坷。他出身农村，且是"黑五类"分子，后因能力出众和偶然的人生机遇，被招工进了城市，接着考入市公安局，四十岁开始步步升迁，直至市委副书记、市委常委等高职。看起来仕途确实"平顺"的沙平顺，在即将退休的当口被告发涉嫌贪腐。他在所剩不多的时间里反省自己的人生道路，经受了痛苦挣扎，渐渐归于平静。他回家乡鸟镇告别了老母亲，为保全尊严而引决自裁。初看起来，小说以这样一位"官员"为主要人物，似有晚清谴责小说和这些年颇为流行的"官场小说"的影子。但仔细品读可以发现，小说并没有将主要笔墨放在具体的官场生活当中，去描写权钱、权色交易和暗箱操作，以及林林总总的"潜规则"。小说的重心在于表现沙平顺"官员"身份之外的个人生活和爱情故事。抛开"官员"身份和地位之累，沙平顺是一个有着七情六欲和喜怒哀乐的"自然人"，《鸟镇》正是着眼于此，才与很多"官场小说"对官员"神秘化"或"妖魔化"书写有了区别。小说中的政治文化氛围和官场上的种种行为，客观地呈现出来，就连沙平顺最后的自杀，也是出奇的平静。《鸟镇》在描摹世态人情的时候，更多地将现实境遇当作人物活动的场景和舞台，而专注于人物性格的生成和发展，使得这部作品超越了《龙山》，不但命中了小说的本质，也显得更为成熟圆润。

比较《龙山》中的宫驷良和《鸟镇》中的沙平顺两个人物，不待说有非常相似的地方。从身份上看，他们都是从底层摸爬滚打、步步升迁至政府官员的位置，能很快适应和习惯官场生活，机智地利用官场的"行为准则"，但他们同时又具有较强的自律和自省精神，保持着"公权力"拥有者对社会应有的基本良知和道德责任感；从命运走向上看，他们都经历了由个人奋斗获得公权力到最后被迫丢掉官职的悲剧人生，从体制的获益者逆转为体制的受害者；作为生活中的"自然人"，他们都对包括性在内的"爱情生活"有着现代人的体验和追求，并且不断游走在妻子和情人之间，挣扎于爱情和性的苦闷之中。这些看似复杂甚至矛盾的多面人格在宫驷良和沙平顺身上有共同的体现，对这两个人物性格特征的充分理解，是解开两部作品所蕴含的人生社会问题的关键。更进一步，外在社会和性格的综合作用而形成的人物悲剧，又强化了小说的命运感，使人物更富立体感。此种写作路径及其艺术效果，也正是传统现实主义的优势所在。

首先，作为官员，宫驷良和沙平顺都自觉不自觉地顺应着传统的中国仕道，在一种所谓"存在即合理"的游戏规则下，深陷于权力和欲望织就的关系网中。但他们身上却也闪烁着自律和自省的人性光辉，甚至体现出对权力压迫的批判及对公平正义和人道主义精神的自觉追求。因而这两部作品在不同程度上都带有现代叙事文学的精神气质，即思想启蒙的特点，这在《龙山》中表现得似乎更明显。政府官员宫驷良，最喜交往和关系最密切的朋友，多是作家、书法家、报人和科学家，他们最热衷讨论的也常常是知识分子最关注的科学民主、理性精神等问题。政府官员宫驷良葆有独立政见且敢于发声，他的思想立场决定了他骨子里其实是体制中的一个异类，个体精神的孤单和行知的分裂不可避免。《鸟镇》中的沙平顺则是另一种表现，表面看去缺乏宫驷良式的思想能力与人格魅力，读者更多感觉到的是他在权力游戏中的游刃有余和波澜不惊，他工作有热情且能力出众，不愿收受贿赂，不打压异己，但他对深陷其中的官场腐败并没有清醒的自省意识，潜移默化中利用自己的权力捞得政绩，也曾变相贿赂上级官员，私助商人中标以使自己家人间接受益，更利用职务方便接近倪梦荐终使她成为自己的情人。即便如此,小说并没有刻意强调和放大沙平顺的权力欲望和政治野心,他只是被极易滋生和蔓延腐败的官场裹挟着向前而已。偶尔短暂离开职位,沙平顺会生出一丝对官场的厌倦,对自己的所作所为也曾反思和追问,觉得自己有时候头脑清楚,有时候又十分糊涂。小说对人物矛盾心理和复杂情绪的展示,细腻而真实。与《龙山》直击社会黑暗、尖锐强烈的批判性相比,《鸟镇》的叙述是和风细雨式的,前后写作力道的变化,出于作家对小说人物更深入的理解,更多怀有惺惺相惜之情,也可能是某种隐秘的反讽叙事策略所致。因而,《鸟镇》似不同于《龙山》那样鲜明地表达了作家的理性判断,但它于冲淡平和的叙述中依然蕴藏着思想的锋芒,在社会批判和文化启蒙上仍与《龙山》一脉相承。

其次,从宫驷良和沙平顺的"官运"或"命运"走向上比较分析,他们并非那种违法乱纪、恶贯满盈的"贪官污吏",相反,某种程度上都是出身贫寒却能力出众、遭人嫉妒但积极作为的好官,但宫驷良因竞争者的陷害被罢免官职,沙平顺却因不算严重的"行贿"被中纪委发现而自杀。两人的悲惨结局,似乎将矛头指向了他们身处的外在环境,引发人们思考到底是人性本恶,还是人性被酱染和持续发酵,从而导致正义者要么良知泯灭、要么遭受淘汰的恶果。正如小说家自己所言:"一条鱼出了问题,或许是鱼的问题,而一池子的鱼出了问题,那就是水有了问题。"(马治权《一瓮银元的故事》)显然,小说家通过自己笔下的人物和故事,意在探讨"水"——也就是问题的症结所在。好的制度也许不在于劝人向善,而在于防止人作恶。如果制度的漏洞变成滋生人性之恶的土壤,为权力拥有者提供了作恶的机会,其结果不仅"民不聊生",也会"官不聊生",就像宫驷良和沙平顺的命运,制度既无法阻止他们滥用权力,就更无法保护他们的正当权利。而一个国家良好政治制度的建立,是现代性诉求当中十分紧要的一环,宫驷良与沙平顺的命运结局所表现出的批判意义正在于此。

最后，有着正常人七情六欲的宫驷良和沙平顺，他们享有追求爱情和性的权利，但他们又同时必须面对妻子与情人、爱情与性的痛苦纠缠，以及来自伦理道德和政治纪律的惩罚。自西方启蒙运动以来，"性"总是与真正的"个人"一起被发现和肯定，从宗教和政治压迫下解脱出来的"性解放"，作为人性觉醒的重要表征，其启蒙意义不言而喻。但随着西方社会性解放运动走向极致，其弊端也再次显现出来，信任和忠诚的道德危机进而导致人类的心理危机，各种疾病也通过混乱的性关系迅速传播蔓延开来，向人类自由名义下的欲望泛滥敲响了警钟。《龙山》中的宫驷良周旋于妻子和情人之间，甚至常常出入一些准色情场所，但作者却为宫驷良的行为盖上"治病"和"社会调查"的"遮羞布"，原本带有启蒙意义和形而上思考的"性"，在小说中依然给人形而下的情色印象。《鸟镇》中的沙平顺虽不似宫驷良一样热衷情色欢愉，却深陷一场刻骨铭心的"婚外恋"。小说用了超过三分之一的篇幅叙写沙平顺与倪梦荇的性与爱。一面是政治官员的身份，一面是自由随性的爱与性的追求，二者共存及其矛盾构成宫驷良与沙平顺的复杂面貌。他们作为官员应该坚守的道德底线和行为上作为"自然人"的放浪不羁，使得形象本身颇具思想张力。在爱情与性的书写上，不少中国当代作家深受捷克作家米兰·昆德拉的影响，当米兰·昆德拉在小说中抛出了"轻与重""灵与肉""偶然与必然"等人生与哲学命题时，我们惊异地发现这些千古难题一夜之间遍布中国当下。构成爱情和生命的往往是偶然而非必然，没有分量的偶然往往让生命无法承受其轻。人类总在思考，不幸的是答案总飘荡在未知的天空，爱与性之间或许永远无法找到一个最佳平衡，矛盾与痛苦仍在继续。此处引出米兰·昆德拉，或许可以当作理解宫驷良、沙平顺与他们的妻子、情人关系的最好注脚。如此阐释有点疏离于作家对社会政治思考的浓墨重彩，让小说变得有些意味深长起来。

小说家马治权有过三十多年的政府工作经历，自己的人生体验是他创作最丰富也最可靠的资源库，这两部小说讲述的人生故事虽围绕官场展开，却意在引领读者去认识一个更真实的中国社会，启发读者思考有关民族国家未来命运的严肃问题。文学作品当然不仅仅是在对应现实生活和进行文化批判的层面上被阐释，文学之为文学艺术，在于它提供着更多的阐释的可能性，乃至趋向于无限性。正因此，谋求突破的小说家，在更深入地开掘生活和努力发现的同时，也不断探索和尝试新的叙述方式，形式的变革往往不只关乎形式，多种阐释的可能性或许由此开启。马治权的创作从《龙山》走到《鸟镇》，小说叙述的自觉性显然大大增强了，比之宫驷良，沙平顺的形象不再紧贴着地面，扑面而来的命运感成全了这个人物，也赋予小说虚实有致的意义空间。《龙山》和《鸟镇》这两部书，看书名和品味其中的意境，便可知书法造诣对小说家的影响了，虽说对艺术真谛的领悟有一通百通之说，但真正能做到互为交融和自成格局并非易事。所以，无论触类旁通的艺术禀赋，还是"磨砖为镜"的创作精神，马治权都是令人赞叹、让人佩服的。

选自《文谈笔录》，西安出版社，2017年

（本文系与李斌合作）

西部文学视野中的女性写作

新时期至新世纪以来，中国女性文学创作已蔚为大观，这不只因为对女性及其创作被遮蔽和压抑的历史反叛，更缘于女性和文学的天然相通，缘于女性写作对人类及其灵魂的发现与建造的特质。

女性写作常常起步于个人情感的抒发，而优秀的女性作家则带着她们永久的个人性，将写作的意义延伸到群体、时代、民族国家乃至人类本身，并归于自然和生命的本源命题，这是迄今以来女性写作和女性主义批评持续趋热的根本原因。

在文学的艺术想象和展示中，中国西部显示出瑰丽神奇的色彩和苍茫雄奇的性格。人们往往习惯性地认为，西部文学的这片天空，理所当然地由男性作家支撑着。而近年来，走入西部各省的文学界，你会发现西部女性文学创作，已经形成了可观的文学库容。这一群体的文学创作成就，其思想文化内涵和艺术表现形态，与其他区域的女性文学，与本区域的男作家为主体的创作，在思想力和审美力上，既有互动和互补，又不乏差异，从而显示出独有的文学艺术价值。

群像：姿态飘逸而美丽

西部女性写作的群体规模正在形成，比如陕西女作家群、甘肃女作家群、宁夏女作家群，以及新疆和西藏少数民族女作家群体写作现象的出现。

在西部文学的总体阵容中来把握女性文学创作的样貌，就会发现女性写作是西部文学的有机组成部分，构成着这座文学金字塔的宏伟基座，其中更有出类拔萃者正在跃向成功的顶峰。

以卓越的文学成就叫响文坛的女作家如马丽华、李天芳、叶广芩，正在浮出水面的新锐女作家如周瑄璞、梅卓、张瑜琳、格央等等，当"温柔而强劲的西北风"吹来时，有理由宣称，中国文学的西部，不只是男性的西部，离开女性文学观照和想象的西部，至少是不完整不丰富的西部。

西部女作家中有专注于挖掘和表现地域文化形态的，如"马丽华走过西藏作品系列"，她以行走的姿态、开阔的视野，将多姿多彩的藏文化展示在读者面前。她作品中西藏世界的奇美壮绝，情感的表达和描绘的笔力并不输于男性作家，另外，马丽华又以女性特有的温暖襟怀和锐敏细致，感知着理解着包容着也理性观照着西藏，既非刻意探秘和猎奇，也不见矫饰与夸张。她代表的是西藏文化叙述的一个高度。

还有一批少数民族中青年女作家，如藏族的央珍、梅卓、格央，维吾尔族的哈丽黛、热孜万古丽，哈萨克族的哈依夏、阿维斯汗，回族的祁文娟、马金莲等，她们将边疆地域及其文化环境推至小说中的背景，关注民族地区女性的生存处境，写她们在宗教场域和性别压迫的双重围困中，内心的压抑与痛楚，传达出她们冲出生命困厄的渴望。

在西部汉民族居住地的更大一批女作家，已经将创作的笔墨融汇到更广阔的文学世界中。西部作家身处的生存环境是相对闭塞和落后的，但女作家却更早表现出对现代文明的亲近，有着追踪都市生活的冲动。

叶广芩作为陕西最具实力的女作家，一直坚持在多种文化参照系下进行创作，以多种笔墨表现她对历史和当代生活的审视，秦地文化和关中风情的题材进入她的作品时，也因为女作家的情感特质和个性化处理，显示出别样的思想格局和艺术韵致。她广受好评的长篇小说《青木川》，同样以历史、人性、文化等厚重主题展开叙事，但她的理解和表达是超然和恬淡的，悲剧故事也写得空灵剔透，而并没有沿袭陕西作家所偏爱的"史诗性"笔法。

周瑄璞和杜文娟两位年轻女作家的创作正在渐入佳境，她们更彻底地摆脱了地域文学传统的牵绊，自觉而锐利地张扬着女性自我意识，作品发散着浓重的女性主义话语气息。

如果说陕西文学创作已经具备了公认的地域特色，相比于男性作家，女作家的写作更加自由与零散，更加任性和个人，即便是有关历史、政治、文化等严肃命题的思考，一定也是另一种方式的承载，另一种途径的传达。同样生长于三秦厚土，她们却没有被帝国历史和黄土文化所围困，她们的写作更加意绪化和心灵化。她们走远了，行走的姿态飘逸而美丽。这一切都是因为，在历史的、政治的、文化的、地域的、人性的等等写作视界之外，加上了一个人性角度当中的女性角度，于是文学的景致骤然大变。

特色：形成合唱中的"异声"

西部独特的自然生存环境和文明形态，造就了传统的凝重沧桑的西部精神和宏阔、悲慨而又浪漫的西部之美。如果从文学的精神内质和审美样貌的角度去界定，诉诸读者审美视野的西部文学，凸显着壮美雄劲的男性风格。

由此对应来看，西部文学中女声部的艺术表现，在发出西部文坛的"同声"的同时，又独行其道，形成合唱中的"异声"。特别是针对西部文学中已经被普遍发现的主题重复、风格单一的问题，女性写作由于其相对自我和边缘的身份感，显露出创作的某种独异性和前卫性，正弥补着这一地域性文学的某些不足，开拓着文学表现新的疆域。

女性动态的自由的创造，也勇敢地冲破着男性写作传统固有的束缚，进行着突破西部文学地域性局限、走向融内在细腻与外在阔达于一体的艺术境界的努力。所以，女作家的创作价值不仅限于强化整体的声音，或者被视为主力阵营的优雅点缀，而更应该体现在女性文学话语自身的独立品格。

西部文学的脱颖而出，与新时期以来中国文化再造和中国形象重塑的历史诉求因缘相连。西部文学呈现出的素朴、醇厚的本土文化精神，大气、刚健的美学风貌和奇异、神性的艺术气质，在西化潮流汹涌而至和物欲追求演变为时尚之际，激起了国人对民族精神特别的想象冲动。

同时，回归传统文化和留恋边域人群自然自在的生存方式，依然难免在传统和现代、全球与本土的矛盾冲突当中，形成决绝的执守姿态。其中，女性的写作因其专注于自我抒发和心灵表达，看起来是淡化了西部文学外在的力量和色彩，女性眼中的、心灵的和审美想象中的西部，是对西部文化传统和风土人情的另一种展示。她们的写作不那么坚硬和传奇，她们所表现的是更为丰富和柔韧的西部精神，她们以女性独到的包容和明敏，进行着个人与时代、心灵与现实之间的对话。

探寻西部地域文化精神与女性写作之间的幽深通道，会发现女性写作所具备的超越地域性的品质，女性写作走出了西部文学一直以来的风情展示和神性想象的单一空间。在文化的文学生成功能和文学的文化建造效应双向互动中，能够看到西部女性写作的独到价值。

价值：反拨和正音

生存环境本身赋予了女性天生的底层意识和苦难意识，女性的抗争和隐忍、自尊和卑微的情绪始终扭结在一起，造就了她们极富痛感的文字。

当读者习惯性地认为现代女性写作从对男性话语霸权左冲右突的历史中走来，即将完成决胜性的突击时，西部的少数民族女作家还不得不面对"男人就是女人的宿命"的严酷现实，不得不刻意回避着男性文化乃至男性形象。她们作品中男性的不在场，恰恰是因为女性被压抑的生存处境，限制了女性书写的自由。即便是面对现代都市生活，也由于西部都市化进程的起步晚和未完成状态带给女性生存和写作的尴尬境遇，所谓现代化的转身和从边缘走向中心的姿态依然滞涩而艰难。

由此想说明的，并不是西部女性写作显得滞后于时代，恰恰相反，边缘化的生存状态使她们获得了审视世界和自我审视的独到眼光，既揭示出人生的逼仄和人性的沉暗，又积蓄着走出性别遮蔽、反叛和冲破罗网的生命力量，创作也因此闪烁着女性温情和希望的微光。

针对当下女性写作中普遍存在的精神贫弱和情感矫饰之不足，尤其是都市女性的欲望写作，西部女性写作正有着反拨和正音的作用。女性及其写作，依然是走进人类灵魂深处的最佳途径。

所以，有必要加倍努力建造更加健康美好的女性文学，谨防极端的"私人化"和"欲望化"倾向变成新的囚禁女性的牢狱，从而弱化女性文学的力度，降低女性文学的品格。令人欣慰的是，西部女性文学虽然远不成熟，但质地纯正，品性优良，这也得益于西部肥沃的文化土壤和厚重的文学传统。西部女作家甘于沉潜，也勇于开拓，相信她们会以更多更新的艺术收获，真正撑起西部文学的半边天。

原载《光明日报》2011年8月1日，原题为《质地纯正　品性优良——西部女性写作概述》

行走中的写作

——叶广芩访谈录

周燕芬：叶老师您好。您的创作引起文坛和读者越来越大的关注，您拥有一个稳固的读者群，您的作品转载率很高，不少作品被改编为电影、电视剧，评论界和学院对您的研究也持续升温，您如何看待自己的创作影响？

叶广芩：说实话我不大注意这些。我是一个写作者，我的注意力集中在写作，带着作品一直朝前走，身后留下什么样的足迹、有何种反响和评价，这是评论家关心的事情。但我写作会考虑到读者，我要用心写出读者喜欢的作品，让他们读得轻松愉悦并有所回味。我写作的时候想象面前坐着一个读者，我在跟他聊天，我要时刻抓住他，让他听我说。作家一定要有抓住读者的本领，要轻松地把他拉进你诉说的这个环境当中来，把他从繁杂的生活当中、从焦虑的状态中引导到一种平静安然的状态中，这是一个作家应该具备的能力，让读者的心灵得到慰藉，我认为这是文学的天职。当然，文学作品也有它战斗的激昂的一面，那是文学的另一种功能，是另一些作家写作的长处，而我的长处就是慰藉心灵。作家应该是读者心灵的按摩师。我知道自己不是"特火"的作家，而且我也惧怕这种"火"，很早以前我就说过，我写作追求中庸之道，不温不火最好。

周燕芬：这正是您创作的特点，也是您作品的魅力所在。那种娓娓道来、不动声色的叙述，很让人沉醉，一旦喜欢上了，就放不下。您的读者对您作品的忠诚度很高，尤其是您的家族系列小说，在当代文坛上是独一无二、不可替代的。

叶广芩：家族小说是我从事写作以来最重要的一部分作品，是联系着我生命根柢的作品，也巧，这个系列的小说几乎每一篇都受到读者欢迎，常有读者来信谈他们的阅读感受，这种阅读热情很令我感动。

周燕芬：但是您并不是一上手就写家族小说的，早期创作题材比较杂，写农村，写城市平民，还写历史小说，比如《岸边》《退位》《孪生》等，什么原因促使您走入了家族题材？

叶广芩：我从80年代开始写小说，我写得很游离，是自己跟自己的游离，也就是说没有写进去自己生命的体验。那时候我虽然写了不少作品，但以北京文化为背景的作品从未进入过我创作视野的前台，这可能与各种条件的限制有关。我回避了个人家族的文化背景，不光是不写，连谈也不愿意谈，这甚至成为我的无意识。

周燕芬：不愿再碰触生命中最痛苦的记忆？

叶广芩：是的，现在人们感兴趣的"贵族出身"，实际上在我是最不堪最痛苦的记忆。我的家给我一种什么感觉呢？就是落魄、冷漠、贫穷、苍凉、另类，这是我对我家的几点归纳。人家说你贵族出身，贵族家庭的生活想象起来是无比优越的。其实我们知道，辛亥革命以后贵族后裔的生活只剩了落魄和辛酸，很长时间以来，我们家基本是靠变卖东西来维持生活。我很小的时候就和寄卖商店打交道，卖各式各样的东西。我父亲1956年就去世了，我们没有生活来源，老是这种状态。这种状况下长大的孩子，一个是敏感，再一个是自卑。这些东西渗透到我的骨子里边去了。虽然今天在县里边当个什么书记，当这个当那个，但是我实在是觉得，我是进入不了这些角色的，本真的我，其实是内向和忧郁的。

周燕芬：为什么旅日归来您开始写家族小说了？

叶广芩：我第二次到日本是1990年，那时中国刚刚改革开放一段时间，大家的思想模式还是处于"文革"后期那种比较保守的状态，更注意在政治上不要出什么岔子，无形的条条框框的束缚还存在，我自己心理上的阴影也没有完全消除，思路就打不开。到日本后，是一个完全不同的环境，边读书学习边思考，进入一种无拘无束的状态，思想一下就打开了，视野扩展了，思路也宽阔了。我从国外回来以后，国内的情形也有了很大的改变，当然主要是我个人的观念变了。1994年从小说《本是同根生》开始，那种自我封闭的无意识被冲破了，家族生活、个人体验以及老北京的某些文化习俗，就不由自主地进入笔端，这似乎不是我的主观意志所能左右的。

周燕芬：日本经历起了催化剂的作用？

叶广芩：是这样。回国以后，我就思考我的家国，我是在这样一个家族背景上成长起来的，这个家族联系着我们国家我们民族的什么东西呢？联系着这些思考，一直潜藏在我内心深处的那种所谓自卑的、孤寂的情绪和想法，就和别人不一样了。整个来说，我是很忧郁很孤独的人，尤其在人多的时候热闹的时候感到孤独。但是外表总表现得很快乐很随和，性格和作品都是两面的。内心深处的这种东西一直潜伏着，到日本去实际上就是一个催化剂，保留了我身上生活化的入俗的东西，开发了内心深处沉默的悲凉的东西。家族小说就是在日本的生活和思考催化而来的。

周燕芬：随和快乐和忧郁孤独，正反映出一个作家或者说一个普通人的一体两面。作家的孤独是超越了个人的孤独，是一个作家面对家国、面对人生油然而生的孤独感。您的家族小说内蕴的悲悯意识、您创作的不可复制的个性就来自这里。其实您90年代以来的创作不只限于家族题材，还有一系列的战争反思小说和平民生活题材的小说，还有不少影视剧的创作和改编，可以说是遍地开花了，评论家一般认为这是您创作的一个大的转折和深刻变化时期。

叶广芩：我在日本进修的时候，研究课题是二战期间残留中国的归国者回到日本后在法律经济上存在的问题及改进办法。由于拉开了距离，有了文化比较，再去审视历史，看待人生，无论是对自己的家国历史，还是对战争影响下两国文化和人性的思考，都有了新的感触新的认识。

日本也是一个受儒教影响很大的国家，但两国思想文化的差异也很明显，我们是将仁放在第一位的，他们是将忠放在第一位，"忠"字时刻体现在他们的历史中，也体现在他们的现代生活中，即所谓武士道的精神，是他们的民族性格。那么一个弱小的国家它敢向世界宣战，靠什么呢？这种有关文化差别和国民性的思考是我以前所没有的。我们以往总是从正义非正义、从民族主义上来思考战争，站在人类的高度去思考的时候，境界就完全不同了。我早年曾写过长篇《战争孤儿》，后来几个中篇《风》《雾》《雨》《到家了》等，就是再行思考、视点高移的结果。

周燕芬：那么平民题材呢？您写老百姓的风格入俗的小说也很受欢迎呢。

叶广芩：我从日本回来以后写的第一篇小说是家族小说，就是那篇《本是同根生》，另一篇《学车轶事》写了社会上三教九流各等俗人，一同发表在《延河》杂志上，一雅一俗形成鲜明对照。因为两篇小说风格相距太远，给评论家出了一个难题：哪一个是真正的叶广芩？叶广芩就是一个两面多变的叶广芩，在日常生活中我是一个俗人叶广芩，别人不理解贵族是怎么一回事，其实在我就是一个久远的家族背景，而且是那种带着隐痛和自卑情绪的，不愿意去碰的，很敏感的东西。我自己从小生活在市民社会，接触的大多是普通百姓，经历了中国社会的风云动荡，遍尝底层生活的苦甜酸辣，我生活的动力和快乐，包括我小说中的人物和故事，都是世俗生活给予我的。最初去日本打工，也是和下层老百姓混在一起，饭店打工时接触的都是日本老大妈，和她们成天泡在一起，说的话都很粗野，很下层，不入大雅之堂，但很鲜活。我对日本老百姓的生活方式非常感兴趣，后来写了不少小说就是表现日本的平民生活的。

周燕芬：雅俗两类，从你主观来讲，更愿意写哪一种？

叶广芩：更愿意写大俗人，愉快，而且在文字上更接近口语化、生活化。《全家福》就是大俗，俗极了的老百姓的语言，有评论家说这部小说整个就像一个单口相声，这其实是我的生活和我本质的一面。我就是一个这样的人，平时生活当中，和朋友的交往当中，我都是一个大俗的人，说话也招人笑，张嘴就来几句调侃。这种很俗的东西，占据了我生活的大部分，包括我在工作单位和同事们相处，都是很俗的，但是写作中那种很雅的东西，就要调动我生命里思想里很深很深的东西，回想小时候生活的苦难，家庭所给予我的那些其实是很悲凉的东西。大概是在上小学的时候，父亲刚刚去世，和三哥住在颐和园，记得一个人在颐和园里逛游，孤零零的，没有人管，没人担心你会不会掉进水里。那种孤寂的心态，和颐和园豪华的景观形成鲜明的对比，这种豪华不但和你没有关系，反而愈发反衬出你的孤单，这样就形成多愁善感的性格。儿时的经历会影响你的一生，而且特别是会渗透在你的写作中，作品中那种隐隐的悲凉感就是来自这里吧，带着这种情绪写家族小说，其小说的格调气氛就可想而知，把这种家族的很深的影响写出来，这就是我的个性吧。这和《全家福》这样的小说是完全不同的两个世界，我进入这两个世界都游刃有余，进入那个大俗的世界，真像说相声一样，非常放松、痛快，张嘴就来，这样的写作真是一件快乐的事情。有意思的是，喜欢家族小说的人却更多，因为它神秘，打开了普通人不熟悉的生活领域。今年初我发表过一个中篇《豆汁记》，写一个老太太在御膳房做饭的故事，新写法，写的还是老故事，读者很喜欢。我在想，现在的人还这么喜欢这些东西啊，有些读者是和文学行业毫不搭界的，就是喜欢。这些东西能被读者喜欢、接受，这是令我高兴的，我也想人们喜欢它的理由，家族小说为什么大家觉得很好读？是不是人们想了解过去那种生活，也想体验我内心曾经有过的那种感觉，所以就读下去了？是不是因为小说中的故事情境和大家有距离，距离产生美呢？或者感觉新鲜、离奇，所谓艺术的陌生感吸引人呢？无论如何，我希望我的小说能够雅俗共赏，读者越多越好。

周燕芬：其实不可以割裂开来看您的雅与俗，所谓大俗大雅，雅俗之间贯通着一种精神气脉。您写家族历史,并不是写通俗历史小说,不是猎奇,喜欢您的读者品位也都较高,他们喜欢作品的意蕴和气息,被作品独有的审美氛围所吸引。

叶广芩：可能是这样。一个人的作品,无论怎么变换写法,总是有内在的共通的东西。

周燕芬：您创作将近三十年的历程中,也在不断地求新求变,2000年挂职周至县委副书记以来,随着您行走的脚步深入秦岭山区,随着您自己角色和生活体验的更新,敏感的读者和评论家发现您的创作发生了又一轮深刻的转折和变化。您如何看待这一变化?

叶广芩：作家生活方式的重复,会导致创造力的萎缩。作家得寻找新的生活领域、生活素材,这个很重要,我相信一个作家应该具备对生活的审视能力和对素材的选择能力,如果不具备这个,他成不了一个好作家。如果说90年代出国留学对创作的催化和推动作用是不期然中发生的话,那么这一次算是作为一个作家的积极主动的追求吧。

我2000年7月到周至县挂职,开发另外一个生活领域,带动了创作上的一个新变。如果没有这八年多的周至生活,我写家族小说,大俗或大雅,这个创作的矿藏也会枯竭的。我选择周至老县城作为我的生活基地,在崇山峻岭中开始新的人生体验,这里没有电,没有现代化的通讯设施,与外界的联系全凭"捎话",这个陌生的环境启动了我新的思考,给了我新的创作素材和新的视角。我拥有了完全不同于以往生活的另一个丰富的资源库,有了新的抑制不住的创作冲动,于是才有了近几年这些个新的作品的问世。

周燕芬：您觉得新一轮创作与以前作品比较,联系和变化表现在哪里?

叶广芩：新的体验新的素材一定带来了以往不曾有的思考和表现,这是我第一次集中关注秦地文化和关中风情,以此为题材资源进行创作,创作中出现了一些新的命题,比如生态、自然、动物等方面的问题,还有从陕西人文地理入手，叙写中国现代历史的风云动荡和当下乡村社会的变动转型等，这些都是以往不曾或较少涉及的东西。有一批中篇如《熊猫碎货》《山鬼木客》《老虎大福》《猴子村长》《对你大爷有意见》，还有长篇《老县城》和《青木川》，都算是新的生活领地赐予我的创作成果。

周燕芬：您创作的题材领域确实是越来越宽广了，您涉笔"动物世界"，倾力于人与自然关系的现代性思考，也是从新的角度深化了您一贯坚持表达的人类情怀和生命关怀，从一个作家的创作系统来看，内在的联系和行进中的超越还是能把握到的。

叶广芩：呵呵，那就是你们评论家研究的问题了，我只管写，边走边写。

周燕芬：看得出您很喜欢行走，也真是尝到了深入生活的甜头。

叶广芩：是的，我喜欢四处走，四处看，只要能去的地方，我都千方百计去看看。不要依赖"听说"，一定要亲身经历。比如写《青木川》，我完全可以不去，这些资料我都收集到了，我可以在家里写（编），小说嘛，并不一定要那么符合历史，又不是写报告文学，要一个一个采访，但我还是要求自己必须一个一个采访，包括写杨贵妃这样一个最浪漫的故事，我会把有关杨贵妃传说的地方都亲自跑到，有关的人要亲自采访，亲眼看到第一手的资料。就我个人来讲，我一定要让我的小说写得尽量真实，也许真真假假我是在"骗"读者，但是我要求我真的部分必须是真的，我虚构的部分要附着在真实上面，而不是真的附着在虚构上面，这个是不一样的，这是我创作的一个最基本的东西，因此我的写作都做过大量的调查。比如写《老虎大福》，我亲自访问了杀害老虎的人和地方，写《熊猫"杂碎"》，就到佛坪自然保护区，和救助小熊猫的工作人员一起，还和小熊猫接触。《老县城》是纪实的，我走过的地方都写到了。我喜欢走，喜欢逛，行走也是一种文学，你不到那儿去，没有亲身的感受，你感动不了自己，也感动不了读者，编出来的就是编出来的，一看就知道。

亲历也是人生最快乐的事情，生活赋予了我太多太多的东西了。这次汶川大地震，我去了灾区青木川，受到了太大的冲击。我在想，我们老说援助、给予灾区人民什么，实际上我下去后却得到更多，就是说，灾区人们给予我的东西。这是我所思考的。我挨个采访了青木川的老人，我小说曾写到的人物，一个个都找到了。在采访这些受灾老人的过程中，我所感觉到的绝不是我们的给予和援助，我们几乎没有给予他们什么，只是些苍白无力的问候而已。而他们给予我们的是什么？他们在大难面前的淡定、从容、乐观的态度，处变不惊的状态，是我们所做不到的。从这些老人身上我们学到了很多，危难之时，倒是他们在安慰我啊。我从灾区人民身上学到的就是这种坚韧乐观的精神，笑看人生的心态。不光是我们给他们支援了多少帐篷，多少食物，而是他们给予我们的鼓励和信心。从作家的角度去看，你就可以吸取很多东西，是对人生休养对写作都非常有用的东西啊。生活在随时教育着你，修正着你，那么你就在这种生活中成熟起来，这些东西也会走入你的作品，成为文学的思想和智慧。读万卷书，行万里路，这个行万里路对一个作家来讲是太重要了，人生经历决定着你是一个什么样的作家，有着什么样的艺术个性。

周燕芬：现在有些年轻作者似乎并不注重生活积累了，似乎更看重才气和机遇，还有所谓的宣传运作，您如何看待青年作家这种急于求成的心态？

叶广芩：才气和机遇是重要的，但仅靠才气和机遇是不够的。创作的后劲还是来自作家的文化底蕴、生活积累和艺术积累，好作家大都是一步一个台阶。我觉着，对一个作家来说，文化的浸润、人格的操守、心态的宁静是以写背景文化为衬托小说的必备条件。这不是一朝一夕所能达到的，这是一个长期积累与修炼的过程，唯此才能在世事的变革中对生活有独特的发现和开掘，才能写得有滋有味儿。

周燕芬：常有人说您也大器晚成、后发制人，所谓后发制人或大器晚成者，大都是厚积而薄发，迈向文学的自由王国是一种偶然中的必然，您认可这样的看法吗？

叶广芩：我是行走三十年，写作三十年，前面的路还很长，目标依然遥远。

周燕芬：您是一位陕西作家，但您的创作显然是陕西文学界一道别样的风景，可否说说您和陕西地域文学的关系呢？

叶广芩：我是北京人，但我生活和工作更长时间的地方是陕西。我写家族历史，写老北京文化，我也写陕西，写秦地文化，这是我最重要的两个创作策源地。陕西的传统和地域文化也给了我深厚的滋养，而且现在正在发生越来越大的影响。但我的家世背景、我的人生经历和我的个性气质又决定了我与陕西本土作家有很大的不同，同样写陕西农村，陈忠实和贾平凹笔下的农村情景与我写的不是一个样子，他们比我看得更深，他们对农村太熟悉了，农村生活是浸泡他们的汪洋大海，是他们深厚的文学背景、创作之源。而我不行，对这一切我常以城里人的眼光来思考，来认识。他们是背靠，我是面对，角度的不同或许给生活以新的解释和理解，正如生活本身就是一个多棱镜，色彩斑斓，五光十色。

周燕芬：同样的生活题材在不同作家的观照下呈现出不同的艺术景象，也内含着不同的思想意蕴，这就是创造主体的作用和价值。我的学生在讨论您的长篇小说《青木川》时，就看到您对中国现代历史的观照角度，您的叙述姿态和言说方式，都与当代文学中的"史诗性"写作风格完全不同，也和陕西作家对同类题材的处理完全不同，您通过小说传达出的历史思绪，完成的历史人生反思，确实是别样的动人，有同学说《青木川》好就好在它不是史诗呢。

叶广芩：如果一样了，我还有存在的必要吗？

周燕芬：最后一个问题。最近的写作如何？您不同阶段创作的调整和变化，是更随机呢，还是有计划性的？

叶广芩：短期的计划还是有的，没有完全无计划的作家吧。但长远来看我还是追求一种轻松的写作状态，想写了就写，想怎么写就怎么写，创作题材时有交叉变化。最近又在写家族故事，是一个长篇，小说内容不只局限在家族，已经走向社会了，视野更为广大了，很多东西都融汇在一起了，和以前的家族小说相比，写法上也有些变化。已经写了五六篇，也已经发表了一些，最终会成为一个长篇，相信会比《采桑子》更好看。

周燕芬：这个作品准备在西安完成吗？还要走出去吗？

叶广芩：是准备在西安完成。周至任职年底结束，到年底就九年了。以后会自己有选择性地出去走走。我是爱动的人，停不下来。

周燕芬：期待您的新作。谢谢您。

原载《小说评论》2008年第5期

"云上的房子"

——王甜小说论

第一次读王甜的小说，就被吸引。从21世纪创作起步，王甜迄今出版有中短篇小说集《火车开过冬季》（大众文艺出版社2011年版）、《毕业式》（四川文艺出版社2014年版）、《雾天的行军》（北岳文艺出版社2017年版）和长篇小说《同袍》（解放军文艺出版社2012年版）等，总体创作量不算太大，但个性标识却非常鲜明。在通读王甜小说的过程中，我脑子里不断叠加的一个印象是，王甜很会写小说，她大约就是那种生来要写小说的人。高校中文系的专业学习、入伍后部队生活的丰富体验、曾经的军区创作员身份和文学期刊编辑岗位，为王甜提供了良好的创作基础和成长平台。在惊喜于作家艺术灵性的同时，我也看到王甜小说正在走向成熟的稳健步履。

一

目前所能看到的王甜小说评论，多将其当作"新生代"或"70后"代表性军旅作家，讨论的视域和对作家主要成绩的把握，无疑是准确到位的。但如果将王甜的全部作品纳入考察，检视其小说创作的全貌，会发现王甜小说涉猎的生活面远比预想的要广泛和开阔，军旅题材秀于其中却并不局限于此。阅读王甜的小说，明显感受到作家探照广阔社会生活的热情和勘察丰富人生面向的强烈冲动。

　　王甜二十多年来创作的一系列中短篇小说中，与军旅题材并行推进的是对城乡底层生活细致绵密的描写，对小人物精神世界的独到探索与发现。如《火车开过冬季》《尖屋顶》《水英相亲》《芬芳如水》《声声慢》《霍乱人事》《陈大贵出走》《通道》《罗北与姜滕》等作品，作家注视人世间的芸芸众生，写出了他们平凡琐碎的生存真实。每个小人物都有自己的爱恨情仇，在被无数的辛酸无奈浸泡之后，人生渐渐褪去了理想与激情，他们站在生活的低处，隐忍、坚持和活下来成为最后的信念。比如关注度比较高的小说《火车开过冬季》，小说中农村姑娘小荷原本是求了"上上签"的命，初嫁后过了一段太平美满的日子，在她对未来的憧憬中，丈夫的工作出现了一个小小的转机，这"转机"却变成了主人公命中的"意外"。此后小荷的人生直线跌落，种种变故练就了小荷"只有笑笑，再笑笑"①这一种表情。小荷最后接纳了命运的安排，她明白了"大家都在人间里活着。人间，就是最说不准的地方，会发生最说不准的事情"。"虽然又是一个意外，但已经没有什么意外会让人接受不了了，都是凡间的人。"②其他如《尖屋顶》中的小职员宗林和小保姆慧巧，《水英相亲》系列中的水英三姊妹，他们都为摆脱自己的既定命运，在有限的可能中奋力挣扎。但是小人物实现改变命运的梦想何其艰难，或许别人可以信手拈来的幸福生活，这些人拼尽一生都得不到。就像宗林抬头望见的远处的橘红色尖屋顶，永远在视线中，却可望而不可即。王甜一上手写小说，就让她的故事和人物浸透了命运感、悲凉感。她的第一篇小说是2000年写的《罗北与姜滕》，我特意认真读了这篇处女作，小说是写实的，巧构了一对女室友的情感故事，但是阅读中无处不在的是故事和人物背后的那个隐性的存在："罗北一直形容不出姜滕给她的奇异的有点儿让人背心

---

① 王甜：《火车开过冬季》，大众文艺出版社，2011年，第116页。
② 同上，第113、115页。

发寒的感觉。她像一种透明的影子，无时无刻不在你周围，用具有强穿透力的目光盯着你——然而你抓不着她！"[1]就是这个"小女巫"一样的室友，给罗北策划了一场爱情骗局，让单纯的罗北参透了人生的真相，也彻底改变了罗北，"她已经决心，不再做那样的好人了"[2]。2000年的王甜，应该还是一个初涉写作的文学青年，而她笔下的爱情与友情，已然褪去了属于少女的粉色系的纯情浪漫，进入人性幽暗之处和情感的万劫不复之中。小说的情节带着过于人为的机巧痕迹，但不妨碍我们看出其最早显示了王甜的审美趣味和创作追求。

女作家天然地会在小说中绘制自己独有的女性文学世界。王甜的不同与出色之处，依然是从寻常生活的切口进入，对女性生存现状有着幽微呈现和独到思考。她笔下的女性多活动于中国社会的乡村小镇，时代变革的新鲜风气和传统愚昧存留交汇于此，是最富人生真相的故事表达空间。王甜小说中的人物是丰富多样的，只看《水英相亲》《芬芳如水》《声声慢》三部曲中的屠家三姐妹，就可以解读出诸多女性命运的不同曲折。水英是屠家半个家长，是最有担当的大姐，她想通过考学走出乡村，却不断复读，不断失利；后来又寄希望于通过婚姻关系来改变身份。她肩负着带领一家人冲出命运重围的责任，为此把喜欢的男生埋进了心里，嫁城里人的门槛一低再低，然而现实残酷到即使水英退到无路可退，最后还是输得一无所有。水芬则是村里公认的"好女子"，好就好在她的平凡和认命，她"既没有大姐水英读书的脑子与劲头，又没有妹妹水芹的脸蛋与身段，她的存在本身就很中庸，很平凡。平凡是不怕的，只要你甘于平凡。这个水芬，真把平凡发挥到极致了"[3]。她早早退了学，劳动，持家，等待嫁人，不出意外的话，会和任何一个差不多的男人成家，生儿育女，走完她的平凡人生。但是她的人生竟然也出现了意外——她被拐卖了。而水芬竟

---

[1] 王甜：《罗北与姜滕》，见《火车开过冬季》，大众文艺出版社，2011年，第221页。
[2] 同上，第244页。
[3] 王甜：《芬芳如水》，见《火车开过冬季》，大众文艺出版社，2011年，第157页。

能化险为夷，很顺从地嫁给买主，然后生了儿子。《芬芳如水》写到最后，水芬带着丈夫儿子回到娘家，见了为她担惊受怕的家人，"始终没有感情失控的表现"[①]。我猜想，王甜可能把女人的平凡和认命——这种无个性的个性，也写到极致了。在水芬身上，我们再一次读懂了性格决定命运的道理。《声声慢》里的主角小妹水芹则和两个姐姐的脾性完全不同，她生得模样好，也不想认命。"她懒，她傲气，不求上进，抵制母亲的命令，也不在乎左邻右舍对她品质的说三道四，这些脾气都是有底子作靠的。"[②]但是模样好也没换来更好的命，反而在任性和反叛的路上一步步沉沦，再想回家时，却发现连家人都不愿意接纳自己这个"不干净"的妹妹了，水芹只能在绝望中再次离开。三部曲到这里，读者的心跟着沉到谷底，掩卷后，人生的苍凉感却久久不散。王甜在当下的文学时代，写小人物，写平凡女性。客观上，社会的发展提供了寻求个人发展的些微可能，我们也感受到女性自我觉醒和成长的脉动，即使为摆脱苦难拼得伤痕累累，也不想放弃哪怕是卑微的人生梦想，在自我拯救的努力中，也以自己有限的热能温暖别人。这些目下小说普遍状写的小人物的冷暖悲欢，我在阅读中都能够触摸得到，而且，通过小人物的命运悲剧，王甜对社会问题的揭示和现实批判意识，也从来没有缺席。但准确说这些又都不是把握王甜小说的重点和关键。经历了最初的写作上路和收获了一些成功的经验之后，王甜明白了小说的叙述与描写和小说的承载与寄寓是没有边界的，小说甚至无所不能，但王甜显然更中意小说探照外部世界暗藏的人性世界这一职能，因为这个内宇宙更加无边无垠、丰富复杂、变幻莫测，给予小说家出奇制胜的无尽可能。王甜是一个在艺术上开悟较早的作家，她对小说艺术特质的自觉，让她获得了属于小说家的心灵和慧眼，从而在不算太久的创作磨炼中迅速成长起来。

作家韩少功曾经说："一个人人都追慕大人物的时代，一个人人都追

[①] 王甜：《芬芳如水》，见《火车开过冬季》，大众文艺出版社，2011年，第169页。
[②] 王甜：《声声慢》，见《毕业式》，四川文艺出版社，2014年，第103页。

慕大人物并因此对贫贱和屈辱装聋作哑的时代，大人物也就渐渐可疑……从某种意义上来说，这只能导致一个优质大人物减产的时代到来。"[1]由作家对人的关注与书写的变化，可以触摸到半个多世纪以来中国当代文学进步的轨迹。"70后"一代之所以一出场就表现出创作上的早熟，莫不与前辈们奋力铺平道路相关。从彩绘大人物到聚焦小人物，既是一个作家社会良知的体现，也是某种真正的小说精神的复归。王甜也是一位自觉在小人物的苦难命运中勘探社会与人生本相的作家，她不放过对笔下任何一个人物内心及其复杂性的探究，也力图提升小说至艺术哲学的领空，形而上地思考人的生存境遇。在她看来，即使有些人物从身份和物质生活上看并不那么贫贱，但在庞大的时代重压下，仍活得委屈和渺小，如果人的存在本身就是一个永恒的困局，那么处于其中的每个人都是弱者。作家运笔于弱者之间的相生相斗，切近的是人性最隐蔽也最真实的层面，在丰富我们对人的理解之外，也同时审视和追问每个个体和我们自身。作为一种文学性格，屠家大姐水英是三姐妹中最复杂的，她坚韧不拔地想以一己之力拯救全家，无私大度到想出让个人幸福，她对家庭的奉献和对弟弟妹妹的关爱都超过了父母。但在母爱亲情角色担当之外，水英作为一个女人，心底里隐而未见的伤痛与仇恨，也因自己身边最亲爱的人刺激而爆发。水英先是疯狂地剪掉了闺蜜静蛋的黄色的蒲公英外套，因为静蛋穿着它吸引了她的未婚夫，使她输掉了生活最后的希望；后来水芹不洁的传言越来越严重时，水英给了妹妹劈头盖脸最凶狠的一顿骂，"是站在一家之主的位置上骂的，是秉持着公正、道德、荣誉的尚方宝剑来骂的"[2]。当水英最疼爱的小妹长大变得俊俏伶俐，变得众目所瞩，姐妹关系微妙地变成了女人和女人的关系。"姐妹总是互为参照，她是水英的对立面了，她的俊俏像锋利的刀，无声地刺向老气横秋的水英"[3]，水芹听着大姐的骂，心里却明

---

[1] 韩少功：《说小人物》，见《在小说的后台》，山东文艺出版社，2001年，第41页。
[2] 王甜：《声声慢》，见《毕业式》，四川文艺出版社，2014年，第129页。
[3] 同上，第115页。

白:"在深深的、深深的地底下,埋藏着最简单的真实——那就是一个丑女子对一个俊女子原始性的憎恶。""她们变成了敌人,太正常不过了,天底下的女人与女人,不都是敌人?"[①]在众人眼里,丢尽屠家脸面的水芹该被骂,甚至被诅咒也不过分,水英毫不留情地撕破了水芹的脸面。《声声慢》写了水芹的傲慢、倔强和最后的破罐子破摔,也写了面对整个世界的伤害,水芹精神上的孤独痛苦、所剩无几的尊严,以及对早就在心中否定掉了的对水英所代表的这个家的最后留恋和割舍。水英、水芹这一对人物关系的设置,姊妹之间的性格对立,以及各自性格内部的矛盾冲突,是小说构思和表现的亮点,也是最令人纠结与痛心的地方。王甜的底层生存书写,绝大部分以亲情关系为入口,夫妻、母女、姐妹、情人、闺蜜等,把亲密关系间的摩擦与对抗写得荒诞又合理,矛盾激化时达到惊心动魄的程度。那种对生活独具慧眼的观察,对人性透彻的充满悲悯的理解,以及文本中充满的"悲凉之雾",颇有前辈张爱玲的小说遗风。每谈到创作,王甜最喜欢拿张爱玲来举例,由此可以证实这种远承关系的存在。

二

王甜作为一名"70后"军旅作家,和文学史上很多作家一样,也有"被命名"的意思。写军旅小说,首先源自王甜的部队生活积累,是作家生活经历的结晶和生命体验的产物,来得自然而然,并非刻意为之。阅读王甜,最富冲击力的是她所揭示的现实人生的内面,即文学史家所言的更靠近心理学的文学,它"研究人的灵魂,是灵魂的历史"[②],而题材终归是这"灵魂的历史"的容器。或许正是因为无论写什么王甜都更专注于对

[①] 王甜:《声声慢》,见《毕业式》,四川文艺出版社,2014年,第129、115页。
[②] 勃兰兑斯:《十九世纪文学主流》(第一分册),人民文学出版社,1997年,"引言"第2页。

人的灵魂真实地打量和书写，所以她的军旅题材作品也带上不同于以往作品的创作新质，呈现出"新生代"军旅作家群别样的艺术风貌。

　　古今中外，军事题材一直是文学表现的富矿，而且不同时代和不同国族在其文学观念与审美意识上表现出巨大的差异。王甜生长于和平年代，是在思想上卸除了单一意识形态的捆绑，带着自由叛逆的青春气息走入军营的。面对常态化的军旅生活，一个作家的眼光要穿越常态而有所发现和发掘，并将其审美化。从《火车开过冬季》《毕业式》《雾天的行军》等作品集中的一系列中短篇看，王甜作为一个小说家的天赋，首先表现在她对生活的敏锐观察和开掘能力上。她知道小说和生活的关系，知道那只日常生活的大箩筐里，哪些更属于小说，是富有生长性的艺术胚芽。其中，写军校毕业生和地方大学生入伍后的历练和成长的，如《毕业式》《集训》《下连》等，以及《代代相传》《此去遥远》《杀死吴一林》《二声部》《一树荒原》《笑脸兵》《大石》等情景各异的篇什，刷新了我对军营生活和当代军人的认知。《代代相传》中的地方大学生"我"，被老连长吴杰第一眼看到就觉得不顺眼，然后进入被"削"的程序，其结果是"我"终于被削出一个标准化的形状，当上新任的侦察连连长。加持每一任连长的资本是一台处于保密的研制阶段的高科技侦查仪"F-13"，而"F-13"项目早已失败的真相一旦被揭穿，依靠它的神力代代相传的职务升迁链条就会断掉。"我"为了未来仕途的许诺和得到心爱的女孩，说服自己继续守住这个巨大的谎言，然后接班继续开"削"自己的下任。"我还是吴杰，脱不了他的魂。他走过的路我仍得走，他说过的话我还得说。这就是代代相传的意义。"[①]依然是那个"铁打的营盘流水的兵"，已经被赋予完全不同的内涵。从走过历史巨变的军营生活中，我们看到中国社会，也看到了人间江湖。作家紧扣"代代相传"这一关键词，反讽的艺术效果显得意味深长。

---

① 王甜：《代代相传》，见《雾天的行军》，北岳文艺出版社，2017年，第69页。

阅读王甜的军旅小说印象特别深刻的，依然是她笔下的小人物，这是王甜创作的一贯风格，然而在当代军旅小说的视野中观照，也就格外显出不同。这不仅是一个写英雄人物还是写普通人的问题，而是从根本上，这一代作家无论写什么，都不再刻意追求宏大叙事，军营变成了每个个体的生命场，无论将军还是士兵。《笑脸兵》（《解放军文艺》2017年第3期）中的新兵任小凡，像他的名字一样平凡。任小凡除了爱笑，一无所长。一个偶然的机会，任小凡天真无邪的笑容被宣传股的陈干事拍到，很"造化"地上了军区机关报，从此，任小凡凭笑脸就成了团里报喜的"模特"，根据不同的宣传内容，扮演不同的角色，甚至和保障连的一头叫"大白"的模范猪齐名，成为团里的两个宣传界明星。他被评上了优秀士兵，"笑脸"成了他的代称，很少有人知道他叫任小凡。他笑到面部僵硬，像个机器人，直到形式主义的造假宣传被曝光，宰杀"大白"的现场刺激了他，僵硬的笑容终于松弛下来。他不用再笑了，也永远不会再笑了。《大石》中的一年兵温大胜想要参加文艺汇演表现自己，自告奋勇报了一个"胸口碎大石"的绝活儿，想不到为给军区司令看，临场换了更漂亮却更难砸的石头，温大胜落入险境。小说最后出现了买这块石头的发票，刚好充了主任跟风买景观石的账，票据上"不管是重量还是价格，都填着很大的数字。大到足够把温大胜活活压死一百次"[①]。两个单纯的小人物，任小凡和温大胜，都是被推到前台来表演的。任小凡天真无邪的笑容再也回不来了，温大胜差点死在那块昂贵的雾坡石下，他们精神乃至肉体的牺牲，微妙地铺就别人的升迁之路，或解决军营里的利益问题，而唯独和他们自己无关。这里写的是和平年代的军营，如何比较和估量他们牺牲的价值，令人深思。王甜写出了并非战争年代下弱小个体的生命和精神创伤。作者在《笑脸兵》中让任小凡嘶声喊出自己的名字——"任小凡、任小凡"，他要告诉全世界他不是"笑脸"，他是"任小凡"。小说以此

---

① 王甜：《大石》，载《长江文艺》2020年第17期。

警醒我们,对个体生命特别是弱小个体的轻视乃至忽略,依然存在。阅读这样的小说,也好似一块巨大的石头,重重地压在心上。

　　王甜的军旅写作不限于当代军营,也不时把笔触伸进历史的深处,作家回避宏大战场和英雄事迹,依然钟情于战争岁月中普通士兵身上发生的情感故事。历史的距离给作家提供了驰骋想象的空间,王甜这类小说的结构和人物关系设置都别出机杼。《昔我往矣》中小护士蒋南雁和一对双胞胎兄弟的爱情关系中包裹着一个"掉包"的秘密,罗永亮一生背负着"假永明"的秘密,知道真相的俞副政委也放弃了娶南雁而成全了她的爱情梦想,"她蒋南雁的一生,竟是由3个男人小心维护起来的"[①]。在残酷的战争背景衬托下,幸存者的感情不无残破悲凉,却也更显得珍贵和美好。《奸细》写女卫生员"我"被派押送一个奸细,路上交谈中发现这个面目清秀的"奸细"不但和自己同乡,还是父母曾给自己包办定亲的男方,但是"我"为了革命信念和上级命令,犹豫中还是将枪口对准了他。女卫生员患上老年痴呆症后,每天在养老院门前比画放枪的动作,"她是每天都在修改过去的一个动作,修改一个结果"[②]。战争的阴影成了她生命最后抹不去的印记。《雾天的行军》很难说是一个完整的故事,历史只留下一个雾天行军队伍的背影,也给后人留下了未解的谜团。对张德明参军去向的各种猜测,曾给他的妻儿带来无尽的屈辱和苦难,当下已是县志办"专家"的儿子,决心穷尽一生也要找到真相,为他的家族历史画上一个句号。档案查询无果后,"专家"与同行"教授"来到当年的小镇实地调查,在又一个多雾的早上,"专家"发现浓雾的深处居然出现了一支行军的队伍,他义无反顾地追上去,一路向北,朝着意念中父亲的身影直奔而去。在我们当代革命历史题材的文艺作品中,"爹娘送儿打东洋,妻子送郎上战场"被视为最经典的感人场面,但王甜笔下别样的参军故事,却给读者雾一样的迷茫和持久的悲凉,读者从而不自觉地进入对历史和战争的

[①] 王甜:《昔我往矣》,见《火车开过冬季》,大众文艺出版社,2011年,第18页。
[②] 王甜:《奸细》,见《雾天的行军》,北岳文艺出版社,2017年,第49页。

再度反思中。

　　这几个小说都是短篇，很小的体量，却承载了很重的思考，也并不单一，富有多个面向的精神探照。作家善于把历史与现实勾连起来，笔墨穿越，以后来者永远无法弥合的战争创伤，来对荒谬的历史进行更理性的审视。作家锁定人，执着于对人性的多重表达。战争背景下，有人能背负一生守护蒋南雁的爱情，这是美好人性的闪光；小卫生员老来无法抹去她举枪对准"奸细"的一幕，是无法泯灭的人性在鞭打良知；更有德明的妈对"天敌"儿媳的恨与惩罚，直接导致了悲剧的发生，婆婆对儿媳的狠毒，这种人性的恶令人不寒而栗。王甜也写了灾难和创伤会改变人的性格，会把他们抛在世俗生活之外，他们是为某种执念而活着，当真相本身不再重要，寻找就不仅仅是过程，同时也变成了目的。"教授"和"专家"跟着数十年前的参军部队走入了浓雾而不知所终，是不是意味着历史本身并无终点可言？王甜说："我力图渲染出一种哲学色彩，那是在故事、人物、意象之后，向'内在真实'切入更深的一环。"[①]这是王甜不断努力突破想要达到的境界，也是她的军旅小说真正的魅力所在。

　　王甜唯一的长篇小说《同袍》是和自己最贴近的一部小说。她说："创作《同袍》的初衷很简单，就是想给过去的自己一个交代。我大学毕业刚入伍时参加了为期半年的集训，这半年就是把从前的生活习惯、思维模式、价值观念完全打碎进行重新铸造的阶段，对于已经具备强烈个人意识的地方大学生来说，接受过程相当复杂，每当挣扎得厉害时我就不断对自己说：要写出来啊，一定要写出来！好像唯有这样才能抚慰精神上的痛苦。所以，写的原动力，仅仅就是兑现承诺。"[②]写长篇之前，王甜已经将自己的亲身经历写成过若干中短篇小说，到结构长篇的时候，王甜重新整合了自己的生活库存和艺术经验，并融入了成长小说的诸多精神元素，

[①] 王甜：《笑脸兵》，解放军出版社，2022年，第290页。
[②] 徐艺嘉：《柔软与坚硬：女性视角下的军旅小说写作——与王甜对话录》，载《神剑》2014年第3期。

努力拓展了小说的艺术表现空间。

新时期以来大学毕业生陆续走入军营，给军队注入了新的血液，也为军旅文学创作提供了一片全新的天地。《同袍》与以往军旅小说所不同的，首先是展示军旅生活的全新面，塑造了前所未有的新一代军人形象。其次，王甜上手写长篇的时代，这一代作家已经摆脱了传统宏大叙事的框架，惯于以日常生活切入，小说用三十万字的篇幅来勾勒大学生入伍前为期一年的军训经历，描绘了军营内丰富的生活。小说最大的特点就是细致入微，包括故事的展开、情节的推进和细节的运用，都用足了心。最后是小说最大的亮点，也是王甜小说一贯的特点，就是擅长写人物的内心世界，外部世界的所有丰富复杂，都抵不过人的心灵的千变万化。《同袍》的核心线索是"大学生"蜕变为"军人"的心理变化过程，小说紧扣大学生的个体意识与部队规范的冲突，展开带有社会辐射性问题、更关乎一代人心灵成长的矛盾较量，也将当代青年对生存困境的审视、对生命价值的思考，融入了军营叙事中，这就全面刷新了军旅小说的艺术面貌。

《同袍》中的人物群像五光十色，性格姿态各异，大学生王远、肖遥、江成龙、路漫漫、钟爱、汪晓纤，以及集训队队长、修理连连长和三班长、一排长等军人形象，不夸张地说，他们的精神世界都是饱满的、立体的，其饱满和立体又无不突出表现在人物内心冲突的异彩纷呈。在普通人那里，"'不想'是个多么简单的词，它是否定性的、表达主观意愿的；另一方面，'不想'又是一种公认的抗拒，带着摧毁性的力量。但这是军队啊，全世界的军队都被赋予了异于常理的存在逻辑，因了绝对制胜的战场目标而把服从精神根植于每个军人的血液之中。普通一兵的'不想'是微弱的、不堪一击的，因为在他之上的某个指挥层级——'想'"[1]。这就决定了人与环境的关系中，有一种叫作绝对服从的关系，就发生在军人与军令之间。所以，写个人自由与军队铁律之间的矛盾

---

[1] 王甜：《同袍》，解放军文艺出版社，2012年，第208页。

及其解决,几成军旅文学的一个母题。《同袍》也一样,"地方大学生需要知道什么是部队,什么是上级,什么是绝对服从、令行禁止"[1]。军规如铁,我自岿然不动,矛盾冲突的激烈程度和内在意涵之所以不同,在于服从者的身份及其主体精神的另类,他们不再是来自底层的子弟兵,而是"高学历、高素质、高水平"的"三高兵"。王远甚至在走入集训队的第一天就自嘲是"筛子",让"已经是中校"的队长不得不刮目相看,意识到这次带兵的难度,非简单硬性命令所能降服,而是一场斗智斗勇的强者较量。小说开局就垫高了起点,矛盾冲突很快由外转内,对于王远、肖遥这群特殊的"自由兵",外在的被动规训远逊于内在的主动征服,就像肖遥唱出的,是"你选择了我,我选择了你"[2],要心悦诚服,要愿打服输,"筛子"成长为"军人"的过程才真正完成。小说不惜大量笔墨,巨细无遗地描摹人物心理世界的来龙去脉,于每一次内心冲突和情感起伏的刻画中,迎来个体精神的飞跃式成长。王远是因为与父亲的一个约定而来到集训队的,能证明自己是最优秀的,就可以自主选择前程;而肖遥,他来到集训队的目的就是被淘汰。两个一心想挣脱父权和部队束缚的大学生,当他们终于获得"自由签证"之后,却共同违背了自己的初衷,转身主动选择了从军。包括徐梦翔这个人物,在集训结束进入实习之前毅然离队,"他终于认定这不是他理想的舞台,虽然训练的艰苦会达到生理的某种极限,虽然枯燥乏味的生活影响他的诗情、创意在慢慢减少,他都可以忍受,但二班长、三班长的故事真的深深震撼了年轻的诗人。连爱情都要牺牲!他不能接受。哪怕政委给他敬礼他也不能接受!"[3]尽管他的排名非常靠前,他还是干脆地做出了离队的决定,并自负地声明:"不是部队淘汰了我,是我——淘汰了部队。"[4]再次回归诗人的理想主义之路。不

---

[1] 王甜:《同袍》,解放军文艺出版社,2012年,第6页。
[2] 同上,第18页。
[3] 同上,第173页。
[4] 同上,第173页。

同的选择路向，但完成了同样的精神成长。还有江成龙，还有路漫漫、钟爱等几名女学员，都程度不等地经受了触及灵魂的价值观震荡，开始脱胎换骨的成长变化。王甜对此类人物性格反转的处理，非常富有神力，让小说的精神气韵一下子升腾起来。小说结尾处王远和军长父亲见面，达成了相互间的理解，父亲回想自己第一次进部队时的憨头憨脑、无知无畏，叹儿子"如今却过的是另一种质量的生活，他有独立思维，性格坚毅，知道在重重困难中找到方向"①。富有新型英雄气质的新一代军人正在成长起来，他们既富独立个性又健康正气，他们身上被唤醒的英雄主义中也包含着与专制权威的对抗。在此方向上，王甜的写作既突破了传统军人的性格模式，同时也提领着小说的精神格调，彰显出军旅文学应有的庄严艺术品质。

　　换一个角度，长篇小说《同袍》更吸引读者的，是王甜非常接地气的军旅日常生活叙事。她不回避生活的真相，哪怕是在充满规则的军营，其世相人情的斑驳复杂乃至人性的深不见底，都在作家的笔下有着精彩的呈现。作为初入军营的新兵的领路者，集训队熊队长的性格表现令学员们惊愕失望，首长动怒他吓得脸煞白，违背公平也不敢动关系户，挨了批评无奈退缩，为接待部长连危险中的女儿都不顾，令家属绝望地喊出"熊有林你有种断子绝孙——"②一面是自带神性光环的"平凡而伟大"的队长，另一面是强权阴影下的奴性与世俗原形。小说还将部队权力场上的明争暗斗，部队环境禁锢自由精神、牺牲青春爱情的冰冷现实，及其造成的情感压抑和心理扭曲等，通过修理连连长、一排长、三班长等性格矛盾体，通过他们跌宕起伏的悲剧命运，惊心动魄地揭示出来。小说中这几个富有人性深度的军人性格以及形象所辐射出的社会多元文化信息，大大丰富了这部小说的思想维度。此外，小说设置的一号人物王远是装甲团所属军长的儿子，可谓将门虎子。虽然王远是一个一心想用自己的努力证明自

---

① 王甜：《同袍》，解放军文艺出版社，2012年，第326页。
② 同上，第66页。

己的叛逆"军二代",但作家告诉我们,王远即使是"筛子"也要当"筛子巴顿"的优秀素质是天生的。小说结尾王远回答父亲:"基因决定我留下。"①终于选择从军为人生归属。还有生在部队的傲娇女生钟爱,能在最后的实战演习中表现出少见的果敢从容,她要不服输地证明自己与众不同。王远理解地说:"这,也是那个家庭带给她的。"②正视并不带偏见地写出家庭言传身教的力量,是因为王甜谙熟军营文化,读懂了军队"代代相传"的基因密码。这在王甜的军旅小说中,我觉得既是一个读点,也是一个亮点。

三

王甜是相信天赋基因的,无论对军人还是对作家,道理相通。王甜走上创作道路,可以从她最早的一本小说集的自序中看出端倪。她说自己最早接触所谓的"文学理论"是小学写作文时在父亲口里听到了"虚构"二字,后来写了第一篇小说后获了个小奖,父亲又告诫她:"一定要精心结构,挑剔语言,每一个环节都务必注意,每一个字都要尽量出彩……"而后父亲总结道:"等你出名了,就可以乱写了。"③这个早期的文学家教带给王甜的深刻影响其实是:小说不可以乱写。当然不能就此认定王甜是个技术派作家,但对她作品一路读来的强烈感受告诉我,王甜一直在小说的写法上非常用心,有时可能会显得用力过猛,但永远不会轻举妄动。

王甜擅长写中短篇,而中短篇尤其由"怎么写"决定其艺术成色,它需要作家在面对材料时就开启创造装置。如果说生活是个大西瓜,王甜的下手可算是稳准狠,每一刀都切开了一个极富意味的人生横截面。作家充分利用小说虚构的特权,结合现代艺术的虚化笔墨,切割事件整体,放

---

① 王甜:《同袍》,解放军文艺出版社,2012年,第326页。
② 同上,第313页。
③ 王甜:《火车开过冬季》,大众文艺出版社,2011年,"序"第2页。

弃线性连贯，而凸显人对事的态度、心理乃至行动。但是王甜会在貌似简单的故事中，铺设一条暗线，或者埋伏一个机关，比如《昔我往矣》，南雁和罗永明爱情的发生和变化中，始终潜伏着一对双胞胎兄弟，永明、永亮，一字之差，生死两极，"调包"这个桥段悄悄修改着人物的命运。《火车开过冬季》中女主人公小荷历经坎坷磨难、千辛万苦寻找的女儿竟然被离婚多年的前夫收养，命运的另一种力量一直在暗中牵制，兜兜转转又将小荷带回人生起点。《杀死吴一林》中主人公幻想种种杀人方法，最后发现他要杀死的吴一林，居然和杀人者自己长得一模一样。其实这是主人公生命历程中的一场自我搏杀。《一树荒原》中的高路远每年来到荒原，五年重复挖坑种树这套动作，暗藏的是二十五年的灵魂自我救赎的故事。还有《罗北与姜滕》为心理学测试而设置的爱情骗局，《代代相传》中关于"F-13"项目的秘密，等等，不一而足。这种复式结构的精心搭建，相当于对小说进行了立体的形式扩容，赋予精粹而简括的中短篇以更大的想象和审美空间，获得以少胜多的艺术效果。

王甜对细节描写极度钟情，这让她放大了细节在小说中的表现力和价值功能。王甜在长篇小说《同袍》后记中谈自己的写作甘苦，其中专门辟出一个小题目谈小说的细节。她说："写作中我考虑最多的是细节。我在笔记本上写过一句话：'把细节用足！'""我很清楚自己想要的是哪种'用足'，就是说，一个细节并不只是那个细节本身而已，它是富含深意的，它的使用必须带有张力，扩大其信息含量与情感因素。"[1]阅读完作品再来体会这段话，我理解王甜所说的细节，就是日常生活场景本身，每一个场景都应该是细致而有意味的，都可以用相框框起来成为戏剧化的审美对象，每一个人生的关键都在细枝末节处。张爱玲就是这么做的。王甜曾不止一次举出张爱玲的小说来证明细节的重要性，用一个好的细节，人物的矛盾心理就巧妙呈现了。"假装漫不经心地描摹着平淡无奇的琐碎

---

[1] 王甜：《同袍》，解放军文艺出版社，2012年，第329—330页。

细节,却在字里行间藏着内心的音乐"①,细节这时候奏出的是情感的音符,细节也是语言,细节经营好了,小说叙事还会有问题吗?

女性视角和自我表达一般是女作家的长项,需要的时候,王甜也不例外。但更多情况下,在作为叙述视角的"我"身上,常常看不到王甜的影子,而是不断变换面孔的小说人物。王甜也时常不用第一人称,比如《水英相亲》系列是写女性命运的,反而以第三人称全知视角叙事,长篇小说《同袍》是全知全能视角。而且王甜相当数量的小说设置男性为主人公,比如《代代相传》《杀死吴一林》中的"我",《毕业式》《雾天的行军》《一树荒原》《尖屋顶》《陈大贵出走》中的男主角,作家把自己的个人化体验借用笔下人物传达出来,而且在叙事上没有任何违和感,这还是相当不容易的。由此看出,王甜不喜欢给自己的创作设限,也比较警惕形式上的单一套路。这使得王甜的创作带有某种形式先行的习惯,企图在每一篇作品中都尝试一种别出心裁的结构样式,她的中短篇小说几乎都打的是埋伏战,而且这么多年写下来,已然小有战绩。结构、视角、细节以及叙述语言,所有这些看似技术层面的经验,在王甜实现小说艺术突破的不同维度上,都曾爆发出神奇的力量。

小说说到底是"有意味的形式",这里的形式,指最终超越了局部和技巧的小说整体上的意象化追求。这相当于重新回答了"何为小说"的问题。在王甜这一代作家身上,这一追求成为自觉突破"忠于现实"后的新文学观。王甜在她的长篇小说《同袍》的后记中将其表述为:"作品与它讲述的故事(即赤裸裸的现实材料)之间所具有的'距离'。"反观自己的写作之路,王甜说她所做的最多的一件事情,就是"寻找那种距离"。②为了实现这样的审美距离,为了抵达小说的"内在真实",王甜早早开始尝试超现实的艺术手法,将想象和虚构推至魔幻与荒诞。《雾天的行军》

---

① 王甜:《音符与帽子(创作谈)》,见《雾天的行军》,北岳文艺出版社,2017年,第234页。

② 王甜:《同袍》,解放军文艺出版社,2012年,第330—331页。

从实有的故事写起，写到"每年的那一天，那个时辰，都要起雾，那队人都要穿过镇子……"①时，就变成有意味的意象了；《一树荒原》让主人公最后看到挂满一树"手枪"的苹果树——"通体铮亮、一模一样的五四式手枪"②，主人公看到的是他内心渴望的景象；《通道》中的主人公有"奇异的超能力"，"能看见自己的脚印！从前走过的每一步居然都记录在案！"③小说告诉我们：每个人都被囚禁在相同的生活通道里，踏着前人的脚印向前走，"走向琐碎与庸俗，走向自我消磨，最后遁入毫无意义的混沌"④。如此不再循规蹈矩的日常生活描写，让故事情节、细节场面直接发生艺术变形，从而揭破现实的真相，解开人生的奥秘。作者不断在看似无规则的实验中寻找新的规则，反而获得了前所未有的创作自由，小说的世界由此变得更加多姿多彩，海阔天空。

王甜深刻地认识到"距离"之于小说的重要意义，它决定着一个作家到底能走多远。即在此时，王甜写出了她的第一部长篇小说。《同袍》写出了作家个人的成长经历和生命体验，也融汇了作家之前的艺术积累，军旅题材的别开生面和王甜纯熟生动的小说叙事，使之成为一部好读且耐读的小说。王甜在《同袍》后记中写下有关"距离"的思考："我在懂得这层道理之后才明白自己为什么会厌恶那种所谓'白描生活'的写法，会不喜欢很多'忠于现实'的小说，会多年如一日疯狂地迷恋《百年孤独》那种'魔幻现实主义'手法——'现实'是材料，用'魔幻'拉开与现实生活的距离，完美地回归到文学本身。马尔克斯拥有拉丁美洲神奇的现实与从传统中顺手拈来的魔幻手法，而我有什么？我拿什么来制造距离感？这是一个问题。"但也正如王甜自己所意识到的："在《同袍》里，我或许没能实现最恰当的距离感，但它展示了某种努力的方向。"也就是说，与

---

① 王甜：《雾天的行军》，见《雾天的行军》，北岳文艺出版社，2017年，第162页。
② 王甜：《一树荒原》，见《雾天的行军》，北岳文艺出版社，2017年，第232页。
③ 王甜：《通道》，见《毕业式》，四川文艺出版社，2014年，第202、196页。
④ 同上，第199页。

她的绝大部分中短篇小说相比，《同袍》并没有经营出王甜所追求的理想"距离"——"就是说，故事形成了，框架在那里了，材料也摆在一旁，剩下的就是我如何用它们修建一座云上的房子。"[①]或许是材料和故事的现实感太强，不像历史题材因拉开了时间的距离而更有虚化的空间；另有框架结构上的原因，《同袍》总体上还是线性勾勒和块状呈现相结合的常规叙事，并没有启用现代主义的整体象征结构。小说内部不乏反讽和隐喻的质素，但总体依然受制于现实的负累而无法升腾起来。当然，所有的创作局限，都来自文学的内外交困，我们的军旅文学，还有很长很长的路要走。

王甜心里已经有了"伟大的小说"蓝图，那是"一座云上的房子"，与现实世界遥遥相望，它指示了某种努力的方向，让我们有理由对王甜今后的创作充满更高的期待。

原载《阿来研究》第19辑，四川大学出版社，2023年

[①] 王甜：《同袍》，解放军文艺出版社，2012年，第330—331页。

后 记

一直想出一本文学评论集,感谢陕西省作协提供这样的机会。从上个世纪90年代开始发表文学评论,至今三十多年,选集中的文章写作时间跨度有点大,文章的质量水平难保齐整,但能够集中面世,却也是我作为新时期以来当代文学尤其是陕西文学在场者的一份见证,所以是一件特别值得高兴的事情。

身处作家创作异常活跃的文学大省,在介入当下文学实践活动时,不时被新鲜生动的创作现象所感染,从而引发文学批评的冲动。但因为高校教学工作和研究任务繁重,阅读作品和写评论总显得比较随机和零散,直到2015年申请获批了一项国家社科基金项目"当代陕西长篇小说的代际演变与艺术贡献研究",才使得文学批评和当代文学研究有可能统一起来,阅读和写作也有了一定的系统性。本书的内容中,相关当代文学视域中的陕派地域文学研究,以及从经典的视角考察地域文学的成就和特色,既把握到陕西文学所代表的中国当代文学的时代高度,也理性审视其存在的局限和不足等方面,均是研究过程中发表的阶段性成果。曾经期望自己笔下的当代文学评论,能在20世纪文学的视野中展开,并因其学术的视角和学理的态度,锻造出属于自己的批评风貌。写作至今,距离自己心目中的著述理想依然遥远,但总还是向着目标接近了一步,若此也就悦心悦意了。

本书内容都曾以单篇形式发表于学术期刊和文学报刊,在此向编发和转载评论文章的刊物编辑表示诚挚的感谢。集子中《〈高兴〉与〈极花〉：左翼传统下的另类"底层写作"》《"阅读者"路遥的创作考辨及精神构建：以"阅读"为关键词进入路遥》，分别与李斌博士、杨晨洁博士合作并共同发表，现征得他们同意收入本书，在读硕士生巴玉倩、李心琰和曹宇星三位参与了书稿校对，在此一并表示谢意。

整理完这部评论集，时间刚好进入2023癸卯兔年，三年疫情艰难度过，新的一年依然有太多的未知，也依然有太多的希望。希望健康平安，烟火如常，希望能继续追逐自己心中的所愿所想，而且从容笃定，不慌不忙。

周燕芬

2023年1月23日（正月初一）于西北大学长安寓所